W0313862

Nachhaltigkeit liegt uns am Herzen.

Hergestellt in Deutschland
Gedruckt auf FSC®-Papier
Lösungsmittelfreier Klebstoff
Drucklack auf Wasserbasis

Natürlich

magellan

Anne Hoffmann

Es geht ja bloß um den Rest meines Lebens

ANNE HOFFMANN

Es geht ja bloß um den Rest meines Lebens

magellan

EINS

»Elisa! Bist du wach?«

Ich saß vor dem Schreibtisch und starrte auf meinen Laptop, vorgebeugt und in eine Decke gewickelt wie ein geknickter Burrito.

Der Wecker hatte schon fünf Mal geklingelt.

Mein Gehirn schlief trotzdem noch.

»Elisa?«, drang die Stimme meiner Mutter durch die Tür.

»Was denn?«, erwiderte ich.

»Bist du wach?«

»Äh – ja? Offensichtlich?«

»Gut, dann mach flott! Du bist spät dran! Und die Brottüten sind leer, du musst dein Frühstück in Alufolie packen! Hörst du?«

»Das ist aber nicht gut für die Umwelt.«

»Sehr witzig. Beeil dich lieber.«

Ich antwortete nicht.

Der Laptop zeigte ein Captcha, das ich schon seit Minuten zu entziffern versuchte. Irgendeine verschwommene Buchstabenkette. Darunter stand: »Ich bin kein Roboter«.

»Ich muss dir gar nichts beweisen«, murmelte ich und kniff die Augen zusammen, aber die Lesbarkeit des Captchas besserte sich kaum. »Du bist hier der Roboter von uns beiden. Du – du – du beschissener Roboter. Ugh, ich bin sogar zu müde für eine gute Beleidigung.«

Es war Montag und ich hatte gleich zwei Grundregeln des Lebens ignoriert.

Erstens: Niemals mit der Klausurvorbereitung bis zum letzten Tag warten.

Zweitens: Technik kooperiert nicht, vor allem unter Zeitdruck.

»Okay, positiv bleiben.« Ich rückte noch dichter an den Bildschirm. »Das ist ein B – oder ein D – und das ist ein I – mit Option auf ein L. Easy.« Ich tippte und klickte. Die Eingabe war wieder falsch. »Alter, ich bin kein Roboter!«, fauchte ich und fuhr in die Höhe. »Ich bin kein Roboter, okay? Du bist das Problem –«

»Mit wem redest du?«

Meine Mutter stand im Türrahmen, schon in Blazer und Jeans und mit frisch frisierten Haaren.

»Ich hab eine Diskussion mit meinem PC.«

»Kann das nicht bis nach der Schule warten?«

»Äh.« Ich warf einen Blick auf die Startseite von meinem Mailkonto und schloss schnell das Fenster. »Ja klar. Wollte eh nur die Wettervorhersage checken.«

»Es ist kalt und grau, Süße. Wie immer. Jetzt nimm dir was zu essen und komm. Ich bin auch schon viel zu spät.«

»Moment.« Ich versuchte, mich möglichst elegant aus meinem Deckenburrito zu befreien. »Ich muss noch – ich hab noch was vor. Fahr einfach ohne mich. Ich nehm mein Rad.«

Meine Mutter seufzte. Sie stellte ihre Aktentasche ab, verschränkte die Arme und betrachtete mich mit ihrer typischen Lehrerinnenmiene, die schon viele schwache Schülerseelen gebrochen hatte: streng, wissend, ein bisschen enttäuscht.

»Elisabeth Charlotte«, begann sie.

Ich stöhnte.

Mama wusste, dass ich meinen vollen Namen nicht leiden konnte – ich klang wie die langweilige Schwester von Jane Austen. Definitiv ein Schlag unter die Gürtellinie an diesem so schon ätzenden, kalten Tag.

»Bitte versprich mir«, fuhr Mama fort, »dass die tiefen Ringe unter deinen Augen und dieses panische Googeln am frühen Morgen nichts mit deiner ersten Vorprüfung zu tun haben.«

»Was? Wie kommst du darauf? Ich – okay. Also ich will nur kurz eine Mail lesen. Helena hat mir ihre Chemienotizen geschickt, und ich muss gucken, ob sie – ob sie auch verstanden hat, worum es geht bei der Protolyse.«

»Helena«, wiederholte Mama.

»Ja.«

»Helena versteht Chemie nicht und du willst ihr helfen.«

»Ja.«

»Helena hat letztes Jahr an der internationalen Chemieolympiade teilgenommen.«

»Ja«, erwiderte ich langsam, »und wir sind alle sehr stolz auf sie.«

»Du bist unglaublich, Elisa.« Mama griff ihre Tasche. »Jetzt ist nicht die Zeit für Witze. Du weißt genau, wie deine Noten aussehen –«

»Hey, sie sind nicht schlecht!«

»Sie sind auch nicht gut! Ich will, dass du dich in deinem letzten Schuljahr ein bisschen mehr zusammenreißt. Nicht mir zuliebe, sondern zu deinem eigenen Besten. Ich weiß, es nervt. Aber jetzt geht es um deine Zukunft. Sobald du das Abitur in der Tasche hast, kannst du die halbe Nacht aufbleiben und mit Helena schreiben. Okay?«

»Okay, okay.« Ich unterdrückte ein Augenrollen und zuckte mit den Schultern. »Verstanden, Frau Schulleiterin.«

Mama sah aus, als ob sie noch etwas sagen wollte. Dann betrachtete sie mich nur mit einem leicht gestressten Lächeln und verließ mein Zimmer.

Ich stieß die Luft aus, die ich angehalten hatte, und warf einen Blick auf meinen Laptop.

Das Captcha war verschwunden, der Bildschirm zeigte nur mein buntes Wallpaper, und trotzdem konnte ich es flüstern hören: *»Du bist der Roboter von uns beiden, Elisa.«*

»Bin ich nicht«, murmelte ich, griff einen Haufen Klamotten von meinem Schreibtisch und ging damit ins Bad.

Mein Gesicht leuchtete weiß im Spiegel und sah fleckig aus. Ich schmierte Concealer auf die Augenringe, band meine Haare zu einem schiefen Dutt und putzte Zähne.

Heute, an diesem ekligen grauen Novembertag, begann das Vorabitur. Keine große Sache. Nur eine Übung fürs richtige Abitur. Das genauso wenig eine große Sache war. Bloß der Eintritt in den Rest meines Lebens.

Ich spuckte schaumige Zahnpasta ins Waschbecken, drehte den Wasserhahn auf und hatte plötzlich ein komisches Gefühl, so eine Enge in der Brust. Irritiert massierte ich die Haut unter meinem Schlüsselbein.

Keine große Sache.

ZWEI

Ich nahm die letzten Treppenstufen und schlitterte über den Fußboden, aber die Tür vom Chemiesaal war schon geschlossen. Heftig atmend drückte ich die Klinke herunter und schob mich in den Raum.

Unser Lehrer saß auf der Kante seines Experimentiertisches, einen dicken Stapel Klausurblätter neben sich. Meine Mitschülerinnen und Mitschüler quatschten nervös durcheinander.

Ich drängelte mich in die letzte Reihe, zu meiner besten Freundin Helena, die als Einzige nicht ihren Hefter durchging.

»Wo warst du?«, fragte sie, als ich mich auf den Platz neben ihr fallen ließ.

»Bin gestern eingeschlafen, bevor ich deine Notizen lesen konnte. Wollte sie heute Morgen anschauen, aber ich hatte Probleme mit dem Mailkonto und meine Mutter hat mir einen Vortrag gehalten und – egal. Bin ja jetzt hier.«

Helena beobachtete mich mit hochgezogenen Augenbrauen. Sie hatte sich am Wochenende selbst die Haare blondiert und einen Pony geschnitten und es irgendwie geschafft, dass beides gut aussah.

Ich mochte ihren prüfenden Blick nicht und sagte schnell: »Wie ich sehe, hattest du Erfolg.«

»Was? Oh. Ja.« Helena fasste sich an die hellblonden Fransen, die sie hinter ihr Ohr geklemmt hatte. »YouTube-Tutorial.«

»Ich versteh echt nicht, woher du die Nerven nimmst, dir am Tag vor unserer ersten Probeklausur auch noch die Haare zu schneiden.«

Helena zuckte grinsend die Schultern. »Du weißt ja, wie das ist.«

»Ein Chemiegenie zu sein? Nein, leider nicht. Ich kann nur mit meinen üblichen Methoden arbeiten: Prokrastination und Energydrinks.«

»Oh, Eli –«

»Sag nichts. Du hörst dich jetzt schon an wie meine Mutter.«

Es klingelte und Helena verkniff sich eine Antwort. Herr Richter griff nach dem Stapel mit den Aufgabenblättern.

Mir wurde ein bisschen schwummrig, als ich das dicht beschriebene Deckblatt sah.

Chemie zählte spätestens seit der Neunten nicht mehr zu meinen Lieblingsfächern, als ich ein Experiment verkackt und meinen Tisch in Brand gesetzt hatte. Aber da war es schon zu spät gewesen. Meine Mutter unterrichtete Chemie und ging längst davon aus, dass sich ihre Talente an mich vererbt hatten. Was nicht der Fall war. Seit der Neunten verließ ich mich auf Helenas tröstende Anwesenheit, um irgendwie durch die Klassenarbeiten und Klausuren und Experimente zu kommen. Sie war *wirklich* gut.

Herr Richter legte den Prüfungsbogen vor meine Nase.

»Die Bearbeitungszeit beträgt zweihundertvierzig Minuten«, sagte er und schritt durch die Reihen. »Wer fertig ist, geht bitte leise und ohne Freudentänze.«

Helena zog sofort den Bogen zu sich heran.

»Alter?«, flüsterte ich und reckte den Kopf. »Wie kannst du schon wissen – oh, du notierst nur deinen Namen.«

»Alles okay mit dir?«, fragte Helena. »Du wirkst gestresst. Mehr als sonst.«

»Mir geht's gut.«

»Stellt bitte die Gespräche ein!«, rief Herr Richter.

Helena griff nach meiner Hand und drückte sie kurz, bevor sie wie die anderen um uns herum den Kopf senkte. Es breitete sich angespannte Stille aus.

Ich hatte gelogen.

Mir ging's so was von nicht gut.

Aber was sollte ich machen?

Ich versuchte, mich auf meine Klausur zu konzentrieren. Die erste Aufgabe bestand aus einem großen Infokasten, einem verpixelten Schwarz-Weiß-Foto und mehreren Teilaufgaben – jede einzelne so lang, dass ich umblättern musste, um mir alles anzuschauen. Dann kam die nächste Aufgabe mit ihren Teilaufgaben. Und die nächste.

Bleib ruhig, sagte ich mir. Das sind nur ein paar Unterpunkte mehr als sonst. Kein Problem. Du hast ja auch mehr Zeit.

Ich las die erste Aufgabe: Es ging um Rhabarber und Oxalsäure. So viel bekam ich mit. Zugegeben nicht genug, um damit etwas anfangen zu können. Ich las die Aufgabe noch mal. Verstand ihren Sinn immer noch nicht. Ging weiter zur zweiten Aufgabe. Verstand auch die nicht. Holte tief Luft – und mit einem Mal, ohne Vorwarnung, war sie da: Angst.

Keine normale Angst. Keine Scheiße-ich-bin-nicht-gut-vorbereitet-Angst. Sondern richtige Angst, existentielle Angst.

Mein Herz begann zu hämmern, Schweiß prickelte im Nacken, Hitze umschloss mich wie Nebel. Es war, als ob meinem Körper plötzlich auffiel, dass es ihm schon seit Tagen schlecht ging.

Mit einem lauten Knall, weil meine Oberschenkel mit der Tischplatte kollidierten, schoss ich in die Höhe.

Helena zuckte zusammen. Der gesamte Kurs drehte sich nach mir um. Herr Richter, der gerade seine erste Runde durch den Raum vollendet hatte, blieb erschrocken stehen.

»Gibt es ein Problem, Elisa?«, frage er.

Ich hätte am liebsten aus vollem Hals *»JA!«* gebrüllt, aber ich konnte nicht, ich wusste nicht, was los war, ich wollte nur noch wegrennen, schüttelte den Kopf und sagte bemüht ruhig: »Ich muss kurz auf Toilette.«

»In Ordnung, aber beeil dich.«

Meine weich gewordenen Beine trugen mich zur Tür, hinaus auf den Flur und zum Ende des Ganges. Die Umgebung rauschte in Schlieren vorbei. Auf der Toilette hielt ich mich am Waschbecken fest und versuchte, zu Atem zu kommen. Ich schaute in den Spiegel: Mein Gesicht war rot, die Augen glasig, die Lippen zitterten.

Was war los?

Hatte ich – hatte ich einen Anfall?

Brach mein Kreislauf zusammen?

Nein – das konnte nicht sein. Oder? Nein.

Aber was wenn – was wenn doch? War das gefährlich?

Mir wurde noch heißer. »Fuck.« Mein Hoodie fühlte sich mit einem Mal viel zu eng an. »Fuck, fuck, fuck.« Panisch griff ich danach und zog ihn samt T-Shirt über den Kopf. Dann drehte ich am Wasserhahn, fing das kalte Wasser mit den Händen auf und spritzte es in mein Gesicht. Es lief an den Unterarmen hinunter und durchnässte die Vorderseite meiner Jeans.

Ein knappes »Oh!«, gefolgt von dem hölzernen Knall einer zuschlagenden Tür, unterbrach mich.

Ich erstarrte.

Das war nicht die Stimme eines Mädchens gewesen. Es war auch nicht die Stimme einer vertrauten Person, die nachsehen wollte, ob es mir gut ging.

Langsam drehte ich mich um.

In meinem Rücken verlief eine Reihe Pissoirs. Ein unangenehmer Geruch lag in der Luft. Außerdem fehlte der Tampon-Automat.

Wie konnte mir das nicht aufgefallen sein?

Ich war aufs Jungsklo gerannt.

Oh mein Gott. Ich war aufs beschissene Jungsklo gerannt, und irgendwer hatte mich gerade dabei erwischt, wie ich nass, in BH und mit wirren Haaren vorm Spiegel stand.

Dieser Moment hatte definitiv das Potential, der peinlichste meines Lebens zu werden.

Es klopfte. Eine fremde Stimme fragte: »Geht's dir – äh – gut?«

»Jaja, alles okay!«, rief ich, drehte das Wasser ab und zog meinen Pulli über den Kopf. »Nur ein kleiner sanitärer Unfall!«

Ein Typ öffnete die Tür, langsam und zögernd, als würde er irgendeine verstörende Szene erwarten.

»Der Wasserhahn ist kaputt«, sagte ich und trat aus der Pfütze, in der ich stand.

»Oh«, sagte er.

»Ja – also –, ich meine, der Wasserhahn auf dem Mädchenklo ist kaputt, weshalb ich hier bin, aber«, ich lachte, »hier ist der Wasserhahn auch kaputt. Zufälle gibt's.«

»Okay?«

Wir starrten uns an.

Er war kaum größer als ich, hatte blaue Augen und braune Locken, die ihm wirr auf die Stirn fielen. Seine Strickjacken-Jeans-Kombi erinnerte an den schüchternen Gitarristen einer Indie-Band.

Wie viel hatte er wohl gesehen? Und was dachte er? Nahm er mir die Geschichte mit dem Wasserhahn ab?

Tränen prickelten plötzlich in meinen Augenwinkeln. Ich blinzelte. Wenn mir alles zu viel wurde, fing ich immer an zu heulen. Das nervte total, aber ich war entschlossen, meine Situation nicht noch peinlicher zu machen.

»Also dann«, sagte ich und drängelte mich an ihm vorbei.

»Kennen wir uns nicht?«, fragte er.

»Was?«

»Ja klar! Jetzt weiß ich's wieder! Elisa, oder? Du bist doch die Tochter von Frau Seyffer!«

»Bin ich das?«

Er runzelte die Stirn, ein halbes Lächeln im Mundwinkel. »Ich glaube schon, aber – müsstest du das nicht selbst besser wissen?«

»Äh.«

Ich erinnerte mich nicht daran, jemals mit diesem Typen geredet zu haben. Aber anscheinend kannten wir uns. Vielleicht waren wir beste Kindergartenfreunde gewesen und ich hatte ihn einfach vergessen und mal wieder verkackt, wie immer, Elisa, bravo.

Ich starrte auf seine Schuhe, ein Paar dreckige Sneaker. Nach ein paar endlos langen Sekunden, in denen ich krampfhaft versuchte, nicht loszuheulen, fügte er schließlich hinzu: »Ich hab das Gefühl, dass hier etwas nicht stimmt.«

»Was?« Ich hob den Kopf.

»Na ja, du wirkst total aufgelöst. Ist wirklich alles in Ordnung?«

»Ja – ja natürlich«, sagte ich schnell. »Ich bin nur schockiert darüber, in welchem Zustand die Sanitäranlagen in dieser Schule sind.«

Eigentlich hatte ich gehofft, dass ihn dieser Kommentar wenigstens zum Lachen bringen würde, aber er schaute eher noch verwirrter.

»Kindergarten, oder?«, fragte ich. »Klar, ich erinnere mich auch!«

»Hä?«

»War total nett, dich mal wiederzusehen! Aber ich muss jetzt echt zurück in den Unterricht, ich schreibe gerade eine Prüfung – ciao!«

Ich schob mich umständlich an ihm vorbei. Bevor er

reagieren konnte, war ich schon auf den Gang getreten und hatte die Tür hinter mir zugezogen.

»Scheiße«, flüsterte ich.

DREI

»War gar nicht so wild, was?«, fragte Helena, als ich kurz vor zwölf den Chemiesaal verließ. Sie saß im Schneidersitz auf dem Fußboden und hielt mir einen Trost-Schokoriegel entgegen.

»Wie man's nimmt. Ich fürchte, das Einzige, was ich richtig gemacht habe, ist die Rechtschreibung«, erwiderte ich und sank neben ihr zusammen wie eine ausgepresste Orange.

»Das sagst du immer und dann kriegst du neun Punkte.«

»Neun Punkte sind nicht genug.«

»Hallo? Neun Punkte sind eine Drei. Eine Drei ist befriedigend, und was will man mehr als befriedigt sein?«

»Reden wir noch über Noten?«

»Nein.« Helena lachte. »Komm, wir fangen Marty und Linh nach ihrer Geschichtsklausur ab – falls sie nicht schon schreiend davongerannt sind.«

Wir liefen zusammen durchs leere Treppenhaus, hinunter ins Erdgeschoss, wo sich bereits die ersten Grüppchen erschöpfter Klausurschreibender sammelten.

Marty, Linh, Helena und ich waren eine Art Patchwork-

Projekt. Ich kannte Marty schon aus der Grundschule, als er noch auf »Marten« gehört und seine Persönlichkeit nicht zur Hälfte aus Punkrock bestanden hatte. Auf dem Gymnasium dann kamen wir mit Linh in eine Klasse, die Martys Liebe für Legend of Zelda teilte – und Helena anschleppte.

Helena und ich mochten uns anfangs gar nicht. Ich weiß nicht, warum, mit zwölf hat man manchmal komische Gründe. Das änderte sich sehr plötzlich, als wir im Deutschunterricht eine Kurzgeschichte zum schrecklichen Thema »Mein Traum vom Leben« schreiben sollten und Helena stattdessen an einer Harry-Potter-Fan-Fiction arbeitete. Ich durfte die Geschichte am Ende der Stunde lesen: Ginny Weasley und Luna Lovegood verlieben sich nach einem Quidditch-Spiel ineinander, alles sehr wortreich und voller Kitsch. Wir diskutierten den halben Tag voller Begeisterung darüber, dass Ginny jemand Besseren als Harry verdient hatte und Luna die ganz offensichtliche Wahl war.

»Ich hab überlegt«, sagte Helena und riss mich damit aus meinen Gedanken, »dass ich backen lernen sollte. Ich will so richtig große Torten machen.«

»Lass mich raten, du hast die neue Staffel Great British Bake Off geguckt?«

Helena liebte Reality-TV und Competitionshows. Sie durchforstete das Internet regelmäßig nach neuen Serien, bingte ganze Staffeln und war dann für einen Monat im Kochfieber oder klaute die Nähmaschine ihrer Oma und plante ihre Bewerbung für eine Modeschule.

»Vielleicht«, erwiderte Helena. »Auch wenn die alten Staffeln besser sind. Wie fandst du's?«

»Ich hab es noch nicht geguckt.«

»Eli, das geht nicht. Mit wem soll ich denn darüber reden? Marty und Linh lachen sich beide nur kaputt.«

»Sorry, ich bin in letzter Zeit irgendwie … Ich kann nicht so gut schlafen und bin einfach ständig müde. Liegt vielleicht am Wetter.«

»Ja, oder an den ganzen Energydrinks, die du vor jedem Test kippst.« Helena blieb stehen und musterte mich. »Du siehst auch blass aus, vielleicht solltest du nach Hause gehen. Wir haben nur noch zwei Stunden Musik und Frau Jablonski liebt dich und dein Cello sowieso.«

Ich schaute in Helenas mitfühlendes Gesicht und fragte mich, ob ich ihr von meinem Moment auf dem Klo erzählen sollte. Dann wiederum fragte ich mich, was es überhaupt zu erzählen gab – *Hey, Helena, wusstest du? Ich hatte für fünf Minuten richtig krasse Angst und dachte, dass ich in Ohnmacht falle, und dann war plötzlich alles vorbei. Haha, seltsam, oder?*

Oh Mann. So zusammengefasst klang mein Morgen noch verrückter. Ich musste echt aufhören, während des Lernens drei Dosen Red Bull runterzukippen.

»Na gut, du hast recht, ich werd mich krankmelden und ins Bett legen«, sagte ich stattdessen. »Grüßt du Linh und Marty von mir?«

»Klar.« Helena umarmte mich zum Abschied. »Ein bisschen beneide ich dich gerade. Mittagsschlaf klingt richtig gut.«

»Oder? Das sagt irgendwie jeder, seit wir im Prüfungsjahr sind. Alle denken nur noch ans Schlafen.«

»Und Essen«, fügte Helena hinzu.

Wir lachten.

Ich war mir nicht sicher, ob das alles wirklich so lustig war, wie wir es in dem Moment fanden, aber ich mochte nicht gerne an Probleme denken.

Das war schon immer so gewesen: Drama stresste mich, schlechte Gefühle stressten mich, und mein absoluter Horror waren Menschen, die sagten »Jetzt mal ernst hier, Leute!«.

Wahrscheinlich würde ich irgendwann auf meinem Sterbebett liegen und Witze darüber machen – Hauptsache, die Stimmung blieb gut.

***

Zu Hause schmiss ich meinen Rucksack unter den Schreibtisch und wechselte in Jogginghose und Shirt. Die harten Stofffalten meiner Jeans und die Bügel vom BH hatten in den letzten Stunden ein Muster in meine Haut gedrückt, das sich nach einer endlosen Reihe blauer Flecken anfühlte.

Was für ein beschissener Wochenstart.

Ich verkroch mich ins Bett.

Schloss die Augen.

Wollte einfach schlafen.

Der Typ mit der Strickjacke starrte mich an, irritiert und skeptisch. Er hatte gesagt, dass wir uns kannten. Obwohl ich mich nicht erinnern konnte, hatte ich das Gefühl, dass es stimmte.

Ich öffnete die Augen wieder.

Mein Körper mochte erschöpft sein, aber mein Gehirn

raste und spuckte weiter Gedanken aus: Sicher, dass du dich nicht an ihn erinnern kannst? Sicher?

»Das bringt so nichts«, murmelte ich, beugte mich übers Bett und fummelte mein Handy aus der Hosentasche.

Erst wollte ich Helena anschreiben, weil sie den größten Bekanntenkreis hatte, aber Helena war auch furchtbar neugierig. Wenn ich sie nach irgendeinem Typen fragte, würde ich noch Wochen später davon hören. Linh hing fast immer mit Helena zusammen, das ging also auch nicht. Blieb nur noch Marty.

Ich schrieb ihm eine Nachricht, die so beiläufig wie möglich klingen sollte: **hey, du. wie gut kennst du dich mit den leuten an unserer schule aus?**

Dann legte ich das Handy beiseite, sank erschöpft ins Bett und schlief ein.

Stunden später wachte ich vollkommen orientierungslos auf. In meinem Zimmer war es dunkel geworden, mein Mund fühlte sich trocken und klebrig an, der Kopf brummte. Außerdem klingelte mein Handy viel zu laut.

Ich nahm ab und murmelte: »Was los?«

»Eli?«

»M'ja?«

»Hier ist Marty.«

»Oh. Hey.«

»Hab ich dich geweckt?«

Ich rieb meine Augen. »Jup.«

»Du bist um acht Uhr abends schon im Bett? Sandmännchen grad vorbei?«

»Halt die Klappe. Was willst du?«

»Ich? Du hast mir geschrieben.«

»Ach ja. Stimmt.« Ich versuchte, wach zu werden und einen klaren Gedanken zu fassen. »Sorry. Äh – ich hab heute einen alten Bekannten getroffen, an den ich mich nicht mehr erinnern kann. War etwas peinlich. Ich dachte, vielleicht kennst du ihn.«

»Ex-Freund?«

»Sehr witzig. So viele Ex-Freunde hab ich nicht, dass ich die durcheinanderbringe. Nein, er geht auf unsere Schule und trägt so Indie-Boy-Klamotten.«

Marty prustete. »Du willst, dass ich einen Indie-Boy identifiziere? Fünfzig Prozent der männlichen Population an unserer Schule sind Indie-Boys. Du musst schon präziser sein, wenn du meine soziale Datenbank anzapfen willst.«

»Warum frag ich dich überhaupt?«, seufzte ich, worauf Marty wieder lachte. »Okay, also er …« Ich überlegte, woran ich mich erinnern konnte, aber der ganze Tag kam mir unwirklich vor, als wäre alles jemand anderem passiert. »Er muss knapp unser Alter sein. Hat braune Locken. Drahtig. Ist nicht sehr groß, ungefähr wie ich. Trägt eine Strickjacke.«

»Piercing in einer Augenbraue?«

»Nein, ich glaube nicht. Hm – aber er hat blaue Augen! Und Converse! Alte Dinger. In Khaki. Und er hat kleine Grübchen in den Wangen.«

»Äh … okay.«

»Was?«

»Nichts«, sagte Marty schnell. »Du hast ihn anscheinend gut beobachtet. Diesen Typen. Den du jetzt unbedingt finden willst. Total ohne Hintergedanken.«

Ich begriff, worauf Marty hinauswollte, und brummte: »Ich steh nicht auf ihn.«

»Erzähl das seinen Grübchen.«

»Ach, sei still. Weißt du, wer er ist, oder nicht?«

»Denke schon.«

»Echt jetzt? Warum sagst du das nicht gleich?«

»Ich wollte noch ein bisschen die Show genießen. Du fragst mich nie nach irgendwelchen Typen. Jedenfalls, er heißt Leo und geht in den Jahrgang unter uns.«

»Bist du sicher?«

»Diese Indie-Klone sind schwer auseinanderzuhalten, aber ja, ich bin sicher.«

Leo. Der Name sagte mir tatsächlich etwas.

»Woher kennen wir den?«, fragte ich, weil ich seit der siebten Klasse quasi nichts mehr alleine unternahm. Helena war sogar in das ätzende Ferienlager mitgekommen, in das mich meine Eltern mit vierzehn gesteckt hatten und wo wir die Hälfte der Zeit damit beschäftigt gewesen waren, Topfuntersetzer zu filzen.

Marty schwieg lange, bevor er antwortete: »Das wird dir nicht gefallen. Erinnerst du dich an das Evil Triforce?«

Ich runzelte die Stirn. Marty und Linh hatten sich mit den Jahren viele seltsame Namen für unsere Mitschüler ausgedacht. Es war manchmal schwer, sich ihre tausend Feinde zu merken.

»War das die Band, die deiner Band den Probenraum weggenommen hat?«, fragte ich.

»Nein, nein, nein. Das war die Fuckboy-Crew. Ich rede von Jan, Basti und Ella.«

»Oh.« Etwas Schweres sackte in meinen Magen. »Die.«

Das Evil Triforce war eine von diesen Cliquen, die man auf jeder Party traf und deren Social-Media-Accounts genug Follower hatten, um als Kleinstadtinfluencer durchzugehen. Statt ihre Kräfte aber für das Gute zu nutzen, verbrachten sie die meiste Zeit nur mit Lästern.

Bis jetzt hatten sich unsere Wege kaum gekreuzt. Ich ging zur Schule, zum Cellounterricht, ins miese Schulorchester und schaute abends Netflix. Nicht gerade Lästermaterial.

»Leo und Ella sind ein Paar«, fügte Marty hinzu. »Sorry, aber er ist leider vergeben.«

Ich rollte mit den Augen. »Das ist mir egal, Marty.«

»Schon klar. Du solltest dich eh von ihm fernhalten, dem kannst du nicht trauen. Seine Freunde werden irgendwas an dir peinlich finden und dann jedem davon erzählen. Sind die süßen Grübchen nicht wert.«

Ich antwortete nicht.

Vor meinen Augen stand ich plötzlich wieder durchnässt übers Waschbecken gebeugt. Ein Anflug vergangener Panik stieg in mir hoch. Was zum Teufel war heute Morgen los gewesen? Ich verstand das einfach nicht. Es hatte mit einem normalen Blackout angefangen und war immer größer und mehr geworden. Als ob mein ganzer Körper einen Blackout bekommen hätte.

Es war zu viel gewesen. Viel zu viel. Ich hatte keine Ahnung, wie ich es sonst beschreiben sollte, außer so.

»Eli?«

Leo wusste davon. Ich wollte nicht, dass er es wusste. Ich wollte nicht einmal, dass ich es wusste. Ich wollte vor allem nicht, dass es wieder passierte.

»Hey, ich zieh dich nur zum Spaß auf, das ist dir klar, oder?«, fragte Marty, mittlerweile hörbar unsicher.

»Ja«, erwiderte ich und riss mich aus meinen Gedanken. »Alles gut. Keine Sorge. Ich hab nicht vor, mich mit dem Evil Triforce anzufreunden. Äh – du, ich muss los.«

»Okay.« Marty schien meine Anspannung zu bemerken, er zögerte kurz. »Hab ich was Falsches gesagt?«

»Nein, gar nicht.« Ich zwang mich zu einem Lachen und meinem üblichen Plauderton. »Ich hab nur den halben Tag verschlafen und muss unbedingt was essen. Typisch Abijahr halt. Wir sehen uns morgen!«

»Warte!«, rief Marty, aber ich war schon dabei aufzulegen. »Helena hat erzählt, dass du heute aus der Klausur gerannt –«

Freizeichen, dann Stille.

Was auch immer passiert war, ich war fest entschlossen, es hinter mir zu lassen.

VIER

Der nächste Morgen fühlte sich an wie ein Hangover.

Ich hatte bis spät in die Nacht am Handy gedaddelt und war gegen drei Uhr früh endlich wieder müde genug gewesen, um für ein paar Stunden einzunicken und nun vollkommen erschöpft aufzuwachen. Seit das Abiturjahr mit seinen tausend Hausaufgaben und Prüfungen angefangen hatte, war mein Schlafrhythmus total kaputt. Ich hasste es, mich stundenlang hin und her zu wälzen und meinen eigenen Gedanken zuhören zu müssen. Nachts hatte ich nie Hoffnung, nur Sorgen.

Unten in der Küche ging der Mixer an.

Stöhnend drückte ich beide Hände auf die Augenhöhlen.

Wenn Mama zeitig auf der Arbeit war und ich zu lange im Bett blieb, klopfte Papa nicht kurz gegen meine Tür, wie ein normaler Mensch das tun würde. Stattdessen ging er durch unsere Reihenhaushälfte und schaltete immer mehr Geräte an. Letzte Woche hatte er schon mit dem Laubbläser unter meinem Fenster gestanden.

»Ich bin wach!«, rief ich. »Bitte! Hör auf! Gnade!«

Der Mixer röhrte weiter.

»Warum ist meine Familie so?«, fauchte ich und riss die Bettdecke beiseite. »Alle komplett beknackt.«

Als ich angezogen und müde in die Küche taumelte, lief der Mixer immer noch. Papa saß daneben und las Zeitung.

»Guten Morgen, Schatz«, sagte er, ohne aufzuschauen.

Wortlos zog ich den Stecker.

Manchmal fragte ich mich, ob meine Eltern es sich zu ihrem Lebensziel gemacht hatten, mich zu quälen. Nicht nur mit dem Mixer, sondern ganz allgemein. Sie unterrichteten beide an meiner Schule und waren mit der Hälfte meiner Lehrer befreundet. Zu allem Überfluss war meine Mutter auch noch Schulleiterin. Meine Eltern sahen und wussten alles. Gegen ihr Netzwerk verblassten sogar die zweitausend Follower vom Evil Triforce.

»Wie lief deine Klausur gestern?«, fragte Papa, in seiner Zeitung blätternd.

Ich zögerte.

Für ein paar Sekunden spulte mein Kopf das Horrorszenario durch, das er sich letzte Nacht ausgedacht hatte: Leo erzählt dem Evil Triforce von meinem seltsamen Verhalten, der ganze Jahrgang lacht und hält mich für einen Freak, meine Eltern erfahren davon und schalten auf maximale Überwachungsstufe.

»Gut«, erwiderte ich.

»Was schreibst du als Nächstes?«

»Deutsch. Am Donnerstag.«

»Das fällt dir ja leicht.«

»Total.« Ich warf Papa einen versteckten Blick zu.

In meinem Jahrgang nannten ihn alle Marx, weil er lange graue Haare und einen dichten Bart hatte und selbst im Herbst noch braune Leinenhosen trug, die echt so aussahen, als gehörten sie in ein anderes Jahrhundert. Er war bei seinen Schülern beliebt, weil er im Unterricht immer entspannt blieb, aber die wurden ja auch nicht regelmäßig beim Frühstück ausgefragt.

Glaubte ich zumindest. Ich war mir nicht sicher, ob es zwischen anderen Eltern und Kindern genauso lief wie bei uns. Vielleicht war das auch ein spezielles Lehrerding. Meine Eltern hatten schon so viele Ausreden gehört und gefälschte Entschuldigungszettel bekommen, dass ich das Gefühl bekam, sie erwarteten von mir nichts als neue Ausreden. Manchmal, wenn die Schule besonders stressig war, hörte ich deswegen auf, mit ihnen zu sprechen. Nicht mit Absicht. Es fiel mir einfach schwerer, Unterhaltungen am Frühstückstisch zu beginnen oder mich für irgendetwas zu interessieren, also verkroch ich mich lieber in meinem Zimmer.

Ich angelte eine Scheibe labbriges Toastbrot aus der Tüte auf dem Küchentisch und stopfte sie mir gefaltet in den Mund. »Alwo dann, biff nachher!«

Papa sah von seiner Zeitung auf. »Das ist aber nicht sehr nahrhaft. Willst du nicht ordentlich frühstücken?«

Ich schluckte mühsam den Klumpen Brot runter. »Keine Zeit! Ich muss früher los, damit Linh und ich unseren Französisch-Dialog noch einmal durchsprechen können.«

»Oh, ce n'est pas la mer à boire!«

»Äh – oui?«

»Das heißt: Du schaffst das schon.«

»Ach so. Ja, ich brenne drauf, zehn Minuten in falschen Sätzen von meinem spannenden Leben zu erzählen.« Mit zwei nach oben gestreckten Daumen und einem gezwungenen Lächeln lief ich rückwärts aus der Küche und Papa lachte.

***

Linh saß auf einem Tisch in der leeren Cafeteria, murmelte sich durch ihren Teil des Dialogs und sagte schon zum fünften Mal die Worte »groupe de théâtre«.

»Linh, ich glaube, du musst noch deutlicher sagen, was dein Hobby ist, ich hab das noch nicht ganz mitgekriegt«, unterbrach ich sie.

»Haha.« Linh boxte gegen meinen Oberarm. »Du hast gut reden, Miss Netflix.«

»Ich kann dem Kurs nicht erzählen, dass ich Fan-Fiction schreibe, die lachen mich aus.«

»Helena erzählt jedem von ihrem Supernatural-Avengers-FSK18-Meisterwerk.«

»Helena ist … abgebrüht. Sie badet in der Scham normalsterblicher Menschen.«

»Sorry, das klingt so falsch.«

»Du weißt, was ich meine!«

Linh grinste. Ein paar verblasste Sommersprossen leuchteten auf ihren Wangen. Seit sie sich – noch vor Helena – die Haare raspelkurz geschnitten hatte, strahlte ihr Gesicht mit dem warmen olivfarbenen Unterton noch mehr.

»Sollen wir schon in den Klassenraum gehen?«, schlug

sie in diesem Moment vor. »Ich muss Herrn Bethke fragen, ob ich in meiner Vorstellung auch ein paar Worte zum letzten Sundance Festival sagen darf. Du kannst ihn fragen, was ›Fan-Fiction‹ auf Französisch heißt.«

»Ich frage ihn gleich, was ›Verräterin‹ heißt.«

»Ich will nur, dass du dein wahres Ich lebst, Eli.«

»Mein wahres Ich kann ruhig ein Mysterium bleiben«, erwiderte ich.

Linh verdrehte die Augen.

Der Französischraum war bunt dekoriert mit Plakaten über Paris, die Provence und Hip-Hop-Gruppen. Das kleine Zimmer roch konstant nach Herrn Bethkes Aftershave, selbst wenn er für ein paar Tage krank war – als hätte es seine Essenz aufgesogen.

Während Linh Herrn Bethke löcherte, wie man dieses und jenes formulierte, setzte ich mich an unseren Tisch und faltete den knittrigen Zettel auseinander, auf dem ich gestern mein Leben in Französisch notiert hatte.

Auf dem Papier sah eigentlich alles ganz gut aus: Ich war siebzehn Jahre alt, bald achtzehn, ich ging zur Schule, ich hatte Freunde und genug Hobbys, dass man mich nicht für langweilig hielt, aber auch nicht so viele, dass ich wie eine exzentrische Überfliegerin wirkte. Ich war wunderbar durchschnittlich, machte keine Probleme, fiel nie auf.

Nervös wippte ich mit den Beinen.

Na ja, fast nie.

Das gestern auf der Toilette war natürlich alles andere als unauffällig gewesen.

Bloß die Erinnerung daran ließ mich rot anlaufen und mein Herz losklopfen. Irgendwie fühlte ich mich, als würde ich ein unangenehmes Geheimnis mit mir herumtragen, das jederzeit und in aller Öffentlichkeit platzen könnte.

Als es klingelte, begann Herr Bethke den Unterricht mit einer zusammenhanglosen Anekdote über sein Wochenende und warum er seine Waschmaschine nie wieder auf Kleinanzeigen verkaufen würde. Eine Weile sah es so aus, dass er darüber alles andere vergessen würde, aber nach zwanzig Minuten wurde ihm bewusst, dass wir Unterricht hatten und er die erste Gruppe aufrufen sollte.

Ajda und Philipp meldeten sich freiwillig.

Ich hörte ihnen mit einem Ohr zu und ging noch einmal meinen Zettel durch, aber irgendwie machte nichts von dem, was ich aufgeschrieben hatte, noch so richtig Sinn. Ich schüttelte den Kopf und versuchte, mich zu konzentrieren.

Keine Chance.

Es war, als hätte jemand mein Gehirn zerteilt, jeden Teil in Watte eingepackt und alles wieder zusammengesetzt.

Ich konnte nicht mehr denken.

Ich würde gleich komplett versagen.

Ich konnte nichts.

Nichts.

Linh legte mir unvermittelt eine Hand auf den Oberschenkel.

»Der ganze Tisch wackelt«, murmelte sie.

Ihre Berührung holte mich ein Stück weit in die Gegenwart zurück. Ich hielt still.

»Sorry«, erwiderte ich.

»Bist du doll aufgeregt?«

»Bisschen.«

»Ach, mach dir keine Sorgen.«

Linh hatte gut reden. Sie stand seit drei Jahren auf der kleinen Bühne unseres Jugendtheaters. Bei mir war das etwas anderes. Am liebsten würde ich schon nach jedem meiner Celloauftritte kotzen.

Dreh nicht wieder durch, dachte ich. Krieg nicht wieder Panik. Du musst dich zusammenreißen. Sei wie immer. Sei normal. Bist du sicher, dass du gerade normal bist?

»Sollen wir als Nächstes?«, fragte Linh. »Damit wir es hinter uns haben?«

»O-okay.«

Nachdem Ajda und Philipp fertig waren, meldete sich Linh. Sie ging nach vorne zur Tafel und lächelte in die Klasse. Dann sah sie mich immer noch an unserem Platz sitzen. Stutzte.

Ich wollte aufstehen. Zu ihr nach vorne gehen. Normal sein. Ich wollte mit aller Macht das Gefühl niederkämpfen, das gerade in mir hochkochte, aber es wurde immer schlimmer.

Ich konnte einfach nicht.

Je länger ich sitzen blieb, desto mehr bekam ich den Verdacht, dass Linh es auch bemerkte: das große, sich blähende Zuviel in meinen Augen.

»Elisa?«, fragte Herr Bethke.

»Ich hab meinen Teil nicht gemacht«, erwiderte ich laut, bevor ich darüber nachdenken konnte. »Ich hab's vergessen. Ich – ich hab nichts vorbereitet.«

Linh hob überrascht die Augenbrauen und ein paar Leute im Kurs drehten sich zu mir um. Es war nicht meine Art, ein Gruppenmitglied einfach so hängen zu lassen, vor allem nicht eine Freundin. Aber ich konnte nicht riskieren, dass es wieder anfing, sobald ich dort vorne stand.

»Hä«, sagte Linh, »du hast mir doch eben noch erzählt, wie du –«

»Nein«, erklärte ich mit Nachdruck. »Hab ich nicht.«

»Was?« Linh sah komplett verwirrt aus.

Für ein paar Sekunden war es so still im Raum, dass ich mein eigenes hämmerndes Herz in den Ohren dröhnen hörte. Schließlich sagte Herr Bethke: »Na gut, wenn du nichts vorbereitet hast, dann kommt ihr in der nächsten Stunde dran. Ich muss das allerdings von eurer Note abziehen.«

Scheiße.

»Könnten Sie«, setzte ich an, schluckte und holte Luft, »könnten Sie vielleicht Linh alleine vortragen lassen? Ich will ihre Note nicht ruinieren.«

»Das ist ein Dialog, Elisa. Ich fürchte, darüber hättest du eher nachdenken müssen. Bereite dich einfach zum Freitag vor, dann wird es schon nicht so schlimm.«

Ich nickte und starrte auf die Tischplatte. Als Linh sich wieder neben mich setzte, wagte ich es nicht aufzuschauen, obwohl ich ihren drängenden Blick spürte.

»Tut mir leid«, murmelte ich, während die nächste Gruppe nach vorne ging.

»Das war nicht cool«, erwiderte Linh. »Du hast doch was vorbereitet. Ich versteh dich manchmal nicht.«

»Ich weiß, ich – ich hab's nicht ordentlich –, ich glaube, ich hätte vorne verkackt.«

»Du glaubst? Wir *haben* verkackt.«

»Ja, ich weiß, tut mir wirklich leid.«

Linh seufzte.

Ich knibbelte an meinen Fingern.

»Ist okay«, sagte sie schließlich. »Beim nächsten Mal dann.«

»Danke«, antwortete ich mit einem Anflug von Erleichterung.

Beim nächsten Mal würde ich besser vorbereitet sein. Es war alles nur eine Sache der Vorbereitung. Ich hatte das unter Kontrolle. Nächstes Mal würde ich es hinkriegen, würde besser schlafen und besser essen. Dann bräuchte ich keine Angst vor dem Zuviel haben. Dachte ich. Das Beschissene war nur, dass ich schon Angst bekam, als ich das nur dachte.

FÜNF

Die Lichterkette, die von meinem Bett über den Kleiderschrank bis zum Fenster lief, schimmerte warm, ohne den Raum zu erhellen. Ich saß in einem Haufen Decken wie ein Ei im Nest, meinen Laptop auf den Knien und einen Teller kalter Pizza neben mir.

Es war Freitagabend. Ich hatte eine weitere Klausur und den Französischdialog mit Linh durchgestanden und mich danach auf der Toilette verbarrikadiert und geheult, nur um die ganze Anspannung aus dem System zu bekommen.

Aber das Zuviel war nicht wiedergekommen.

Das zählte doch als Erfolg?

Ich nahm das letzte Stück Pizza vom Teller und nagte am gummiartigen Käse, während ich die Website aufrief, auf der Helena und ich am meisten Zeit verbrachten, unser virtuelles Zuhause quasi. Es war ein Archiv für Fan-Fiction, wo man selbst geschriebene Geschichten über praktisch alles hochladen konnte, was irgendwer sich je ausgedacht hatte.

Helena veröffentlichte mit beneidenswerter Regelmäßigkeit kleine Kapitel ihrer mittlerweile uralten Supernatural-Story, in die sie auch Charaktere aus irgendwelchen Marvel-Filmen einbrachte, weil es ihr langsam öde wurde. Ich versuchte immer noch, aus dem Harry-Potter-Kult herauszukommen, und schrieb gerade an einer bescheuert niedlichen Kurzgeschichte über Remus Lupin. Ich hatte ungefähr drei Fans, zwei, wenn man Helena abzog, aber es machte Spaß.

Hätten meine Eltern gewusst, dass ich meine wertvolle Freizeit damit vergeudete, etwas zu schreiben, was sie wahrscheinlich als Sexgeschichte bezeichnen würden, wäre ich nicht mehr im Besitz einer funktionierenden WLAN-Verbindung.

Ich las gerade Helenas neuestes Update, als mein Handy klingelte. Blinzelnd hob ich es vor mein Gesicht. Es war kurz nach neunzehn Uhr, und auf dem Display stand groß: »Helena Zofia Wróbel«.

Sie wusste eigentlich, dass ich wie eine gemütliche alte Oma lebte und man mich abends nicht mehr belästigen konnte.

Ich nahm ab und sagte: »Bin gerade bei der Stelle mit Dean und Tony Stark.«

Am anderen Ende der Leitung lachte Helena.

»Wie ich sie finde, erfährst du in meinem scharfsinnigen Kommentar und der dazugehörigen Szenenanalyse. Kann allerdings nicht garantieren, dass ich das heute noch tippe. Ich bin total kaputt und muss noch Cello üben.«

»Verstehe. Ich freu mich drauf«, sagte Helena. »Aber eigentlich rufe ich wegen etwas anderem an … Du hast es nicht vergessen, oder? Weil du versprochen hast, dass du mitkommst.«

»Hä? Wohin?«

»Boah, Eli, du hast es wirklich vergessen! Dieses Wochenende ist Wintermarkt und wir wollten uns am Kunsthaus treffen und Vasen töpfern. Ich hab meinem Papa eine zu Weihnachten versprochen.«

»Oh«, sagte ich. »Shit, sorry.«

Helenas neueste Internetentdeckung war eine Show, wo die besten Töpfer Großbritanniens gegeneinander antraten, deshalb war sie jetzt auch offiziell auf dem Töpfer-Trip. Marty machte sich gern darüber lustig, dass Helena und ich jede Ü60-Sause mit unseren antiquierten Hobbys beeindrucken konnten.

»Ich bin hier mit Linh und Marty, und wir warten schon zwanzig Minuten auf dich – die ganzen Kiddies klauen unsere Plätze, Eli!«

»Hoffentlich!«, hörte ich Marty aus dem Hintergrund rufen. »Lass dir bloß Zeit!«

Helena schnalzte mit der Zunge und antwortete Marty mit ein paar missbilligenden Worten, die ich nicht verstand. Ich schaute traurig auf das Stück Pizza in meiner Hand. Eigentlich war es mir zu viel, heute noch rauszugehen. Am liebsten hätte ich mich das ganze Wochenende in meinem Zimmer verkrochen.

»Ihr könnt ohne mich töpfern«, schlug ich vor.

»Alter, Marty!«, brummte Helena abgelenkt. »Töpfern ist sehr wohl Punk! Sieh es als Auflehnung gegen die kapitalistische Geschirrindustrie – sorry, was hast du gesagt?«

Helena war ein wunderbarer Mensch, aber nicht gerade gnädig, wenn man seine Versprechen nicht halten wollte.

»Nichts«, murmelte ich. »Ich bin schon auf dem Weg.«

»Wirklich? Oh, ich freu mich! Bis gleich!«

Sie legte auf und ich pustete einen Schwall Luft aus und ließ mich rücklings ins Bett fallen.

Ich hatte keinen Bock.

Echt gar nicht.

Ich wollte eigentlich Bock haben.

Der Wintermarkt in unserer kleinen Stadt war so seltsam und provinziell, dass es schon wieder lustig war. Jedes Jahr trafen wir uns dort, grasten die verschiedenen Imbissbuden ab und machten irgendeinen Workshop, bei dem man lernte, wie man Körbe flocht oder Salzteigfiguren bastelte.

Normalerweise freute ich mich darauf, aber heute fühlte ich mich schrecklich – und dann fühlte ich mich noch schrecklicher, weil ich mich schrecklich fühlte.

Kopfschüttelnd sprang ich aus dem Bett und griff nach einem Pullover aus dem Klamottenstapel, der sich auf meinem Schreibtischstuhl türmte.

SECHS

Unsere Kleinstadt lag in Brandenburg – zwischen Berlin, ein paar Seen und dem Ende der Welt.

Wir hatten eine einzige weiterführende Schule, der langsam die Schüler fehlten, weil jedes Jahr nach dem Abitur ein Teil der Einwohnerinnen und Einwohner ging und nicht wiederkehrte.

Und eine große Rehaklinik. Ansonsten gab es viele Felder und Wälder und Dörfer.

Ich kannte nur wenige Leute, die hierbleiben wollten. Helena hatte eine Weile damit geliebäugelt, in einem der hippen Natur-Camps oder Bio-Hofläden anzufangen, die mittlerweile überall aus dem Boden schossen, aber dann hatte sie gemerkt, dass sie Kindergeschrei nicht ertrug, und war außerdem Vegetarierin geworden.

Ich lief die Hauptstraße mit den alten Laubbäumen hinunter, die meine Wohnsiedlung mit dem Stadtkern verband, und kickte Kastanien über den Weg.

Es war nass und kalt, und ich verfluchte meine Freunde dafür, dass sie rausgehen und etwas erleben wollten. Ich wollte nichts erleben, im Gegenteil, ich brauchte nicht noch mehr Input für meinen vollen Kopf, ich brauchte Ruhe. Vielleicht für ein paar Jahrzehnte.

Als ich beim Kunsthaus ankam, sah ich Marty vor der Tür sitzen, an einer Bierflasche nippen und rauchen. Er ließ seine blonden Haare schon eine Weile wachsen und band sie entweder zu einem dünnen Zopf zusammen oder klemmte sie mit Hello-Kitty-Haarspangen zurück, die er seiner kleinen Schwester klaute.

»Hast du dich etwa drücken können?«, rief ich, und er schaute auf.

»Nee, keine Chance.« Marty umarmte mich fest. »Ich bin schon fertig. Meine Kreation muss trocknen und Montag darf ich sie dann abholen. Linh und Helena sind noch drinnen. Sorry, dass wir schon angefangen haben, aber Helena hätte fast ein paar Kinder aus dem Weg befördert, da mussten wir schnell handeln.«

»Kein Problem«, erwiderte ich, setzte mich neben ihn auf die feuchte Holzbank und sog die spätherbstliche Abendluft ein. »Ich hatte eh keine Lust.«

»Aber du kommst mit zu den Fressbuden, oder?«

»Was denkst du, warum ich hier bin?«

Marty lachte.

Wir schwiegen eine Weile und hörten dem Geplapper aus dem Haus zu, dann fragte er: »Weißt du, was ich glaube?« Ohne meine Antwort abzuwarten, die sowieso ahnungslos ausgefallen wäre, fügte er hinzu: »Du und Helena werdet uns dieses Jahr verloren gehen.«

»Was? Was soll das heißen?«

»Du stehst auf diesen Indie-Boy.«

»Moment –«

»Und Helena hat doch Tatsache jemanden im Internet kennengelernt. Ist ihr heute rausgeplatzt. Sie heißt Saskia.«

»Echt?«

»Anscheinend chatten und telefonieren die schon ein paar Wochen miteinander und sie hat nichts davon erzählt! Versprich mir, dass du wenigstens deinen Facebook-Status änderst, wenn du dich verliebst.«

»Kann ich nicht garantieren, ich hab mein Passwort vergessen.«

Marty rollte mit den Augen und pustete mir einen Schwall Rauch ins Gesicht.

»Alter!« Ich hustete. »Wenn du mich loswerden willst, mach ruhig weiter!«

»Nah.« Er strich ein paar Krumen Asche von meiner Hose. »Ich bin nur genervt, sorry. War eine lange Woche. Klausuren und Überstunden vertragen sich nicht gut. Eigentlich war das Töpfern richtig entspannend, solltest du auch mal probieren.«

Wie auf Kommando kamen Linh und Helena aus dem Gebäude, beide mit getrockneten Lehmflecken im Gesicht und in ein Gespräch vertieft.

»Also tanzt Saskia eher Contemporary oder mehr so Streetdance?«, fragte Linh.

»Äh, keine Ahnung? Sie war lange beim Ballett und ist jetzt in einem Tanzstudio in Kreuzberg.«

Linh nickte wissend und sagte: »Hipster.«

»Hey!«

»Nein, nein, auch Hipster haben's drauf! Diese Kånken-Rucksäcke, die alle tragen, sind megahübsch. Ich wette, Saskia ist toll.«

Helena entgegnete eingeschnappt: »Sie *ist* toll.«

Sie wurde dabei so rot im Gesicht, dass ich Martys Sorge ein bisschen besser nachvollziehen konnte. Es war nicht das erste Mal, dass Helena auf jemanden stand – ich erinnerte mich an Darja aus unserem Musikkurs oder Rafael aus dem Nachbarort – aber so rot war sie noch nie geworden.

»Hey, Helena, ich finde, du schuldest uns ein paar Informationen«, rief ich. Helena, die gedankenverloren an mir vorbeigelaufen war, zuckte zusammen und drehte sich um. »Was ist Saskias Lieblingsessen? Blutgruppe? Größte Angst? Ich räche mich jetzt für sechs Jahre deiner penetranten Neugier.«

»Ach, halt die Klappe!«, brummte Helena und umarmte mich. »Ihr seid alle furchtbar. Man kann seine eigenen Gefühle gar nicht hören durch euer konstantes Geschnatter! Für heute kein Wort mehr darüber, okay?«

Ich presste demonstrativ beide Lippen aufeinander.

»Danke«, sagte Helena. »Also dann – suchen wir den Langos-Imbisswagen?«

»Warte, nur noch eine Frage!«, rief Linh. »Trägt Saskia auch einen Kånken-Rucksack?«

Helena überlegte eine halbe Ewigkeit, wie sie darauf reagieren sollte, schien sich dann aber gegen eine pampige Antwort zu entscheiden und brummte nur schicksalsergeben: »Ja. In Pfirsich.«

Wir lachten.

Helena unterdrückte erfolglos ein breites Grinsen. »Ich hasse euch.«

Der Wintermarkt war nur ein paar Straßen weg und es

roch schon aus der Entfernung nach gebrannten Mandeln, Glühwein und Frittierfett.

»Wow, ist das voll«, sagte Linh, als wir den Markt erreicht hatten, der sich zwischen zwei Reihen niedriger Fachwerkhäuser ausstreckte und dicht gepackt war mit Menschen. Eigentlich gab es nicht mehr als ein paar Stände mit Essen, Handyzubehör, selbst gemachter Seife, Heizdecken – und ein einziges Karussell. Trotzdem sah es so aus, als ob die halbe Schule und die ganze Rehaklinik anwesend waren.

»Ich sag dir, die Leute drehen durch, wenn hier mal was los ist«, murmelte ich.

»Das stimmt«, antwortete Linh und lächelte mir zu.

Ich erwiderte es schweren Herzens. Sie hatte mit keinem Wort mehr erwähnt, dass ich sie in Französisch hängen lassen hatte, und heute ohne Beschwerde unsere durchschnittliche Note entgegengenommen, aber ich schämte mich immer noch. Das an diesem Tag war nicht ich gewesen. Ich wollte jedenfalls nicht so sein.

Wir drängelten uns zum Langos-Stand durch, an dem sich schon eine lange Schlange bildete. Vor uns wartete ein Typ, der zwei grobmaschige Pullis übereinandergezogen und seinen Kopf so tief in einem Schal vergraben hatte, dass seine Haare wirr daraus hervorquollen.

Es war wirklich kalt geworden.

Ich konnte meinen eigenen Atem sehen.

Helena begann, »Langos, Langos, Langos« zu singen und auf der Stelle zu tanzen, um sich warm zu halten, und Marty lachte laut. Der Typ warf einen Blick über seine Schulter.

»Helena?«, fragte er und drehte sich plötzlich um.

»Leonardo?«, rief Helena.

Ich senkte instinktiv den Kopf und tat so, als ob ich gar nicht Teil von unserem Freundeskreis wäre und nur zufällig in der Schlange stand.

Fuck. Das war Leo. Indie-Boy. Anhängsel des Evil Triforce. Mitwisser meiner Seltsamkeit.

»Oh mein Gott, Leonardo, wir haben uns ja schon ewig nicht mehr gesehen!«

»Schon eine Weile her, ja.«

War klar, dass Helena ihn kannte. Helena kannte die ganze Stadt. Hätte sie Social Media, wäre sie ohne Zweifel mit mehr Menschen befreundet als das Evil Triforce.

»Wie geht's dir, Leonardo?«

»Würde mir besser gehen, wenn du endlich aufhörst, mich Leonardo zu nennen.«

»Ist das etwa nicht dein voller Name?«, feixte Helena. »Sorry, dummer Witz. Ich will damit nur unsere wunderbare Zeit im Ferienlager würdigen.«

Moment. Ferienlager?

»Das ist jetzt drei Jahre her.«

»Na und? Du bleibst für mich immer Leonardo, das ist ein Biber-Ehrenwort!«

Natürlich. Kaum hatte Helena das Wort ausgesprochen, dämmerte mir, woher Leo meinen Namen kannte. Er war mit uns im Ferienlager gewesen. Im Biber-Camp. Wir hatten damals kaum miteinander gesprochen, aber zusammen in dem Kanu gesessen, das Helena aus Versehen während der großen Abschieds-Rallye versenkt hatte.

»Bist du noch dicke mit Jenny?«, fragte Helena. »Ich

hab sie schon ewig nicht mehr gesehen. Wie läuft ihre Ausbildung?«

»Äh.« Leo zögerte. »Weiß nicht.«

»Oh. Okay.«

Wer auch immer diese Jenny war, sie schien ein wunder Punkt zu sein. Helena, ganz ihr rücksichtsvolles Selbst, wechselte sofort das Thema. Sie griff nach meinem Arm und zwang mich damit, nach oben zu schauen.

»Du erinnerst dich an Eli, oder?«

Leos Augen schnellten zu mir. Ich spürte das höfliche Lächeln auf meinem Gesicht versteinern. Er starrte mich überrascht an, und es war nicht schwer zu erraten, woran er dachte.

»Hey, ja klar«, sagte er, nachdem er sich umständlich geräuspert hatte. »Wie geht's?«

»Gut«, murmelte ich.

Leo holte Luft, dann schwieg er.

Ich schaute wieder auf meine Schuhe.

Meine Wangen fühlten sich warm und rot und strahlend an, als ob jeder sofort sehen müsste, dass ich mich schämte, und ich wollte das nicht, aber ich wusste auch nicht, wie ich meinen Körper unter Kontrolle bringen sollte.

Die Pause zwischen uns dehnte sich immer mehr. Ich konnte fast hören, wie die anderen sich fragende Blicke zuwarfen.

»Ihr haltet die ganze Schlange auf, merkt ihr, oder?«, rief jemand, der sich durch die Leute gedrängelt hatte und neben Leo trat.

Marty machte ein komisches Geräusch, eine Art ersticktes Husten.

Nummer eins des Evil Triforce, Basti, schob lässig eine knallrote Strickmütze aus seiner Stirn und sagte zu Leo gerichtet: »Ich hab Jan gefunden. Er hat sich hinter dem Toilettenhäuschen ausgekotzt. Wir haben ihn auf die Bank am Karussell gelegt.«

»Alles klar«, antwortete Leo.

»Ella will, dass er ein Mahnmal für die Kinder ist.«

Leo lachte.

Basti wandte sich uns zu. »Hey«, sagte er mit einem Zucken des Kinns. Sein Blick schien jeden einzeln zu scannen, aber auf mir blieb er hängen.

Ich schluckte.

»Hey«, unterbrach Helena kühl. »Was geht?«

»Das Übliche«, sagte Basti und ließ mich widerstrebend aus den Augen. »Immer unterwegs. Bei dir so?«

Panisch starrte ich an Bastis Schulter vorbei und in Leos Gesicht. Am liebsten hätte ich in seinen Pulli gegriffen, ihn herangezogen und gezischt: *»Sei ehrlich, hast du's ihm erzählt?«*

Leo erwiderte meinen Blick und senkte dann die Augen. Ein paar Falten traten auf seine Stirn. Ich konnte es nicht deuten. War er ertappt? Schuldbewusst? Verwirrt?

»Was soll ich sagen? Immer unterwegs«, entgegnete Helena in dem Moment, und Linh hinter ihr prustete.

Basti lachte nicht.

Die Anspannung war greifbar.

Ich hasste Anspannung.

Ich hasste das alles hier.

Ich musste raus.

»Mir ist etwas kalt«, sagte ich unabsichtlich laut.

Alle wandten sich um. »Ich geh jetzt besser.«

Während ich losstürzte, hörte ich Helena in meinem Rücken überrumpelt »Eli« sagen, aber ich drehte mich nicht um, bis ich auf der anderen Straßenseite angekommen war und eine große Traube Menschen zwischen uns gebracht hatte.

Heftig atmend drückte ich eine Hand auf den Mund.

SIEBEN

Leo stand mit verschränkten Armen vor dem grellgelben Licht der Fressbuden und starrte auf den Fleck Menschenmenge, in dem ich gerade verschwunden war.

Ich hatte mich längst hinter einen Süßigkeitenwagen gerettet. Im Schutz bunter Zuckerwattetüten sah ich, wie Basti Leo gegen die Schulter boxte und ihn ausfragte. Leo schien nur widerwillig in die Gegenwart zurückzukehren und schüttelte immer wieder den Kopf. Basti ließ nicht locker. Schließlich antwortete Leo. Ich konnte sehen, wie er dabei die Stimme senkte.

»Was war das denn?« Helena blieb atemlos neben mir stehen. »Warum verkriechst du dich hinter ›Bibis Bonbons‹?«

»Na, ist doch klar!« Marty schloss auf und grinste. »Sie hatte keinen Bock auf Basti und hat uns eine Ausrede gegeben, um abzuhauen. Cleverer Plan, bewundernswerte Ausführung.«

»Habt ihr die bescheuerte Mütze gesehen, die er aufhat?«, fragte Linh. »Die geht nicht mal über seine Ohren. Und sieht aus wie ein aufgerolltes Kondom.«

Marty lachte, aber Helena schien gar nicht zuzuhören und beobachtete mich für meinen Geschmack etwas zu genau. Schließlich sagte sie: »Okay, ich muss es wissen: Läuft da was zwischen dir und Leo?«

Marty verstummte abrupt.

»Was? Nein«, sagte ich. »Wie kommst du darauf?«

»Ihr habt euch ewig angeschwiegen und seid beide knallrot geworden.«

»Das hat – andere Gründe.«

»Aha, aha. Welche denn?«

Ich wollte wirklich gerne ehrlich sein. Wenn ich wüsste, welche die Wahrheit war und wie ich sie formulieren sollte. Aber ich hatte keine Ahnung.

»Ist egal«, murmelte ich. »Können wir nicht einfach weitergehen?«

Helena, Linh und Marty warfen sich einen Blick zu.

»Also ich geh jedenfalls weiter«, brummte ich genervt und drehte mich auf dem Absatz um.

Manchmal hatte ich das Gefühl, die Einzige in unserem Freundeskreis zu sein, die solche Blicke abkriegte. Zögernde Blicke. Als ob sie nicht ganz wussten, was sie von mir halten sollten.

Ich hörte Schritte dicht hinter mir, und Helena rief: »Na gut, und was läuft sonst so bei dir?«

»Nichts.«

»Okay, es reicht.« Helena griff mein Handgelenk und zwang mich dazu, anzuhalten und mich umzudrehen. »Was ist mit dir los, Eli? Du bist schon die ganze Woche voll komisch. Redest kaum. Weichst aus. Bist nicht zu erreichen. Verhältst dich irgendwie – drüber.«

Linh murmelte: »Stimmt.«

Marty erwiderte: »Jup.«

Bestürzt schaute ich von einem zum anderen und zog mein Handgelenk aus Helenas Griff. »Wird das hier ein Verhör?«

»Ich weiß nicht«, sagte Helena. »Müssen wir eins draus machen?«

»Oh mein Gott, du bist manchmal so eine Dramaqueen, weißt du das? Schön, okay, bitte.« Ich schluckte und überlegte, was ich sagen könnte, um das ganze Thema endlich zu beenden. »Leo hat mich auf dem Schulklo beim – äh –, beim Kiffen erwischt. Es war eine einmalige Sache, blöde Idee, aber er hat mich halt dabei gesehen, und jetzt hab ich Angst, dass er's rumerzählt, ihr wisst genau, wie meine Eltern ausrasten würden, wenn sie das hören. Da habt ihr's. Zufrieden?«

Linh und Helena schien es die Sprache verschlagen zu haben. Sie sahen aus, als hätte ich ihnen gerade erzählt, dass ich in meiner Freizeit Hahnenkämpfe organisierte.

Marty fragte ungläubig: »Du kiffst? Du rauchst doch nicht mal. Du trinkst kaum Alkohol. Du fährst mit Warnweste Fahrrad!«

»Ich bin halt komplex«, brummte ich, zog die Jacke fest um meinen Körper und fummelte mein Handy aus der Tasche. »Wisst ihr, es ist schon spät, ich muss leider.«

»Tut mir leid, dass ich dich bedrängt hab«, platzte Helena plötzlich heraus. Sie warf beide Arme um meine Schultern und zog mich an sich. »Ich … ich hasse es einfach, wenn du dichtmachst. Jedes Mal, wenn du ein Problem hast, steht es dir ins Gesicht geschrieben, aber wenn man dich danach fragt, sagst du nichts.« Sie hielt mich von sich gestreckt. »Also deshalb – danke, dass du ehrlich warst.«

Ich war überrascht von dieser plötzlichen Kehrtwende und wusste nicht, was ich antworten sollte. Treffer. Mitten ins schlechte Gewissen.

»Ist okay«, erwiderte ich schließlich. »Alles – okay.«

»Machst du dir schon die ganze Woche seinetwegen Sorgen?«

»J-ja.«

»Hm.« Helena ließ ihre Arme sinken. »Weißt du, was? Ich kenne seine beste Freundin Jenny. Wenn du willst, frag ich nach, was da los ist.«

»Das würdest du machen?«

»Äh, logisch? Ich hol mir nur den neusten Klatsch, das ist kein großes Opfer.«

Ich lächelte. Gefühlt das erste Mal diesen Abend. Helena würde einfach Jenny anrufen, und die würde ihr erzählen, dass Leo derselbe schweigsame Ökojunge war wie damals.

»Hey, also«, unterbrach Linh plötzlich meinen Gedankengang, »wenn Langos jetzt vom Tisch sind, wie wäre es dann mit Crêpes?«

ACHT

»Ich kann mich gar nicht mehr erinnern, wann ich das letzte Mal in Berlin gewesen bin«, sagte Mama, während wir mit dem Auto durch ein dunkles Parkhaus mit niedrigen Decken fuhren und einen freien Platz suchten.

»Ich auch nicht«, erwiderte ich und rieb mir die müden Augen, obwohl ich mich ziemlich genau daran erinnern konnte.

Wir waren im letzten Schuljahr mit dem Bus zur Museumsinsel gefahren. Aber ich hatte keine Energie, ein Gespräch zu führen, nachdem ich gestern Abend erst spät vom Wintermarkt nach Hause gekommen war und den Rest der Nacht fast schlaflos verbracht hatte.

»Schön, dass wir mal wieder etwas zusammen machen. Unser letzter Ausflug ist wirklich lange her.« Mama lächelte mir fröhlich zu. »Erica meinte, wir sollen den Sale unbedingt nutzen. Im nächsten Jahr, wenn alle ihr Abiballkleid kaufen, hängen sie dieselben Modelle wie jetzt raus und machen sie wieder teurer.«

Ich nickte und unterdrückte ein Gähnen. Erica war eine alte Freundin von Mama, die in einer großen Shoppingmall am Kudamm arbeitete, wo sie glitzernde Tüllkleider und lange Abendroben verkauften.

In unserem Kaff gab es solche Läden nicht, deswegen gehörte die Fahrt nach Berlin zum Kleidkaufen irgendwie dazu. Auch Helena und Linh hatten gestern diskutiert, wo sie nach Outfits gucken wollten – allerdings hätte ich wetten können, dass sie dabei nicht an so was wie diesen siebenstöckigen Edel-Glaskubus dachten, in dem ich mich gerade befand.

Wir verließen das Parkhaus mit einem riesigen Aufzug, in dem schick angezogene ältere Damen mit Einkaufstüten von teuren Marken standen.

Ich mied meine Reflexion in den großen, beleuchteten Fahrstuhlspiegeln.

»Wir müssen ganz nach oben«, sagte Mama und drückte auf die Sieben. »Zur Abendgarderobe.«

Ich nickte wieder.

Eigentlich sollte ich Spaß haben. Einen Haufen kitschige Sachen anprobieren und das Kleid aussuchen, in dem man sich nicht vollkommen wie ein Alien vorkam, war doch lustig.

Aber ich war völlig fertig.

Meine Augen fühlten sich an wie gekocht.

Mama zumindest lächelte, als sich die Fahrstuhltüren öffneten und wir das Stockwerk betraten.

Endlos lange Kleiderstangen formten ein unübersichtliches Labyrinth aus Stoff, dahinter eine Glasfront und das Berliner Großstadtpanorama: glänzende Fassaden, voll befahrene Straßen, uralte Bäume, Lärm.

Mama ging die einzelnen Stangen durch und zog probehalber ein paar Bügel heraus. Ich lief schweigend neben ihr her.

»Was hältst du von etwas Bodenlangem? Das muss nicht altbacken aussehen, ganz im Gegenteil – allerdings schleift der schöne Stoff dann im Dreck. Wir könnten dir hohe Schuhe kaufen. Was meinst du? Zu kurz ist nicht praktikabel, da kannst du dich nicht einmal richtig hinsetzen. Höchstens mit Unterkleid.«

»Knielang«, unterbrach ich sie und hoffte, dass ich mit einem Kompromiss aus beiden Varianten am wenigsten Probleme verursachen würde.

Mama suchte ein paar Kleider raus, die ihr gefielen, und ich nahm sie mit zu den Umkleiden, wo schon eine Mitarbeiterin wartete und mir beim Anziehen helfen wollte.

»Ich schaff das schon, danke«, murmelte ich und zog den schweren Samtstoff hinter mir zu.

Die Mitarbeiterin fing sofort ein Gespräch mit Mama an.

Ich hing die Kleider an einen Haken und presste die Lippen aufeinander. Die ganze Kabine war mit Spiegeln ausgekleidet, vom Boden bis zur Decke. Ich senkte den Kopf und fixierte den Teppich, während ich meine Jeans aufknöpfte. Beim Shoppen kam ich mir jedes Mal minderwertig vor. Das Licht in den Umkleiden war immer unangenehm hell und kalt. Ich verstand nicht, warum das so war – wer kaufte denn gern etwas, wenn er dabei wie ein Zombie aussah?

»Und Ihre Tochter ist dann nächstes Jahr so weit?«, hörte ich die Mitarbeiterin sagen.

Stirnrunzelnd warf ich meine Jeans auf den Boden und

zog den Pullover aus. Zukunftsgerede. Das momentane Lieblingsthema meiner Eltern.

»Ja genau, sie macht im kommenden Sommer Abitur.«

»Mensch, das ist doch fantastisch. Schafft sie ihren Wunsch-NC?«

Mama zögerte.

Ich wusste genau, warum, und nahm das erstbeste Kleid und streifte es vom Bügel. Es war weiß und hatte ein dichtes Tüllinnenleben. Wahrscheinlich würde ich damit aussehen wie ein Marshmallow, der heiraten wollte.

»Wir sind noch nicht ganz – sicher –, wohin die Reise nach dem Abi gehen soll«, sagte Mama schließlich. »Aber umso besser ist es, dass ihr NC wahrscheinlich für jede Option gut genug ist.«

»So gut, ja?«, fragte die Mitarbeiterin. »Selbst für Medizin? An der Charité?«

»Ja«, sagte Mama, und ich verdrehte die Augen.

Medizin an der Charité. Als ob. Selbst wenn ich dieses Jahr jetzt richtig durchzog und keine Zeit mehr auf Schlafen, Essen und Atmen verschwendete, würde die Charité mit meinem Abschlusszeugnis Papierflieger basteln.

Ich stülpte das Kleid über, Tüll knisterte in meinen Ohren, Stoff spannte, ich zerrte und bekam den Kopf durch den Ausschnitt, streifte das Kleid über die Hüfte und suchte an der Seite nach dem Reißverschluss.

Das war jetzt also das Jahr, in dem es um alles ging.

Ich schloss den Reißverschluss, so gut es ohne Hilfe möglich war, und fühlte mich kurzatmig. Vor der Umkleide redeten Mama und die Mitarbeiterin über Studienfächer und Ausbildungsplätze und wie man sich am besten bei einer Bewerbung präsentierte. Ich hob den Kopf, um mich im Spiegel anzuschauen.

Die Zeit blieb stehen.

Ich beugte mich nach vorne.

Aus dem Spiegel heraus starrte eine Fremde.

Sie trug das bauschige weiße Kleid. Ihre Schultern hatten dieselben Leberflecken wie meine. Ihre Haare endeten kurz überm Schlüsselbein, wie meine. Nur ihr Gesicht. Ihr Gesicht schien mir fremd.

Ich trat näher. Es waren meine Augen, die mich verwirrt und erschrocken anschauten. Mein Bewusstsein. Aber irgendetwas stimmte nicht mit dem Gesicht. Etwas war falsch. Als hätte jemand eine Kopie von mir erstellt und einen kleinen Fehler gemacht. Vielleicht schimmerte ein Augenlid röter, oder ein Mundwinkel lag zu tief, es war eine minimale Abweichung, ich konnte nicht festmachen, was es war, und doch – ich spürte einen Schauer über meinen Rücken laufen.

Niemals zuvor hatte ich in den Spiegel geschaut und mich nicht erkannt.

Mein Brustkorb zog sich zusammen. Schwindel kam. Hitze.

Fuck. Nicht schon wieder. Nicht das Zuviel. Nein.

Ich griff nach dem Stoff des Kleides, aber es saß ganz locker. Ich atmete tief durch, aber es ging nicht. Nein. Wieso? Was sollte das?

Ich warf einen verzweifelten Blick in den Spiegel, als ob mir die Fremde darin erklären könnte, was mit mir los war. Ich starrte sie an. Und alles an mir sah aus wie immer. Ich suchte die Abweichung, aber ich fand sie nicht. Wenn alles wie immer war, wieso fühlte sich dann nichts wie immer an?

In diesem Moment fragte ich mich, ob etwas mit meinem Kopf nicht stimmte.

»Wie sieht's dadrinnen aus?«, rief die Mitarbeiterin in die Kabine. »Schon umgezogen? Dann kommen Sie mal und lassen sich bewundern!«

Ich griff mit einer zitternden Hand nach dem Vorhang, konnte ihn aber nicht wegziehen. Der Stoff wurde mir aus der Hand gerissen.

»Na, das ist doch wirklich nett!«, rief die Mitarbeiterin, während Mama die Stirn runzelte und nach dem Reißverschluss greifen wollte, den ich nicht ganz geschlossen hatte.

Ich stürzte an beiden vorbei, aus der Kabine, durch die langen Reihen mit bunten Abendkleidern zu den Fahrstühlen. Raus. Ich musste raus. Vor meinen Augen zersprangen weiße und schwarze Punkte. Ein Fahrstuhl auf unserem Stockwerk stand leer und ich torkelte hinein, drückte den Knopf fürs Erdgeschoss und sank auf den Fußboden.

Was, wenn etwas mit meinem Kopf nicht stimmte? Konnte das sein? Woran merkte man das? Es war nicht so offensichtlich wie mit einem gebrochenen Bein, oder, die Symptome hatten keine sichtbare Ursache in meinem Körper, also woher sollte ich jetzt wissen können, wo genau das Problem war?

Der Fahrstuhl bremste ab und hielt. Ich rappelte mich auf. Als die Türen öffneten, ging ich so normal wie möglich zum Ausgang, einen Schritt vor den anderen, die Einkäufer achteten nicht auf mich, alle schauten sich Sonnenbrillen und Taschen und Kosmetik an, ich atmete, ich atmete zu schnell, nicht so schnell atmen –

Ein schriller Alarm ertönte, als ich nach draußen auf den Gehweg trat. Passanten eilten über die Straße, Taxen warteten am Bordstein, Busse rasten vorbei.

Ich drehte mich um. Fuck. Ein großer Typ, der nach Security aussah, kam auf mich zu. Ich hatte das Kleid noch an. Ich spürte die Panik einen Satz in die Höhe machen. Nicht durchdrehen. Nicht. Durchdrehen.

***

Mama schloss den Kofferraum, nachdem sie eine riesige Papiertüte hineingeworfen hatte, aus der weißer Tüll quoll.

Ich saß auf dem Beifahrersitz und starrte durch die Scheibe nach draußen. Es roch nach dem Lufterfrischer in Apfelform, den Mama schon seit Jahren kaufte. Auf dem Armaturenbrett lag ein Couponheft für die Raststätte, die wir bei der Hinfahrt besucht hatten. Alles war absurd normal. Alltäglich. Ich kam mir bescheuert vor. Mein Leben war kein Notfall.

Mama öffnete die Fahrertür, schnallte sich an und warf einen Blick in den Rückspiegel, ehe sie das Auto startete.

»Ich hoffe, das Kleid passt«, sagte sie schließlich.

»Tut es«, murmelte ich.

»Du musst es jetzt aber auch zum Abiball anziehen. Die hätten uns beinahe für Diebstahl angezeigt, Elisa, wenn ich das Kleid nicht gekauft hätte.«

»Tut mir leid.«

»Was sollte das?«

Ich hatte die Frage erwartet. Mama parkte aus. Ich schloss die Augen. Ich war nicht irre oder so. Bisher war ich jedenfalls nie irre gewesen. Und so was passierte nicht über Nacht. Vor allem konnte es nicht mir passieren. Mein Kopf sagte sich doch nicht plötzlich: *Ja, nö, danke, war nett mit der geistigen Gesundheit, aber jetzt mal was Neues!* So funktionierte das nicht.

»Ich – das Kleid – hat gespannt – und ich hab nicht so gut Luft gekriegt – ich musste an die frische Luft«, sagte ich schließlich. »Kreislauf ist irgendwie weggebrochen.«

»Also passt das Kleid doch nicht?«, fragte Mama, während wir das Parkhaus verließen. Sie seufzte.

Ich schaute aus dem Fenster. Wir fuhren wortlos, bis Mama den Autobahnring erreicht hatte.

»Du hast nicht einmal ein anderes Kleid anprobiert!«, platzte sie plötzlich heraus. »So war der Ausflug nicht geplant! So – so hab ich mir das nicht vorgestellt. Ich wollte einen schönen Tag mit dir verbringen.«

»Sorry«, murmelte ich.

Mama gab Gas und schaltete hoch. »Wir müssen das Kleid nächste Woche in die Änderungsschneiderei bringen«, sagte sie.

Ich nickte. Es roch nach Apfel. Nach Alltag. Und mir kam die Frage, ob Mama mich – wenn es nur so einfach wäre – manchmal auch gerne in die Änderungsschneiderei bringen würde.

NEUN

Ich verbrachte den Sonntag in meinem Zimmer, mit angezogenen Knien auf dem Schreibtischstuhl, die Arbeitsmaterialien für eine Deutschinterpretation vor mir ausgebreitet.

Eigentlich hätte ich lieber an meiner Fan-Fiction weitergearbeitet, aber stattdessen musste ich den Kram analysieren, den irgendjemand anderes geschrieben hatte. Möglicherweise war dieser Irgendjemand Goethe und ich sollte ihn nicht als irgendjemanden bezeichnen. Jedenfalls nicht in meiner Interpretation.

Als mein Handy klingelte, ging ich geistesabwesend ran, ohne auf das Display zu schauen, und sagte: »Keine Zeit. Kein Leben. Nur Schule.«

Am anderen Ende der Leitung lachte jemand. »Du solltest dir das auf ein T-Shirt drucken.«

»Helena?«

»Wer sonst?«

»Hey. Ich hab noch andere Freunde.«

»Ja, aber niemanden, der sonntags um elf wach ist.«

Grinsend schob ich die bunt markierten Arbeitsblätter

beiseite, entknotete meine Beine und stand auf. »Na gut, das stimmt. Wie geht's dir?«

»Gut.«

Ich streckte meinen verspannten Körper. Irgendetwas knackte laut. Ich wünschte, es gäbe Rehakurse für abgearbeitete Schülerinnen.

Helena sagte nichts weiter und fragte mich auch nicht, wie es mir ging, was komisch war. Normalerweise war sie geradezu besessen davon, wie es anderen ging.

»Alles in Ordnung bei dir?«, fragte ich.

»Was? Oh. Äh. Ja. Ich – mir geht's –, ich …« Helena schnaubte, schien sich zusammenzunehmen und ratterte dann in Lichtgeschwindigkeit herunter: »Nächstes Wochenende fahre ich Saskia in Berlin besuchen. Du weißt schon, die mit dem Hipster-Rucksack. Ich bin supernervös. Ich sterbe, Eli.«

»Oh wow – das ist doch toll!«

»Dass ich sterbe?«

»Du stirbst nicht. Höchstens ein bisschen.«

Helena gab einen Laut von sich, der wie ein Jaulen klang.

»Was hast du für euer Treffen geplant?«

»Überleben.«

»Haha. Jetzt erzähl.«

Helena seufzte. »Sie holt mich vom Bahnhof ab und wir gehen in ihrem Kiez spazieren und Kaffee trinken. Allerdings muss ich nachmittags wieder zurückfahren. Papas Bedingung. Er hat alles abgenickt, nachdem ich ihm erfolgreich beweisen konnte, dass Saskia wirklich ein siebzehnjähriges Mädchen ist und nicht die Fassade von irgendeinem Internet-Creep.«

»Gut.«

»Nichts ist gut«, erwiderte Helena, aber ich hörte an ihrer Stimme, dass sie breit lächelte. »Wie dem auch sei, eigentlich rufe ich aus einem anderen Grund an: Ich hab mit Jenny telefoniert und mich wegen Leo erkundigt.«

»Oh.« Ich fühlte mein Herz einen Satz machen. »Und?«

»Drücken wir es mal so aus: Es ist kompliziert.«

»Was?« Mit ungutem Gefühl setzte ich mich auf mein Bett. Helena klang wie eine antike Hellseherin, die den schlechten Ausgang einer Schlacht voraussagte. »Wieso kompliziert?«

»Na ja, das Problem ist, dass Jenny momentan keinen Kontakt mehr zu Leo hat. Es gab anscheinend ziemlich viel Stress zwischen ihnen, seit Leo mit dem Evil Triforce rumhängt. Sie klang megaangepisst. Er hat sie wohl andauernd für Ella versetzt und sich dann rausgeredet, warum es nicht anders ging. Irgendwann hatte sie keine Lust mehr auf seine Vertröstungen und jetzt reden sie nicht mehr miteinander. Jenny weiß nicht, was überhaupt mit ihm los ist.«

Okay. Das klang tatsächlich kompliziert.

»Aber es gibt einen Silberstreif!«, fügte Helena hinzu, als ich nichts sagte. »Jenny ist sich sicher, dass der Leo, den sie mal kannte, nie lästern oder mobben würde. Was mich auch gewundert hätte, im Ferienlager hat er den halben Tag mit Monty rumgehangen. Erinnerst du dich? Der Hund an der Rezeption, der ständig Blähungen hatte? Dafür wurde *er* gemobbt.«

»Hm.« Ich ließ mich rücklings aufs Bett fallen. »Also wissen wir jetzt, dass wir nichts wissen.«

»Ich weiß nicht. Ja? Aber ist das wirklich so wichtig? Ich meine, selbst wenn er rumerzählt, dass du gekifft hast, dann wundern sich alle für ein paar Tage und deine Eltern machen einen Aufstand, aber die kommen drüber hinweg, oder?«

Ich wollte zustimmen. Wahrscheinlich würden meine Eltern darüber hinwegkommen, wenn ich einmal für ein paar Millisekunden an einem Joint gezogen hätte – solange ich versprach, danach ein Seminar zur Suchtprävention zu besuchen und mich in der Schule gleich doppelt anzustrengen.

Das war nur leider nicht, was Leo erzählen würde. Er würde sagen, dass ich mich heulend und hyperventilierend auf dem Schulklo ausgezogen hatte. Das klang viel weniger cool. Dagegen gab es keine Seminare. Und ich wusste nicht, wie ich meinen Eltern erklären sollte, was mit mir los war. Sie kannten diese Version von mir nicht. Ich war kein Mensch für öffentliche Gefühlsausbrüche – oder für Gefühlsausbrüche überhaupt. Ich konnte mich nicht einmal erinnern, wann ich das letzte Mal vor ihnen geweint hatte.

Mir wurde unangenehm warm und ich zog instinktiv am Kragen meines Pullis. Das alles war einfach peinlich, seltsam und übertrieben unaussprechlich peinlich.

»Es ist wichtig«, sagte ich schließlich.

»Okay«, erwiderte Helena. »Dann tut's mir leid, dass ich dir nicht besser helfen konnte.«

»Nein, du kannst nichts machen, ich – viel Spaß bei deinem Date, und wir sehen uns dann.«

»Hä? Moment, das ist erst am kommenden Wochenende, wir sehen uns morgen in der Schule.«

»Ach so, ja stimmt, äh, ich bin gerade ein bisschen –«

»… angespannt? Ich hör's. Eli, das ist irgendein Typ. Who cares, was er sagt? Marty hat vor dem Sportunterricht gewettet, dass er eine Dose Hundefutter essen kann, und dann Frau Novak aufs Shirt gekotzt. Selbst darüber redet niemand mehr.«

»Du redest gerade darüber.«

»Ja, aber nur zu Lehrzwecken.«

Ich musste gegen meinen Willen lachen. Dann kam mir eine Idee. Sie war ein bisschen bescheuert, aber schien mir immer noch besser, als nichts zu tun. »Hast du eigentlich Leos Nummer?«

»Ich?« Helena klang verblüfft. »Nein … Eli, was hast du vor?«

»Ich will nur mit ihm reden.«

»Stopp. Nein. Du weißt, dass so was nur nach hinten losgehen kann. Du denkst wieder zu viel nach und fängst dann an zu verschlimmbessern. Er hat die ganze Sache wahrscheinlich schon längst vergessen. *Du* solltest es einfach vergessen!«

»Wow. Toller Tipp. Einfach vergessen. Das ist ja auch so einfach.«

»Du weißt, worauf ich hinauswill«, brummte Helena, aber ich hörte nicht mehr richtig zu.

Einfach zu vergessen, war keine Option. Ich hatte in meinem ganzen Leben noch nichts, das mir misslungen war, vergessen. Tatsächlich könnte ich eine sehr peinliche und langweilige Biografie schreiben, Titel: »Menstruationsblut auf der Hose und andere Zwischenfälle«.

»Jenny hat sicher seine Nummer«, sagte ich.

»Bestimmt«, erwiderte Helena zögernd.

»Fragst du sie danach? Bitte, bitte, bitte? Ich verspreche, ich mach es nicht noch schlimmer.«

Helena seufzte. »Als ob du das versprechen könntest.«

Zwei Stunden später, nachdem wir lange aufgelegt hatten und ich zu meiner Deutschinterpretation zurückgekehrt war, schickte mir Helena Leos Nummer.

ZEHN

Weil ich sowieso nicht richtig schlafen konnte, verbrachte ich die halbe Nacht damit, eine Nachricht an Leo zu entwerfen, die als normales »Hi, können wir reden?« startete und mit der Zeit zu immer komplizierteren Textgebilden anschwoll. Je mehr ich tippte, desto weniger hatte ich das Gefühl, den richtigen Ton zu treffen. Aber was war schon der richtige Ton? Ich wollte ihn nicht um seine Hausaufgaben bitten, sondern darum, dass er niemandem erzählte, wie ich durchgedreht war. Dafür gab es kein passendes Emoji.

Irgendwann war es zwei Uhr nachts und ich war mit den Nerven am Ende.

»Nicht verschlimmbessern«, murmelte ich in die Dunkelheit. »Elisabeth Charlotte – du darfst nicht verschlimmbessern.«

Ich griff wieder nach dem Handy und tippte fest entschlossen: **hi, hier ist elisa seyffer. ich muss mit dir über etwas wichtiges sprechen. in der hofpause hinter der sporthalle?**

Dann schaltete ich mein Handy aus und zog die Decke über den Kopf.

***

»Sorry, aber ich versteh nicht, wie man Dark Night für den besten Batman-Film halten kann«, sagte Marty, während wir zusammen unseren Englischkurs verließen, in dem eine hitzige Diskussion über Comicverfilmungen ausgebrochen war.

Ich zuckte mit den Schultern und schaute dabei zum fünften Mal auf meine Handyuhr, obwohl es erst vor ein paar Sekunden zur Hofpause geklingelt hatte. Heute Morgen um acht Uhr zwanzig war Leos Antwort auf meine Nachricht angekommen. Sie beinhaltete ein einziges Wort: **okay**.

Okay. Ein Wort. Mehr nicht. Keine Ahnung, was ich erwartet hatte, aber seine Knappheit beunruhigte mich.

Marty brabbelte währenddessen irgendetwas über Christopher Nolan, und ich sagte: »Ich mag Inception.«

»Alle mögen Inception«, schnappte Marty ungeduldig. »Das ist nicht der Punkt. Wo ist Linh, wenn man mal Unterstützung braucht? Ich wette, sie hängt schon wieder bei ihren Leuten vom Theater rum, die stehen immer bei den Fahrrädern, lass uns Linh suchen und –«

»Ich kann nicht«, unterbrach ich ihn. »Ich muss zu Frau Jablonski. Wegen Orchester.«

Marty fasste sich an die Brust. »Et tu, Brutus?«

»Sind alle Batman-Fans so schnell aus der Fassung zu bringen oder bist das nur du?«

»Pff.« Marty umarmte mich und zog eine Zigarette hinter seinem Ohr hervor, obwohl die Lehrer ihn dafür immer verwarnten. »Das sagt die Richtige.«

»Hey, ich hab ja wohl nie Drama!«

»Ach ja? Ich sag nur zwei Worte: süße Grübchen.«

Marty warf mir eine Kusshand zu und drehte sich um, bevor ich antworten konnte.

»Arsch«, murmelte ich und folgte ihm mit den Augen über den Schulhof, dann fummelte ich wieder mein Handy aus der Jackentasche und checkte die Uhr.

Die Pause hatte vor fünf Minuten begonnen, der Hof war längst voll – das schien mir genug Zeit, damit Leo sich auf den Weg machen konnte.

Ich packte beide Gurte meines Rucksacks. In meinem nervösen Magen rumorte ein spärliches Frühstück. Aber ich hatte das im Griff. Es gab kein Drama. Kein Verschlimmbessern. Nur ein kurzes Gespräch.

Unsere kleine Sporthalle lag ganz in der Nähe. An der Seite der Halle war eine Tür angelehnt, gemurmelte Gespräche drangen nach draußen, Schuhe quietschten auf Linoleum.

Ich stellte mich vor zwei Mülltonnen und ging im Kopf durch, was ich Leo sagen wollte. Schaute aufs Handy. Wartete. Nach zehn Minuten wurden meine Füße kalt. Nach fünfzehn Minuten begann ich zu fürchten, dass er nicht mehr kommen würde. Ich löste meine Sohlen vom Boden: Sie hatten einen Abdruck in den Raureif geschmolzen.

Vielleicht lag Helena richtig. Er interessierte sich wahrscheinlich kein bisschen für mich. Hatte alles längst vergessen.

Perfekt.

So war es mir eh am liebsten.

Ganz toll.

Ich steckte mein Handy weg und versuchte, nicht enttäuscht zu sein. Weil – es machte absolut keinen Sinn, enttäuscht zu sein.

Dann hörte ich schnelle Schritte und sah auf.

Leo bremste vor mir ab. Seine Wangen waren knallrot. »Sorry«, keuchte er. »Bin nicht früher losgekommen. Festgequatscht.«

»Oh. Äh. Kein Ding.«

Ich starrte ihn an. Er hatte einen komischen Unterton in der Stimme und wirkte abgehetzt.

»Also, was wolltest du besprechen?«, fragte er.

»Äh …«

Jetzt, wo er vor mir stand und mich erwartungsvoll ansah, war ich mir nicht mehr sicher, welche Einleitungsformel ich mir gestern für meine Rede überlegt hatte. Ohne richtige Einleitung konnte ich nicht loslegen, das war, als ob man den Anfang eines Songs vergessen hatte und in der Mitte einsteigen musste.

»Ferienlager!«, rief ich schließlich. »Mir ist auf dem Wintermarkt eingefallen, woher wir uns kennen. Wir waren zusammen im Biber-Camp, oder? Oh mein Gott, allein der Name! Das war so seltsam dort, wie in einem Öko-Kult. Ich kann seitdem keinen Yogi-Tee mehr trinken.«

»Ah ja?«, erwiderte Leo.

Mehr sagte er nicht.

Wir schauten uns an.

Ich konnte mein bemühtes Lächeln nicht weiter aufrechterhalten. Es half nichts. Es musste raus. »Also, das Ding ist«, murmelte ich, »ich hab dich hergebeten, weil ich wissen will – du hast deinen Freunden nicht zufälligerweise von mir erzählt, oder? Basti hat mich am Freitag so penetrant angeguckt, aber wahrscheinlich hab ich mir das eingebildet. Ich meine, warum solltest du auch über mich reden?« Ich lachte nervös. »Das wär ja bescheuert. Wir kennen uns gar nicht richtig. Ich will nur nicht, dass du einen falschen Eindruck von mir bekommen hast und alle mich jetzt für einen Freak halten. Ich bin nämlich keiner! Ich hab eine Erklärung für alles.«

Leo blinzelte. »Ich halte dich nicht für einen Freak«, sagte er. Sein Satz klang trotzdem nicht beendet. Er schwebte in der Luft.

Ich suchte Leos Blick.

Er wich aus.

»Du *hast* ihnen von mir erzählt«, sagte ich.

»Ja.«

»Fantastisch.« Ich warf beide Hände über den Kopf. »Du weißt aber, dass deine Freunde Wichser sind?« Kaum hatte ich es ausgesprochen, bereute ich, überhaupt den Mund aufgemacht zu haben. Oder hier zu sein. Leo starrte mich an. »Scheiße. Vergiss, was ich gerade gesagt habe. Okay, also ich kann das alles erklären, meine – meine Eltern trennen sich. Ich stehe gerade total neben mir.«

»Das tut mir leid«, sagte Leo. Er zögerte. »Ist ätzend. Meine Eltern haben sich auch getrennt.«

Ich bildete mit dem Mund ein stummes »Oh«.

Lügen war wirklich nicht meine Spezialität. Irgendwie schaffte ich es immer, die Lüge zu finden, die am meisten wehtat. Wenn Helena mich jetzt sehen könnte, wäre sie sicher der Meinung, ich würde wieder verschlimmbessern. Aber ich wollte bloß verbessern – das Schlimme drängte sich einfach dazwischen.

»Sorry«, murmelte ich.

»Wieso?«, fragte er. »Ich weiß übrigens, dass meine Freunde Wichser sind. Aber ich habe ihnen kaum etwas gesagt. Basti ist halt aufgefallen, dass wir vor dem Imbisswagen miteinander geredet haben, und wollte wissen, woher wir uns kennen. Ich hab ihm vom Camp erzählt.«

»Moment – du hast ihm vom Camp erzählt?«

»Ich wusste nicht, dass dir das peinlich ist.«

Für ein paar Sekunden war ich so verblüfft, dass ich nichts erwiderte. Er runzelte die Stirn, als wollte er meine Gedanken lesen. »Ach so!«, rief er auf einmal. »Du dachtest, ich erzähle von deiner Panikattacke auf der Toilette?«

»Meiner was?«

Leo war im Begriff zu antworten, dann sah er meinen irritierten Gesichtsausdruck und stockte. Im natürlichen Licht wirkten seine Augen eher grau, mit dichten dunklen Wimpern.

»Mein Onkel hat manchmal Panikattacken«, begann er. »Du hast mich an ihn erinnert. Aber vielleicht habe ich zu eilig Parallelen gezogen.«

»Ich war nur traurig.«

»Okay.«

»Bitte erzähl trotzdem niemandem davon.«

»Okay.«

»Wirklich?«

»Klar.«

Leo klang so, als ob es eine Selbstverständlichkeit wäre. Das hätte ich nie von jemandem erwartet, der regelmäßig mit Basti und Ella rumhing. Ich suchte seinen Blick und dieses Mal wich er nicht aus.

»Danke«, erwiderte ich.

»Du musst dich nicht bedanken. Ich hab ein schreckliches Talent dafür, Leute auf der Toilette zu erwischen. Von Heulkrampf bis Sex war schon alles dabei.«

»Wow.«

Wir lachten, dann verfielen wir gleichzeitig in ein betretenes Schweigen. Es klingelte zum Ende der Pause.

Leo wandte ruckartig den Kopf.

Ich betrachtete die Bewegung seiner Nackenmuskeln. Heute hatte er den Strickpulli zu Hause gelassen und trug nur eine dünne Stoffjacke, Jeans und ausgelatschte Sneaker.

»Ich muss los«, sagte er und drehte sich wieder um.

»Sollen wir zusammen zurückgehen?«, schlug ich vor.

»Sorry, aber – äh – das halte ich für eine schlechte Idee.«

»Oh.«

Leo hob kurz die Hand zum Abschied und ging.

Ich blieb stehen und sah ihm ausdruckslos nach, mit einem Gefühl, als hätte er mir gerade einen Eimer Eiswasser übergekippt.

Eben noch hatte ich angefangen, ihn okay zu finden, mehr als das sogar, und jetzt war er plötzlich total kühl geworden. Kein Wunder, dass Jenny die Nase voll von ihm hatte.

Ich gab ihm Vorsprung, dann machte ich mich selber auf den Weg, gekränkt und verwirrt.

ELF

»Ich will nach Hause«, sagte Helena und setzte sich neben mich.

»Glaub mir, wir alle«, murmelte ich.

Die erste Dezemberwoche hatte begonnen, und im Chemiesaal herrschte angespannte Stimmung, seit Herr Richter mit einem großen Stapel korrigierter Klausuren in den Raum gerauscht war und auf das Klingelzeichen wartete.

Helena warf ihren Rucksack auf den Tisch und drückte die Stirn in den Stoff. »Nein, ernsthaft, hilf mir, Eli! Ich hab seit Samstag kein Auge mehr zugetan. Ich dreh langsam durch.«

»War also ein gutes Date mit Saskia?«, fragte ich.

Helena hob den Kopf. Sie hatte tiefe Augenringe, ihr Gesicht sah zerknautscht aus, und trotzdem strahlte sie wie jemand, der auf einer Menge Glückshormone war.

Es klingelte zur Stunde.

»Definitiv«, flüsterte sie und grinste. »Richtig, richtig toll. Wir sind jetzt zusammen.«

»Was? Warum hast du mir das nicht sofort geschrieben?«

»Ich wollte deine Reaktion sehen.«

»Okay, also du siehst mich beglückt und schockiert. Wie lange kennt ihr euch jetzt? Einen Monat?«

Helena verdrehte die Augen. »Zwei.«

»Bist du sicher, dass das lang genug ist –«

»Ruhe bitte!«, rief Herr Richter, und ich verstummte.

»Ja, bin ich, Mama«, murmelte Helena neben mir.

Herr Richter nahm den Stapel in die Hand und begann, die Klausuren auszuteilen. Er gehörte zu der schrecklichen Sorte Lehrer, die die Arbeiten nach Noten ordneten. Ich beobachtete, wie er Ajda einen dicken Papierstapel überreichte, dann Helena, dann Liam.

»Ich mach mir nur Sorgen«, erwiderte ich leise.

»Du machst dir immer Sorgen.« Helena blätterte ihre Klausur durch, auf der viele rote Häkchen blitzten. Ich konnte kaum hingucken. »Ha! Vierzehn Punkte! Nice.« Sie strahlte noch breiter.

»Ich will auch, was du hast«, sagte ich und beobachtete Herrn Richter, der mittlerweile über die Hälfte unseres Kurses abgegangen war. Ab jetzt war ich bei acht Punkten – oder schlechter.

»Eine Freundin?«

»Nein. Eine volle Dröhnung Glücklichmacher und vierzehn Punkte in Chemie.«

»Ich kann dich fest umarmen, wenn du willst?«

»Ja bitte.«

Helena warf ihre Arme um mich und drückte meinen Kopf an ihren Hals. Sie roch nach Waschmittel und wiegte mich wie ein Baby. Wir mussten beide lachen.

Herr Richter kam zu unserem Tisch und betrachtete die

Szene eine Weile. »Drück sie mal noch ein bisschen fester, Helena«, sagte er und legte die letzte Klausur vor mich. »Sie wird es brauchen. Elisa, bitte komm nach der Stunde zu mir, ja?«

Helena ließ mich los und ihr Lächeln verschwand.

»Oh, oh«, sagte sie. »Wie schlimm ist es?«

Ich blätterte die Klausur durch. »Zwei Punkte.«

»Oh, shit! Ernsthaft? Wie hast du das geschafft?«

Tränen stiegen mir in die Augen. Ich antwortete nicht und starrte auf die große rote Zwei.

»Sorry«, schob Helena schnell hinterher. »Das klang falsch. Hey, ist doch nicht so schlimm. Du warst an dem Tag total durch den Wind. Erinnerst du dich? Du musstest sogar kurz raus. Ist ja klar, dass du dich dann nicht konzentrieren konntest.«

Ich regte mich nicht.

»Eli … ist wirklich nicht so schlimm.«

»Aber Chemie ist mein Prüfungsfach.« Ich wischte hastig mit dem Ärmel über meine Augen. »Das ist meine Vorprüfung.«

»Jeder haut mal daneben.« Helena griff nach meiner Hand. »Und für die Prüfung lernen wir zusammen. Okay?«

Ich nickte. Helena tätschelte noch eine Weile meine Finger, dann ließ sie los. Ich wollte am liebsten kotzen.

Egal, wie viel wir zusammen lernten, Helena konnte nicht ändern, was schiefgelaufen war. Sie konnte mir nicht beibringen, was sich nicht kontrollieren ließ.

Eine Panikattacke.

War es das?

Hatte ich Panikattacken – wie Leos Onkel?

Das machte doch keinen Sinn. Wo sollte das denn herkommen? Ich war kein Notfall. Ich war eine stinknormale Schülerin in der zwölften Klasse. Panikattacken waren was für Leute mit richtigen Problemen.

Mit zitternden Händen griff ich nach meinem Federmäppchen und holte einen Stift hervor, um die Anmerkungen mitzuschreiben, die Herr Richter zur Korrektur gab.

***

»Ja«, sagte ich und rieb mir die Stirn, »klar.«

»Es ist einfach blöd gelaufen, nehme ich an.« Herr Richter gab mir meine Klausur zurück, nachdem er durchgegangen war, wo ich Aufgabenteile übersehen oder falsch herum beantwortet hatte. Der Chemiesaal war bereits leer und ich hasste die Stille.

»War eine Ausnahme«, murmelte ich, weil ich wusste, dass er das hören wollte.

Die Klausur in meinen Händen konnte man nur als ein einziges Chaos bezeichnen. Es sah aus, als wären drei Textmarker darauf explodiert – und mit ihnen mein Hirn. Selbst die Schrift schien nicht von mir zu stammen: zittrig, schief und die Hälfte der Wörter durchgestrichen. Warum war mir das damals nicht aufgefallen?

»Der Zeitpunkt ist natürlich ungünstig, wegen der Wichtung der Note für dieses Halbjahr«, fügte Herr Richter besorgt hinzu, als ob mir das nicht klar wäre. »Aber auch so ein Ausreißer kann im Gesamtschnitt verschwinden. Du verstehst dich doch gut mit Helena. Vielleicht setzt ihr euch mal zusammen und lernt.«

»Tolle Idee«, sagte ich tonlos.

Herr Richter lächelte aufmunternd. Ich erwiderte die Geste schlapp und fragte mich, ob meine Mutter mit ihm befreundet war. Mir zuliebe luden meine Eltern niemanden aus dem Kollegium nach Hause ein.

»Äh.«

»Ja?«, fragte Herr Richter.

»Sie sagen meinen Eltern nichts von der Note, oder?«

»Nein.« Herr Richter betrachtete mich plötzlich viel aufmerksamer als vorher. »Aber du musst die Klausur von ihnen unterschreiben lassen.«

»Ach so, klar.«

Ich spürte einen Stich in der Magengrube. Das hatte ich natürlich vergessen.

»Bis spätestens übernächste Woche, ja?« Herr Richter drehte sich zum Lehrertisch um und begann, seine Tasche zu packen.

»Am zehnten hab ich Geburtstag«, rief ich, überrascht von der Lautstärke meiner eigenen Erleichterung. »Dann kann ich doch selbst unterschreiben, oder?«

Herr Richter runzelte die Stirn und sagte nach einer langen Pause: »Ja, kannst du.«

»Perfekt.« Ich eilte zurück zu meinem Platz, um die Klausur tief in meinen Rucksack zu stopfen, und hoffte, dass sie dort auf mysteriöse Weise verschwand, bis ich achtzehn war. Ich griff Jacke und Tasche.

»Dann bis Donnerstag!«, rief ich.

»Bis dann«, sagte Herr Richter.

Ich spürte seinen Blick noch im Rücken, als ich den Raum schon verlassen hatte.

ZWÖLF

»Bist du sicher, dass du nicht mitkommen willst?«

Helena zog eine zweite Strumpfhose über ihre erste. Ich betrachtete mich in ihrem Spiegel, während sie im Schrank nach einem Paar dicker Socken suchte. Irgendwie sah meine Reflexion mit jeder verstreichenden Woche fremder aus als vorher.

»Eli?« Helena warf mir die zusammengeknäulten Socken ins Gesicht.

»Was?«

»Feiern gehen? Heute? Es ist Silvester. Man muss an Silvester feiern gehen. Das ist eine Grundregel des Lebens.«

»Ist das so?« Ich warf die Socken zurück.

»Klar. Hast du in Bio etwa nicht aufgepasst?«

Ich wollte lachen, aber es blieb mir im Hals stecken. Meine Bioklausur war fast so schlecht ausgefallen wie die in Chemie. Die meisten meiner Klausuren waren schlecht ausgefallen.

Helena schien es nicht zu bemerken. »Du hast schon deinen Geburtstag nicht gefeiert«, sagte sie. »Langsam krieg ich den Eindruck, dass du dir jeden Spaß verbietest.«

»Quatsch«, erwiderte ich schnell. »Ich bin nur total fertig von der Klausurphase und will zu Hause langweilige Comedyshows gucken. Oder Dinner for One. Also allgemein will ich irgendwas Langweiliges machen und mich mit Essen vollstopfen.«

»Ich find es gruselig, dass du so kaputt bist. Sind deine Eltern denn zu Hause?«

»Die sind auf einem Fondue-Abend bei Bekannten. Und sie denken, dass ich heute mit dir feiern gehe, also sei bitte mein Alibi, ja?«

Helena musterte mich kurz, bevor sie ein silbernes Glitzerkleid von ihrem Bett nahm und über den Kopf stülpte.

Auf ihrem alten PC lief die Uhrzeit als Bildschirmschoner: fast einundzwanzig Uhr. Die Party, zu der Helena mich schleppen wollte, startete um zehn. Liam hatte die Räume einer ehemaligen Gaststätte gemietet und einem ahnungslosen Rentnerehepaar hundert Euro Kaution hinterlegt. In der Schule redete jeder davon. Irgendwie waren per Kettenreaktion alle eingeladen worden oder hatten sich selbst eingeladen.

»Also fürs Protokoll: Ich soll dein Alibi sein, damit du in Ruhe zu Hause bleiben kannst, ohne dass es wer merkt?« Helena prustete. »Irgendwie hast du da was falsch verstanden, Eli.«

Ich musste lachen.

»Ich freu mich drauf«, entgegnete ich, was irgendwie stimmte und irgendwie auch nicht.

In einer Welt, in der mich mein Spiegelbild nicht ausfreakte, wäre ich an Silvester gern mit meinen Freunden zusammen. Aber in dieser Welt wollte ich mich nur im

Bett verkriechen. Eine große Portion Fast Food zählte immerhin auch als Gesellschaft.

Helena setzte sich mit einem Seufzen zu mir und griff nach meinem Handgelenk. Ihre Finger fühlten sich warm und ein bisschen feucht an.

»Wirklich?«, fragte sie.

»Ja.«

Sie lächelte zögernd. Ich legte meinen Kopf kurz auf ihrer Schulter ab. Es war ein wahnsinniges, wunderbares Glück, dass ich Helena kannte. Das merkte ich immer wieder.

»Saskia hatte also kein Geld, um in die Provinz zu fahren?«, fragte ich schließlich, in der Hoffnung, die Unterhaltung in eine Richtung zu lenken, bei der ich mich nicht wie eine halbe Lügnerin fühlen musste.

»Nope«, erwiderte Helena, »aber sie kommt zu meinem Geburtstag. Ist ja auch nicht so, dass man hier an Silvester besonders viel machen kann.«

»Ich weiß nicht, diese Party klingt gar nicht so langweilig.«

»Es ist nur ein ranziger Raum mit ein paar Leuten.«

»Ja, nee, du willst mir das schönreden. Es sind sicher viel zu viele Leute da.«

»Keine Ahnung, vielleicht. Ich hab bisschen oft davon rumerzählt. Schade, dass Linh gerade in Vietnam ist, sie wäre voll begeistert. Aber Marty kommt – und sogar Jenny! Seit ich mit ihr wegen Leo telefoniert habe, schreiben wir wieder.«

Leos Namen zu hören, zwickte unangenehm in meiner Brust, und ich fragte schnell: »Linh ist bei ihren Großeltern, oder?«

»Ja, bis zum Fünften.« Helena streckte sich und legte sich neben mich aufs Bett. »Was schaust du so traurig?«

»Tu ich gar nicht«, sagte ich und schüttelte den Kopf, um die Gedanken an Leo loszuwerden. Das mit ihm war erledigt. Vergangenheit. »Ich hab nur überlegt, wo ich heute was zu essen herkriege. Hat der Imbiss beim Kaufhaus offen?«

»Nee, nicht an Feiertagen. Aber du kannst zu McDonald's. Der hat die ganze Nacht offen. Oh, und –«, Helena schlug mir mit einem Keuchen gegen das Bein. »Weißt du, was? Die Party ist direkt um die Ecke. So ein Zufall.«

Ich nahm ein Kissen und drückte es ihr ins Gesicht.

»Ist ja gut!«, murmelte Helena durch den Stoff und zog das Kissen weg. »Das war der letzte Versuch, versprochen.«

Während Helena sich schminkte und ihre Haare zu einem kleinen Dutt knotete, setzte ich mich an ihr Fenster und betrachtete die Stadt: das warme Laternenlicht, die Wohnblöcke mit ihren Mosaiksteinbildern an den Seiten, die verschneiten Gehwege. Gelegentlich stieg Feuerwerk auf und Böller knallten.

»So«, sagte Helena und zog den Reißverschluss von ihrem Make-up-Täschchen zu. »Mehr Glitzer kann ich der Welt nicht wegnehmen. Wollen wir los?«

Die Luft draußen roch nach Schwarzpulver und Schnee. Helena ließ ihr Fahrrad widerwillig zu Hause, weil der Boden eisglatt war, und wir liefen zwanzig Minuten in der Kälte, um von ihrer Wohnsiedlung zum McDonald's am Stadtrand zu kommen. Dahinter führte die Fernstraße nur noch durch Wald und Felder.

Auf dem McDonald's-Parkplatz stand ein einsames Auto. Von irgendwoher dröhnte lauter Bass.

Helena zeigte auf ein niedriges Gebäude, das an den Parkplatz grenzte. Die Fenster waren schmierig und vor dem Hintereingang lag Schrott. Ein paar Leute drückten sich im Halbschatten herum, ich konnte die glimmenden Spitzen ihrer Zigaretten sehen. »Da ist die Party.«

»In dem alten Schuppen? Kein Wunder, dass das Restaurant schließen musste.«

Helena schaute unauffällig auf ihre Armbanduhr.

»Du kannst ruhig gehen«, sagte ich.

»Wirklich? Ich hab ein schlechtes Gewissen, dich an Silvester allein bei McDonald's abzuladen.«

»Das ist meine Entscheidung, nicht deine. Und ich muss mich sowieso beeilen, sonst verpasse ich den Bus zurück.«

»Na gut.« Helena warf beide Arme so schwungvoll um mich, dass wir beinahe umfielen. »Ich wünsch dir einen guten Rutsch und ein ganz tolles neues Jahr!«

»Ich dir auch«, murmelte ich in ihre Haare. »Hab dich lieb.«

»Ich dich auch.«

Der McDonald's war komplett leer. Es lehnte nur ein Angestellter an der Kasse, offensichtlich davon genervt, an Silvester arbeiten zu müssen.

Ich bestellte drei Veggie-Burger, dreimal Pommes und zweimal Eis obendrauf.

»Sag mal, haben wir noch Veggie?«, rief der Typ nach hinten in die Küche. Er war kaum älter als ich und trug seine Haare in einem voluminösen Knoten mit Undercut.

»Muss ich gucken!«, kam es zurück.

Er drehte sich zu mir, gab meine Bestellung in die Kasse ein und sagte: »Dauert bisschen. Willst du den Rest schon haben?«

Ich schüttelte den Kopf und suchte mir eine Sitzbank am Fenster. Auf dem leeren Parkplatz glitzerte der frisch gefallene Schnee. Gedankenverloren betrachtete ich die vereisten Reifenspuren und Fußabdrücke, während hinter dem Tresen Schranktüren knallten und Plastik knisterte.

Plötzlich fühlte ich mich komisch bei dem Gedanken, dass alle anderen gemeinsam feierten. Ohne mich. Ausgerechnet an Silvester. Was hatte ich mir dabei gedacht? Warum wollte ich immer nur so lange Ruhe und Stille, bis ich sie dann hatte?

Ich wurde abgelenkt, als eine Gruppe laut redender Menschen vor dem Fenster vorbeilief. Im ersten Moment dachte ich, sie würden bloß so viel Lärm machen, weil sie von der Party kamen und betrunken waren. Dann merkte ich, dass sie hitzig miteinander stritten.

Der eine Typ trug eine rote Strickmütze, die wie ein aufgerolltes Kondom auf seinem Kopf saß. Der andere war dünn und groß und hatte die Ohren voller Piercings. Der dritte war Leo. Er schüttelte ständig den Kopf, die Arme defensiv verschränkt, während die anderen beiden auf ihn einredeten.

Ich rutschte betreten vom Fenster weg und starrte auf den Tisch.

Dieser mickrige Versuch, Leo Privatsphäre zu geben, hielt nicht lange. Als er »Lasst mich einfach in Ruhe! Ich bin durch mit euch!« brüllte, hörte man es sogar über das Geplärre des Radios, in dem irgendeine Silvestershow lief.

Ich spähte nach draußen.

»Die Burger sind fertig!«

Basti und Jan lachten über Leos Ausbruch, trotzdem sahen sie erschrocken aus. Die Gruppe driftete auseinander. Leo wandte sich abrupt ab, seine Ex-Kumpels liefen zurück zur Party, nicht ohne sich mehrmals umzudrehen und Beleidigungen quer über den Parkplatz zu schreien. Bei jedem Wort sah ich, wie Leo zusammenzuckte.

»Hey, du! Deine Bestellung!«

»Komme!« Ich stand auf und ging zum Tresen, nahm eine vollgepackte Papiertüte entgegen, die schwer nach Fett und Zucker roch, und kramte nach meinem Portemonnaie.

Das eben hatte nicht gut ausgesehen.

Ich kaute auf meiner Unterlippe.

Leos Probleme waren definitiv nicht meine Angelegenheit. Selbst wenn er in Schwierigkeiten war, große Überraschung, das war ich auch. Jeder war das. Und wir alle liefen letztendlich aneinander vorbei und behielten unseren Scheiß für uns. So funktionierte das.

»Mit Karte bitte«, murmelte ich.

Ich zumindest behielt meinen Kram für mich. Ich hätte auch nicht gewusst, wie es anders funktionieren sollte. Zu Hause wurde nicht über Probleme und Ängste geredet, und es war ein unangenehmer Gedanke, als Erste den Mund aufzumachen. Was, wenn von der anderen Seite nichts kam? Dann stand man da wie ein Trottel.

Während das EC-Gerät meinen Beleg druckte, traf ich eine Entscheidung.

»Guten Rutsch«, sagte ich und verließ den Laden.

DREIZEHN

Das einsame Auto auf dem Parkplatz war verschwunden. Leo stand noch immer dort, wo Basti und Jan ihn zurückgelassen hatten, im grellen Licht der Burger-Werbetafeln. Sein Brustkorb hob und senkte sich heftig. Ich konnte nur einen flüchtigen Blick auf ihn werfen, bevor er den Kopf in eine Hand stützte – und in Tränen ausbrach.

Hinter mir fiel die Tür vom McDonald's zu.

Leo reagierte nicht darauf. Anscheinend hörte er mich gar nicht. Ich kannte das. Ein heftiger Heulanfall konnte einen von der ganzen Außenwelt abschneiden.

»Hey«, sagte ich vorsichtig und näherte mich. Meine Schritte knirschten laut auf dem Schnee. »Alles okay?«

Wieder keine Reaktion.

»Leo?«

Er hob widerstrebend den Kopf, als würde er ihn aus einem Wasserbecken ziehen. Für einen Moment starrte er mich nur an, ohne einen Funken Erkenntnis in seinen Augen.

Dann fragte er tonlos: »Elisa?«

»Ja.«

»Was machst du hier?«

»Ich war im McDonald's und hab mir Essen geholt.«

»Ach so. Verstehe.« Leo rieb sich mit einem Handgelenk hastig über die Wangen. »Lass dich nicht aufhalten.«

Wollte er, dass ich ging?

Es klang so.

Sollte ich einfach gehen?

Keine Ahnung.

»Man hat euch bis in den McDonald's streiten gehört«, sagte ich stattdessen. »Klang ganz schön krass.«

»Kann sein.« Leo kramte abgelenkt in seinen Jackentaschen, holte ein zerknülltes Taschentuch heraus und schnaubte lautstark hinein.

»Willst du einen Veggie-Burger?«

Leo hielt inne. »Ich?«

Er wirkte, als wollte er lieber im Erdboden versinken. Die ganze Situation schien ihm unendlich peinlich zu sein. Mir ging es nicht so. Ganz im Gegenteil. Ich hatte das Gefühl, endlich einem Menschen mit echten Gefühlen gegenüberzustehen.

»Ich hab drei Veggie-Burger gekauft«, erklärte ich, »und war gerade auf dem Heimweg, aber mein Bus ist eh gleich weg. Wenn wir realistisch sind, schaffe ich auch nur zweieinhalb Veggie-Burger. Die eine Hälfte schenke ich dir. Wir können uns ins Warme setzen und – reden.«

Leo sah mich an.

»Nur ein Angebot«, fügte ich hinzu.

Leo räusperte sich umständlich, aber dann lächelte er, ein bisschen jedenfalls. Es kam gerade so über einen Mundwinkel.

»Okay«, erwiderte er. »Danke.«

Im McDonald's trällerte immer noch das Radio. Der Tresen war leer. Wir suchten uns einen Tisch am Fenster und ich packte meine drei Burger, drei Pommes-Packungen und zwei Eisbecher aus. Leo beobachtete mich mit immer größer werdendem Erstaunen.

»Du hattest ja was vor heute«, sagte er.

»Haha.«

Er trug noch seine Jacke, hatte nicht einmal den Reißverschluss aufgezogen und wandte den Blick aus dem Fenster, die Arme verschränkt.

Ich öffnete eine Packung Pommes.

Knabberte an einer labbrigen Fritte.

Betrachtete sein Profil.

Marty hielt Leo zwar für einen Indie-Klon, aber ich fand ihn ziemlich unverwechselbar. Er hatte etwas an sich, mit seinem Gesicht und seinen blauen Augen und der Art, wie seine Lippen aufeinanderlagen, dass es so einzigartig und unverfälscht wirkte wie ein spontan entstandenes Foto.

Als Leos Schweigen immer tiefer wurde, sagte ich schließlich: »Du siehst bedrückt aus.«

»Oh.« Er schüttelte abrupt den Kopf. »Sorry, ich hab nur nachgedacht.«

»Das ist keine gute Angewohnheit. Hier.« Ich gab ihm einen Veggie-Burger. »Mehr essen, weniger denken.«

»Wo hast du das her? Steht das hier irgendwo als Slogan?«

»Nein, das ist mein ganz privates Motto.«

Leo grinste. Für einen Moment trafen seine Augen meine. Ich spürte einen kleinen Funken. Er kribbelte durch meinen ganzen Körper. Leo wickelte das Papier vom Burger, leckte Soße von seinem Daumen und kämpfte mit dem auseinanderrutschenden Burger, als wäre nichts gewesen. Anscheinend war ihm nicht klar, was er da gerade ausgelöst hatte.

»Also. Leo.« Ich holte tief Luft, um das Thema zu wechseln. »Ferienlager. Biber-Camp. Anmerkungen?«

Er schmunzelte, schüttelte aber nur den Kopf.

»Wie jetzt? Du hast nichts zum Biber-Camp zu sagen? Du erinnerst dich aber an den Filz-Workshop? Und den Wachtel-Wettlauf? Und an diesen seltsamen Morgenkreis? Ich hab noch nie so früh am Tag mit so vielen fremden Menschen Händchen gehalten.«

Leo biss in seinen Burger. Als ich ihn auffordernd anschaute, murmelte er mit vollem Mund: »Du lachst mich nur aus.«

»Niemals!«

Er warf mir einen amüsiert-ungläubigen Blick zu.

»Ich verspreche, nicht zu lachen«, sagte ich. »Gib mir eine Chance.«

»Okay.« Leo legte den Burger zurück aufs Papier und verschränkte geschäftsmäßig die Arme. »Tatsächlich mag ich das Biber-Camp. Ich gehe dort seit Jahren regelmäßig hin. Mittlerweile arbeite ich auch als Jugendleiter.«

Ich presste beide Lippen aufeinander und drückte eine Hand auf den Mund. Damit hatte ich nicht gerechnet.

»Du bemühst dich wirklich«, sagte Leo nach einer Weile, in der er mir dabei zugeschaut hatte, wie ich mit aller Kraft versuchte, meine Mimik zu kontrollieren. »Lass es lieber raus, sonst platzt du.«

»Oh mein Gott.« Ich lachte erleichtert. »Das ist echt zu gut. Machst du jetzt den Filz-Workshop?«

»Ja.«

»Ernsthaft?«

»Ist entspannend.«

»Wow, du bist viel seltsamer, als ich gedacht hätte. Ich meine, du hängst mit den coolen Kids rum, aber du bist ein totaler Weirdo!«

Leo zuckte mit den Schultern und nickte.

Ich grinste ihn breit an. Dieses Silvester hatte eine komplette Kehrtwende genommen. Ich vermisste Dinner for One kein bisschen. Selbst Leo wirkte fröhlicher, obwohl man seinen Augen noch ansah, dass er gerade geheult hatte.

»Gut, jetzt bist du dran«, sagte er und griff wieder nach dem Burger. »Ich will ein peinliches Hobby von dir wissen.«

»Ich hab keine peinlichen Hobbys«, entgegnete ich prompt. »Ich spiel nur Cello. Das ist supersexy.«

»Das ist ziemlich sexy, aber du spielst sicher nicht zehn Stunden am Tag Cello.«

»Doch. Jeden Tag. Immer.«

Leo schmunzelte wieder.

Ich mochte das ein bisschen. Dann fiel mir Martys Kommentar ein, der jetzt schon Wochen alt war und trotzdem noch frisch in meinem Gedächtnis: *»Das sind die süßen Grübchen nicht wert.«*

Ich versuchte, den Satz zu verdrängen.

Zu spät.

Ich dachte ans Evil Triforce. Ich dachte an Ella. Scheiße, er hatte eine Freundin. Was tat ich hier eigentlich?

»Fan-Fiction«, sagte ich, als wäre das der absolute Stimmungskiller. »Ich schreibe richtig schlimm kitschige Fan-Fiction. Total peinlich.«

Dieses Mal war es an Leo, überrascht auszusehen.

»Du schreibst Fan-Fiction?«, fragte er. »Ist das nicht so Porno-Zeug?«

»Vielleicht«, sagte ich, obwohl das eher auf Helenas Geschichten zutraf. Meine Figuren kamen nie zu irgendwas, weil sie zu sehr mit Will-they-won't-they beschäftigt waren.

»Okay. Interessant.« Leo wurde ein bisschen rot. »Du bist auch seltsamer, als ich gedacht hätte.«

Ich war kurz davor, *Du hast ja keine Ahnung* zu sagen. Stattdessen griff ich nach einer fettigen Pappschachtel und stopfte Pommes in meinen Mund, damit ich die Klappe hielt.

Der Angestellte mit dem Undercut kam nach vorne an den Tresen, kramte in der Brusttasche seiner Uniform und rief zurück in die Küche: »Ich rauch noch eine, bevor's losgeht!«

Er trat hinaus auf den Parkplatz, wo er erfolglos versuchte, im kalten Gegenwind eine Zigarette anzuzünden. Leo und ich beobachteten ihn schweigend.

»Und«, sagte Leo plötzlich, »wie ist das jetzt mit deinen Eltern? Ich meine, dass sie sich trennen. Kommst du klar?«

Ich öffnete den Mund und wusste nicht, was ich antworten sollte. Leo musterte mich aufmunternd. Ich senkte den Kopf.

Die angebliche Trennung meiner Eltern …

Warum hatte ich mir diese dumme Lüge ausgedacht?

Ich wollte ihm nicht weiter etwas vormachen. Trotzdem erschien es mir unangenehmer, die Wahrheit zu sagen, weil – was genau war die Wahrheit? Warum ging es mir nicht gut? Warum hatte ich diese krasse Angst? Wieso fiel mir nichts Genaues ein? Gab es vielleicht gar keinen Grund? Das wäre echt gruselig.

»Schon okay«, sagte Leo gedämpft, »ist kacke, ich weiß.«

»Ja.«

»Ich bin mittlerweile eigentlich froh.«

»Dass deine Eltern sich getrennt haben?«

»Ja. Mein Vater ist … es war besser so. Ich hab das währenddessen alles nicht so richtig erkannt, aber jetzt mit Abstand sehe ich … er ist ein schwieriger Mensch. Sehr schwierig. Und es war eine schwierige Zeit. Ich musste sogar ein Jahr wiederholen, weil es einfach zu viel wurde. Das war in der Grundschule. Trotzdem gibt es noch heute Momente, wo meine Mutter unsicher wird und sich fragt, ob sie das Richtige getan hat.« Leo zögerte. »Ich versteh's irgendwie. Es ist hart, jemanden loszulassen, den man geliebt hat, selbst wenn er sich mittlerweile total scheiße verhält.« Für ein paar Sekunden verdüsterte sich Leos Gesicht. Er sah traurig aus. Überfordert. Dann sprach er weiter, als wäre nichts gewesen: »Außerdem erzählt meine Oma ihr andauernd, was für ein Riesenfehler die Trennung war. Nach fünf verdammten Jahren. Die Frau braucht langsam ein neues Hobby.«

Ich lachte.

Leo sah erleichtert aus.

Ich verstand das sehr gut. Lachen war mir auch immer lieber als Weinen.

»Eis?«, fragte ich und schob einen Becher zu ihm hinüber. »Schmilzt schon.«

»Oh. Danke. Gerne.«

Leo rührte in dem Becher Smarties-Eis herum und schien an einem Satz zu arbeiten. Das Eis war schon komplett zu einem matschigen Brei zerrührt, als er schließlich herausplatzte: »Kennst du jemanden, der manipulativ ist? Also so richtig – so richtig manipulativ?«

»Ich – keine Ahnung. Wie meinst du das?«

»Na ja«, Leo schüttelte unwillkürlich den Kopf, »es ist schwer, das jemandem zu erklären, der es nicht kennt. Meine Mutter hat erst vor Kurzem mit mir darüber geredet, wie mein Vater drauf war. Im Nachhinein denk ich mir, dass sie viel früher – aber vielleicht ist das unfair. Sie kann ja nichts dafür. Es *ist* schwer, darüber zu reden.«

Ich nickte irritiert, nicht sicher, welche Ereignisse hinter seinen Worten standen. Leo schien zu merken, dass ich ihm nicht ganz folgen konnte. Er lächelte wenig überzeugend, winkte ab und fügte hinzu: »Vergiss es. Das macht alles keinen Sinn.«

Er schaute ruckartig aus dem Fenster.

Der Angestellte kam wieder nach drinnen und brachte einen Schwall Rauch und kalte Luft mit. Hinter dem Verkaufstresen wartete sein Kollege mit zwei Gläsern Sekt.

Ich schaute auf die Uhr.

Kurz vor zwölf.

Die zwei Mitarbeiter begannen, den Countdown fürs neue Jahr runterzuzählen.

Leo wandte den Blick zurück zu mir und lächelte. Für einen kurzen Moment hatte ich das irrationale Bedürfnis, mich über den Tisch zu beugen und nach seiner Hand zu greifen.

»Null!«, riefen die beiden Angestellten.

Sie drehten das Radio auf und es lief irgendein Clubhit aus den Zweitausendern.

»Frohes Neues«, sagte Leo.

»Dir auch«, erwiderte ich.

Wir beide schauten zu, wie das erste Feuerwerk in den Himmel stieg. Goldene Funken zersprangen vor nachtdunklen Wolken, Fettdampf legte sich beschützend an die kalten Fensterscheiben.

Um meinen Händen etwas zu tun zu geben, das nicht bescheuert und vollkommen abgedreht war, holte ich mein Handy aus der Jackentasche und wollte ein paar Neujahrswünsche verschicken. Ich fand eine Nachricht von Helena, vor zwei Minuten gesendet: **ok da ist aber jemand nicht nach hause gegangen um burger zu essen??? :O**

VIERZEHN

Helena halbierte ihr Croissant, schmierte eine Schicht Marmelade über eine Schicht Frischkäse über eine Schicht Butter und schob sich beide Hälften wie ein Sandwich in den Mund. Unser Neujahrskaterfrühstück war eine Tradition geworden, zu der ich immer nüchtern und Helena völlig zerstört auftauchte.

Sie trank eine ganze Tasse Kaffee aus, ehe sie einen ersten zusammenhängenden Satz an mich richtete.

»Ich werde nie, nie, nie wieder so viel trinken.«

»Bestimmt«, sagte ich.

»Ach, halt die Klappe.«

Im Altstadt-Café war nicht viel los. Die Bedienung, ein Mädchen von meiner Schule, saß gelangweilt in einem Sessel am Fenster und schaute sich Videos auf ihrem Handy an. Auf den Gehwegen lagen verballerte Feuerwerksbatterien, die den Schnee rostrot gefärbt hatten.

»Wann warst du im Bett?«, fragte ich.

»Gar nicht.«

Ich lachte, und Helena drückte sich beide Hände auf die Ohren und fauchte: »Sei bitte leiser fröhlich, okay?«

»Sorry.«

»Nein, ist okay.« Helena stöhnte, schloss kurz die Augen und rieb sich mit zwei Fingern die Stirn. »Mein Kopf dröhnt so, ich kann keinen klaren Gedanken fassen. Am besten redest du für zwei Stunden und ich nicke und wir nennen das dann ein erfolgreiches Neujahrsfrühstück.«

»Also wie immer, ja?«

Helena grinste schlapp.

Ich nahm mein Croissant in die Hand und knabberte daran. Eigentlich hatte ich genug zu erzählen, aber nach vier Stunden Schlaf wusste auch ich nicht, was das gestern überhaupt gewesen war.

»Soll ich dir ein Stichwort geben?«, fragte Helena.

»Ich weiß genau, was du sagen wirst.«

»Na ja, McDonald's ist nicht der beste Platz für ein heimliches Date.«

»Das war kein Date.«

Helena betrachtete mich aufmerksam aus ihren blutunterlaufenen Augen. Je länger sie mich anschaute, desto mehr fühlte ich mich, als hätte ich etwas falsch gemacht.

»Mir gefällt die ganze Sache nicht«, sagte sie schließlich.

»Welche Sache?«

»Du und Leo. Das kommt ganz schön plötzlich. Als wir das letzte Mal über ihn geredet haben, hast du Angst gehabt, dass er über dich herzieht. Klingt für mich nicht nach einer guten Grundlage.«

»Er hat versprochen, das nicht zu tun.«

»Oh, na dann. Zum Glück hält er seine Versprechen. Wie bei Jenny.«

Ich presste beide Lippen aufeinander und legte mein Croissant weg. Helena konnte manchmal echt gnadenlos sein, wenn sie sich sicher war, dass sie richtiglag.

»Eli, ich mach mir nur Sorgen«, fügte sie hinzu.

»Ich hab mir auch wegen Saskia Sorgen gemacht, und du hast es ignoriert«, erwiderte ich hitziger, als ich wollte. Ich schüttelte den Kopf. »Egal. Das ist sowieso bescheuert. Wir müssen nicht über mich und Leo reden, weil es kein ›ich und Leo‹ gibt, okay? Er hat eine Freundin, ich weiß das. Ich find ihn eh nicht besonders – interessant.«

Das war gelogen, aber Helena schien es nicht zu bemerken. Sie beugte sich über den Tisch und klaute meinen Rest Croissant vom Teller. Während sie großzügig Butter darauf verteilte, sagte sie: »Er hat keine Freundin mehr.«

Sie musste wissen, dass mich das überraschte, denn sie sah mich nicht einmal an. Mein Mundwinkel zuckte unwillkürlich, während ich versuchte, unbeeindruckt zu bleiben.

»Seit wann?«, fragte ich.

»Gestern.«

»Oh.«

»Seltsames Timing, oder? Kaum ist Schluss, trifft er sich mit dir. Sorry, aber was für ein Arschloch.«

»Moment«, sagte ich, und Helena schaute von ihrem dreifach gebutterten Croissant auf. »Ich hab ihn gefragt, ob er sich mit mir in den McDonald's setzen will. Nicht andersrum.«

Helena starrte mich an. *»Du?«*

»Ja, er sah fertig aus und hat geweint. Ich wusste nicht, warum. Ich dachte eigentlich, er hat sich mit seinen Freunden gestritten, aber anscheinend war das nur die Spitze des Eisbergs.«

Helena starrte mich immer noch an.

»Was? Ist es so überraschend, dass ich mit jemandem rede?«, fragte ich, aber gemessen an Helenas Gesichtsausdruck, wollte ich die Antwort gar nicht hören. Schnell fügte ich hinzu: »Woher weißt du überhaupt, dass Schluss ist?«

»Das weiß mittlerweile jeder. Die beiden haben sich auf der Party vor allen Anwesenden gestritten und gegenseitig Vorwürfe gemacht. War das Highlight des ganzen Abends.« Helena verstellte ihre Stimme zu einem seltsamen Singsang. *»Du liebst mich nicht mehr – Du hast mich nie geliebt – Ich bin dir total egal – Du verhältst dich seit Wochen einfach nur scheiße.«* Helena räusperte sich. »Und so weiter. Das ging wohl ewig hin und her. Ich bin erst dazugekommen, als Leo schon abgehauen war, aber jemand hat das Ganze gefilmt, falls du es sehen willst.«

»Nein«, erwiderte ich schockiert.

»Riesige Shitshow«, flüsterte Helena genüsslich.

»Du bist furchtbar!«

»Ich weiß, ich weiß. Aber hättest du gedacht, dass Ella und Leo so eine tickende Zeitbombe sind? Sie wirkt immer so abgeklärt und erwachsen. Letztens hatte sie einen Blazer in der Schule an. Einen Blazer! Und es sah gut aus! Und er trinkt wahrscheinlich den ganzen Tag Kamillentee und hat einen Finanzplan. Keine Ahnung. Manchmal werd ich halt schadenfroh, wenn die perfekten Leute doch nicht perfekt sind.« Helena griff nach ihrem Kaffee, um einen großen Schluck zu nehmen, nur um zu merken, dass die Tasse schon leer war. »Wie dem auch sei, die beiden haben einen Haufen dreckige Wäsche rausgeholt – oder wie auch immer das heißt.«

Kaum hatte sie zu Ende gesprochen, musterte mich Helena forschend. Ich wusste nicht, welche Reaktion sie erwartete. Ich war eigentlich nur verwirrt.

Die Ladentür klingelte und ein Pärchen kam herein und brachte kalte Winterluft und zertretenen Schnee mit. Beide blieben philosophierend vor der Kuchentheke stehen. Die Bedienung hievte sich genervt aus ihrem Sessel am Fenster.

»Ist ja nicht mein Problem«, murmelte ich irgendwann.

»Es könnte dein Problem werden, wenn du dich weiter mit ihm treffen willst.«

Ich antwortete nicht. Horchte in mich hinein, ob ich das wollte. Fand überraschend schnell eine überraschend deutliche Antwort. Scheiße. Das war nicht gut.

»Was hat Ella ihm vorgeworfen?«, hakte ich zögernd nach.

»Puh. Einiges. Er soll kalt und abweisend geworden sein. Mit den Gedanken immer woanders. Verklemmt. Hat ihr was vorgespielt. Sich rausgeredet. War nie für sie da.«

»Verklemmt? Hat sie das so gesagt?«

»Ja. Kam mir auch seltsam vor.«

Ich nickte langsam.

Das Pärchen setzte sich mit zwei Tellern Torte an den Nebentisch, wo es lautstark weiterschnatterte. Helena wandte sich mit schmerzverzerrtem Gesicht ab und drückte zwei Finger auf die Ohren.

Ich betrachtete geistesabwesend, wie die beiden sich gegenseitig fütterten.

Was auch immer zwischen Leo und Ella vorgefallen war, es klang ein bisschen vertraut. Dass er von einem Moment auf den anderen kalt werden konnte, hatte ich selbst gemerkt. Trotzdem kam mir die ganze Sache komisch vor. Er hatte nicht wie ein Arschloch gewirkt. Eher wie jemand, der unter großem Druck stand und nicht darüber reden wollte.

»Sollen wir los?«, fragte ich Helena.

»Ja bitte, sofort.«

Wir standen auf und griffen nach unseren Jacken.

FÜNFZEHN

Die Wochen vor dem Halbjahreszeugnis vergingen so schnell, dass ich kaum eine Erinnerung an sie behielt. Wenn mich jemand fragte, was ich gestern getan oder gegessen hatte, dann wusste ich es nicht mehr und erfand irgendetwas. Mein Hirn fühlte sich an, als wäre es stundenlang mit dem Mixer durchpüriert worden.

Manchmal überlegte ich, ob ich Leo schreiben sollte, aber dann wusste ich nicht wirklich, was eigentlich, und plötzlich war die ganze Silvestersache schon lange her und der Moment für eine beiläufige Nachricht vorbei.

Blöderweise änderte das nichts daran, dass ich immer noch an ihn dachte.

Anfang Februar bekamen wir unser Halbjahreszeugnis und ich wollte nicht nach Hause. Meine Eltern hatten mir seit Monaten erklärt, wie wichtig es war, dass sich meine Noten verbesserten, damit ich am Ende einen guten Abiturschnitt erreichen konnte. Jetzt hielt ich ein Zeugnis in der Hand, das genau das Gegenteil zeigte: Statt mich zu verbessern, war ich in drei Fächern abgerutscht.

Alles hatte mit diesem einen Scheißtag angefangen, als

ich mein Mailkonto nicht öffnen konnte. Ich verstand es einfach nicht. Es war doch nur Schulstress. Wie konnte dadurch plötzlich alles anders werden?

Ich stand vor unserer Haustür.

Meine erste Prüfung würde in zweieinhalb Monaten stattfinden, ich hatte also noch genug Zeit zu lernen. Wenn ich jetzt so richtig durchzog, keine Ablenkungen und nichts mehr, könnte ich das Ruder vielleicht noch herumreißen. Es würde anstrengend werden, aber wenigstens hätte ich es dann hinter mir.

Einfach Augen zu und weiter.

Während ich das dachte, spürte ich wieder dieses nervöse Kribbeln hinter den Rippen. Die Enge in der Brust. Ich atmete ein paarmal tief durch.

Ich musste es einfach hinter mich bringen.

Mit einem Ruck öffnete ich die Haustür.

***

»Wie war dein Tag?«, fragte Papa, während er Lasagne von seinem Lieblingsitaliener aus einer Aluschale auf zwei Teller schichtete. Er brachte jeden Mittwoch etwas mit, wenn er vom Fußballverein kam.

»Gut«, murmelte ich, nahm ihm die zwei Teller ab und stellte sie auf den Küchentisch.

Papa antwortete nicht und schien darauf zu warten, dass ich mehr als das sagte. Ich stocherte in der Lasagne herum. Meine Mutter unterschrieb jedes einzelne Zeugnis. Die Wahrscheinlichkeit, dass sie – und damit auch er – meine Noten kannten, war ziemlich hoch. Achtzehn hin oder her, meine Eltern sahen meine Zeugnisse als Familienangelegenheit.

»Sag, was du sagen willst«, brummte ich.

Papa setzte sich auf den Platz gegenüber. »Ich möchte, dass *du* mit mir redest, Eli.«

»Was willst du hören? Ja, ich habe heute mein Zeugnis bekommen, und es ist nicht so gut ausgefallen, wie ihr wolltet. Meine Chemie- und Bionoten sind kacke. Ihr habt recht: Ich bin eine Versagerin.«

»Niemand hält dich für eine Versagerin.«

Ich schnaubte. »Klar.«

Papa goss Saft aus einem Tetrapack in zwei Gläser und schob mir eines zu. Er betrachtete mich wortlos.

Ich hielt es nicht aus. Dieses ständige Beobachten. Dieses Nie-gut-genug-Sein. Nie einen Fehler machen dürfen. Als ob ich ein Problem war, das man lösen musste.

»Du hast uns gar nicht erzählt, dass du Schwierigkeiten mit dem Stoff hast«, sagte er schließlich. »Wir dachten, deine Klausuren wären gut gelaufen.«

Ich kaute auf meiner Unterlippe.

»Eli, ich weiß, wie schwer es für dich ist, dass wir an deiner Schule arbeiten. Du hast schon immer dazu geneigt, dich vor dieser zusätzlichen Aufmerksamkeit zurückzuziehen. Ich verstehe, dass du nicht herausstechen willst und deshalb deine Leistungen drückst. Aber du verschwendest damit dein ganzes Talent.«

»Welches Talent?«, fragte ich tonlos und zerlegte meine Lasagne.

»Wie bitte?«

»Welches Talent habe ich denn deiner Meinung nach?«

Für eine Sekunde zögerte Papa. Dann sagte er: »Du bist eine gute Naturwissenschaftlerin.«

»Wie kommst du darauf? Meine Chemie- und Biologienoten sind total mies.«

»Früher warst du sehr gut. Du hast dir nur seit der Oberstufe in den Kopf gesetzt, dass es uncool ist, in den Fächern zu brillieren, die deine Mutter unterrichtet.«

Diese Antwort hatte ich nicht erwartet. Das war so ein Bullshit, ich hätte meine Lasagne an die Wand werfen können.

»Vielleicht habe ich mich auch einfach geändert«, sagte ich. »Ich bin keine vierzehn mehr, weißt du.«

Papa stieß einen langen Seufzer aus. »Schatz, es reicht. Du verhältst dich, als ob du nicht die Person bist, die mit deinem Abschluss klarkommen muss. Wir wollen dir nur helfen, dein Leben zu regeln, aber du gibst ständig kontra und bist wütend. So warst du früher nicht. Du bist im Moment nicht die Elisa, die ich kenne.«

»Wer ist denn die Elisa, die du kennst? Weißt du überhaupt, was mir wichtig ist, seit ich nicht mehr vierzehn bin?«

»Natürlich weiß ich das. Du willst nur nicht mehr mit uns darüber reden.«

»Und du fragst nie!« Ich warf meine Gabel auf den Teller. »Du hast keine Ahnung, wer ich bin! Wenn mein Zeugnis okay wäre, würdest du gar nicht wissen wollen, wie es mir geht!«

»Das stimmt nicht.«

Ich schob den Stuhl zurück.

»Elisa«, sagte Papa, »das ist nicht wahr. Du bist in deinem Abschlussjahr. Wir müssen auf deine Noten achten. Das geht momentan nicht anders. Setz dich hin und wir reden in Ruhe.«

»Nein danke.« Ich stand auf. »Den Vortrag kann ich mir selber halten.«

»Ich will dir wirklich keinen Vortrag halten. Aber dein Verhalten macht mir Sorgen. Du solltest dich mehr auf die Schule konzentrieren und weniger auf – was weiß ich – Netflix und Chatten und diesen ganzen Kram. Du bist jede Nacht viel zu lange wach.«

Fassungslos schüttelte ich den Kopf. Das alles war so unfair, dass mir nichts darauf einfiel. Ich war nicht wach, weil ich vor Netflix hing. Ich hing vor Netflix, weil ich nicht schlafen konnte.

Ich verließ die Küche, ohne einen Bissen Lasagne gegessen zu haben.

»Elisa!«, rief Papa mir hinterher. »Keine Ablenkungen mehr, ja?«

***

Am ersten Ferientag nach der Zeugnisausgabe floh ich in die Stadtbibliothek. Sie war der verlassenste Ort, der mir einfiel. Außer der Bibliothekarin war nie jemand da, es gab keine Eltern, keine Fragen, keinen Stress – und es roch in dem kleinen Gebäude immer nach Kaffee.

Ich saß ganz oben im Dachgeschoss an einem Tisch und schaute aus dem Fenster auf den Schnee. Vor mir lag ein Alibi-Buch, das ich wahllos aus einem Regal im Erdgeschoss gezogen hatte.

Genervt trommelte ich mit den Fingern darauf herum und überlegte, wie ich es hinbekommen konnte, dass ich mich nicht mehr so scheiße fühlte.

Schlechte Tage hatte ja jeder mal.

Schlechte Wochen auch.

Aber schlechte Monate – einer nach dem anderen?

War das noch normal?

Mein Handy gab einen Ton von sich.

Im ersten Moment wollte ich es ignorieren. Meine Nerven waren schon dünn genug, ich wollte keine Eltern-Fragen, keine Marty-Linh-Debatten, kein Helena-Drama. Irgendwie fühlte ich mich mies, das zu denken, aber in der letzten Zeit stresste mich einfach alles an meinen Mitmenschen.

Schließlich schaute ich doch nach, was los war.

Eine nicht gespeicherte Nummer hatte mir eine Nachricht geschickt. Ich klickte sie an. Ein Chatfenster ploppte auf, das ich schon seit Wochen immer wieder öffnete und ohne Aktion wieder schloss. Ganz oben stand: **hi, hier ist elisa seyffer. ich muss mit dir über etwas wichtiges sprechen. in der hofpause hinter der sporthalle?**

Darunter war plötzlich eine neue Nachricht erschienen. Sie enthielt nur ein einziges Zeichen: ein Hamster-Emoji.

Ich starrte auf mein Handy.

Warum schickte Leo mir einen Hamster?

Warum schickte er überhaupt irgendetwas?

Hatte er sich verklickt?

War das ein Insiderwitz für jemand anderen?

Ich schrieb zurück: **hamster?**

Dann legte ich das Handy zur Seite und blickte stirnrunzelnd nach draußen.

Hinter der Bibliothek lag ein kleiner Hof mit knorrigen Obstbäumen und einem verrosteten Fahrradständer. Die Aussicht hatte etwas Romantisches, wie auf einem perfekten Pinterest-Foto.

Mein Handy plingte wieder. Als ich danach griff, bildete sich ein Riesenbatzen Nervosität in meinem Brustkorb.

Leo schrieb: **es gab keinen biber**

Ich zögerte, weil es eigentlich ziemlich egal war, ob es Biber-Emojis gab, und viel interessanter, warum er überhaupt ein Gespräch anfing. Ich wartete darauf, dass er ein bisschen mehr Kontext gab.

Leo tippte.

Ich biss auf meiner Lippe herum.

Warum war ich so nervös?

Ich meine, ich hatte eine Idee, warum, aber – *warum*?

Leo: **okay du fragst dich sicher was das soll**

Ich: **irgendwie schon**

Leo: **ja das ist fair. ähm. hi**

Sein Gedruckse machte mich noch nervöser. Das war irgendwie bescheuert, immerhin lebten wir im einundzwanzigsten Jahrhundert, wo man einfach so miteinander reden konnte, ohne dass es etwas zu bedeuten hatte.

Leo: **also ich hatte am wochenende eine gruppe kiddies im biber-camp die total auf so fantasyzeug standen und sich Fan-Fictions aus dem internet vorgelesen haben. da musste ich an dich denken. und ich hielt den biber für einen guten gesprächsstarter. also den hamster-biber. ironisch gesehen weißt du? jetzt bereue ich das**

»Oh«, sagte ich überrumpelt.

Mein Herz fing an zu hämmern.

Helena schickte mir manchmal Bilder von trotteligen Tieren und schrieb dazu, dass sie dabei an mich denken musste. Obwohl sie das Ganze nur als Witz meinte, hörte ich das unglaublich gern. Jetzt schrieb Leo denselben Satz und meinte ihn anscheinend ernst und – wow, okay.

Ich setzte mich in einen Lesesessel und antwortete.

Irgendwie entwickelten wir eine Unterhaltung, und ich vergaß komplett, dass mein Hirn sich eigentlich wie Matsch anfühlte. Wir schrieben den ganzen restlichen Tag, bis ich mich abends ins Bett legte.

Leo wollte wissen, ob er eine meiner Fan-Fictions lesen könnte. Ich war geschmeichelt und dachte kurz an meinen melancholischen, tragischen Remus Lupin mit Bindungsangst und tiefen romantischen Gefühlen für meine Protagonistin. Nope. Das kam definitiv nicht infrage. Lieber erzählte ich von den Serien, die ich gerade schaute, wenn ich genug von der Schule hatte.

Leo regte sich im Gegenzug darüber auf, dass der Chemielehrer der Elften in der letzten Unterrichtsstunde ein fröhliches Plädoyer für Atomkraft gehalten hatte, und verriet mir seine Lieblingscomicreihe. Ich fragte ihn nach Basti und Jan und ob sie sich wieder vertragen hatten. Leo schickte einen kotzenden Smiley. So viel also dazu.

Müde und irgendwie happy, machte ich schließlich den Fehler und schrieb: **schade, dass ferien sind. sonst hätt ich morgen in der pause mal hallo gesagt**

Kaum hatte ich diese zwei Sätze abgeschickt, fühlte ich mich seltsam. Aber ich konnte sie schlecht löschen, er hatte sie schon gesehen.

Leo antwortete zwanzig Minuten später, in denen er

entweder mit irgendetwas anderem beschäftigt gewesen war oder aber endlos überlegt hatte, was er jetzt möglichst casual erwidern sollte: **wir können uns gerne in den ferien treffen. ich hab nicht so viel zu tun.**

Ich schrieb zwanzig Minuten später ebenfalls möglichst casual: **klar, warum nicht?**

Dann lag ich mit klopfendem Herzen im Bett und egal, wie viele von meinen Einschlafübungen ich machte, es ging nicht. Sonst brachten diese Scheißübungen auch nichts, trotzdem fühlte es sich dieses Mal anders an. Da war diese Vorfreude. Merkwürdig. Gruselig. Ich lag bis vier Uhr wach und dachte immer wieder: Okay, das ist neu.

SECHZEHN

Am Tag unseres Treffens öffnete ich nach einer kurzen Nacht die Augen und starrte überfordert an die Decke. Neben mir auf dem Kissen lag noch der Laptop, auf dem ich gestern stundenlang BuzzFeed Quizzes beantwortet hatte. Ich blinzelte. Ein Teil von mir wollte wieder einschlafen und den Traum fortsetzen, aus dem ich gerade aufgewacht war. Ein ziemlich großer Teil sogar. Der andere Teil von mir dachte what-the-fuck-what-the-fuck-what-the-fuck in Endlosschleife.

Ich stand auf und stieg unter die Dusche.

Das Bad war der einzige Raum, in dem ich mich ungestört fühlte. Das Wasser rauschte laut, und niemand fand es merkwürdig, wenn ich abschloss.

Ich seufzte, verschränkte meine Hände im Nacken und ließ sie vom heißen Wasser aufwärmen.

Das war jetzt alles keine Katastrophe oder so. Eigentlich hatte dieser Traum überhaupt nichts zu sagen. Mein Gehirn war in letzter Zeit nicht gerade zurechnungsfähig. Es machte keinen Sinn, da etwas reinzulesen.

Ich griff nach der Shampooflasche, sie war leer.

Während ich das Wasser abstellte und über die Fliesen tappte, um im Badschrank nach einem Ersatz zu suchen, wurde mir erst wirklich bewusst, dass ich Leo heute in die Augen schauen musste. Nach diesem Traum. Ich würde mich das erste Mal mit ihm treffen und müsste die ganze Zeit daran denken, wie wir miteinander geschlafen hatten. Und Monopoly gespielt.

Keine Ahnung, was seltsamer war: der Sex oder das random danach Monopolyspielen.

Vielleicht sollte ich Helena schreiben und um Hilfe bitten – SOS, nerdiger Sextraum, help.

Oh Gott, Helena würde mich so auslachen.

Es war kein Shampoo mehr da, also nahm ich Duschbad mit in die Kabine, wovon meine Haare wahrscheinlich total anklatschen würden, aber das war ein Problem für später. Stattdessen überlegte ich, ob mein neuerdings so schlechtes Gedächtnis heute nicht sogar eine Hilfe sein könnte. Wenn ich mich ganz stark darauf konzentrierte, den Inhalt des Traums zu vergessen – nein, so funktionierte das nicht. Nichts funktionierte.

Ich war mittlerweile so nervös, dass es mir selbst bescheuert vorkam. Alles kribbelte. Mein Herz pumpte. Ich schloss die Augen.

***

Einen halben Tag und zweimal Masturbieren später hielt ich mit dem Rad an einer komplett leeren Kreuzung und suchte nach einem Straßenschild.

Unser Treffpunkt, ein Café ohne Namen, lag am Stadtrand. Leo hatte es vorgeschlagen. Ich verstand seinen Denkprozess dahinter nicht wirklich. Die Gegend schien total verschlafen. Früher war hier eine Wohnsiedlung gewesen, doch die hatte man längst abgerissen. Jetzt gab es nur noch einen verwilderten Park, in dessen Mitte die Skulptur einer Ziege stand.

Ich schloss mein Fahrrad vor dem Café ab und warf einen Blick nach drinnen.

Hinter einer großen Glasfront standen Tische mit altmodischen Samtstühlen. Die Decke war mit gemustertem Styropor verkleidet, die Lampenschirme bestanden aus Buntglas und an den Wänden hingen verstaubte Bilderrahmen. Ich kam mir vor, als würde ich in ein Wohnzimmer aus den Fünfzigerjahren schauen.

Was sollte das?

Wieso wollte Leo unbedingt hierher?

Ich lief langsam vor dem Café auf und ab und checkte die Uhr. Szenen aus dem Traum fielen mir ein. Dann schaute ich durchs Fenster einer Rentnergruppe dabei zu, wie sie Kuchen an einer Theke bestellte. Es gab nur so riesige Monster aus Sahne, Buttercreme, Likör und kandierten Früchten. Ich zog Leo das T-Shirt über den Kopf. Eine Schwarzwälder Kirschtorte wurde frisch angeschnitten. Leo küsste die Innenseiten meiner Oberschenkel.

Ich war ein nervliches Wrack.

So seltsam kann sich ernsthaft noch nie jemand in seinem ganzen Leben gefühlt haben. Ich hatte eindeutig den Rekord gebrochen. Man würde mir zu Ehren eine Skulptur aufstellen, direkt neben der Ziege, mit der Widmung »Aus Awkwardness von uns gegangen, in ewiger Erinnerung«.

»Hi«, sagte Leo atemlos, und ich drehte mich ruckartig um.

Er war zu Fuß unterwegs und trug wie immer einen Strickpulli und einen fusseligen Schal, obwohl es momentan viel zu kalt dafür war.

»Hey«, sagte ich.

»Hast du gut hergefunden?«

»Ja.«

»Gut – äh, wollen wir –?«, fragte er und deutete auf das Café hinter uns.

»Okay.«

Leo ging voran, und ich folgte ihm und kam mir mit jedem Schritt merkwürdiger vor – als ob ich plötzlich ein übernatürliches Bewusstsein dafür entwickelt hatte, wie sich meine Beine und Arme bewegten.

Wir setzten uns an einen Tisch am Fenster. Auf dem Tisch standen ein Blumenbouquet aus Plastik und eine Kerze.

Oh mein Gott.

Sollte das ein Date werden?

Hatte ich da was falsch verstanden?

Wenn man sich einfach nur so traf, hing man doch normalerweise in einem langweiligen Einkaufszentrum ab oder latschte sinnlos durch die Stadt, wie das alle taten, die in der Pampa wohnten und keine Optionen hatten. Ich wusste nicht, was junge Leute in Berlin machten, aber hier – nein, selbst in Berlin wäre das weird.

Ein Kellner um die sechzig kam vorbei und gab uns zwei laminierte Karten. Er fragte mich, was ich trinken wollte, und nannte mich ›Süße‹.

Ich bestellte verwirrt einen Saft und hatte das Bedürfnis, sofort aufzustehen und zu gehen. Leo räusperte sich umständlich, ehe er seine Bestellung aufgab.

Ich fixierte die Tischdecke und überlegte, wie ich hier wieder rauskam. Leo war nett und alles, aber – ich hob abwägend den Kopf.

Leo bemerkte es.

Wir schauten uns an.

Er war knallrot im Gesicht und machte allgemein den Eindruck, als hätte ihn nur lebensgefährdende Erpressung in diese Situation bringen können.

»Blinzel zweimal, wenn du von einer militanten Rentnergruppe bedroht wirst«, flüsterte ich.

»Blinzel zweimal, wenn der eklige Typ dich Süße nennt«, murmelte Leo.

»Ugh, das war echt eklig!«

»Ich weiß!«

»Lass uns hier abhauen, ernsthaft.«

Leo nickte. Wir standen auf. Der Kellner war nirgendwo zu sehen, wahrscheinlich machte er gerade unsere Bestellung fertig. Wir eilten zur Eingangstür und nach draußen.

Ich ließ mein Fahrrad vor dem Café stehen, und wir durchquerten den Park, bis wir außer Sichtweite waren. Erst dann drehte ich mich zu Leo und murmelte: »Das war ein wirklich interessantes Café. Sehr … interessant.«

»Sorry«, erwiderte Leo. »Ich hab das nicht durchdacht. Eigentlich wollte ich nur nicht ins Stadtzentrum, wo einen jeder sehen kann.«

»Äh – okay.«

Seine Erklärung irritierte mich noch mehr, aber Leo schien es nicht zu bemerken.

»Ich hab nie verstanden, wieso hier eine Ziege steht«, sagte er.

Ich antwortete nicht.

»Hast du eine Ahnung, was wir jetzt machen sollen?«

Ich schüttelte den Kopf.

»Alles – alles in Ordnung?«

Er hatte auch nicht mit mir zusammen über den Schulhof gehen wollen. Was erst mal nicht mehr besonders dramatisch klang. Aber warum schon wieder dieses Versteckspielen? Lag es an mir? Wollte er nicht mit mir gesehen werden?

Ich spürte etwas Kaltes in meinen Magen sacken.

Vielleicht war ich ihm peinlich. Ich hatte mich den ganzen Tag über schon megakomisch gefühlt. Das strahlte wohl nach außen. Möglicherweise war das meine Aura. Aber dann hätte er das Treffen erst gar nicht vorschlagen müssen, ich brauchte niemanden, dem ich zu peinlich war. Ich kam gut alleine klar. Außerdem hatte ich Helena, die mir süße Tierbilder schickte und schrieb, dass sie dabei an mich dachte.

»Elisa?«, fragte er.

»Bin ich dir peinlich?«, fragte ich.

»Was?«

»Warum willst du nie mit mir gesehen werden? Deswegen hast du doch dieses komische Café vorgeschlagen, damit uns niemand in der Innenstadt sieht.«

Leo starrte mich an. Blinzelte. Sagte nichts.

»Ich glaub's nicht.«

Ich ließ ihn stehen. Hinter dem Park stieß ich auf eine unbenutzte Straße, die zur ehemaligen Wohnsiedlung führte. Die Plattenbauten standen längst nicht mehr, aber es gab noch das alte Einkaufszentrum, vor dem sich damals die Punker-Mädchen, Hip-Hopper und Skater getroffen hatten. Mittlerweile war alles verlassen und mit Bauzäunen umstellt.

»Elisa! Warte!«, rief Leo hinter mir.

Ich wäre wirklich gerne weitergegangen. Aber ich wollte wissen, was er zu sagen hatte. Ich ließ ihn zu mir aufschließen.

»Es tut mir leid.« Er blieb schwer atmend neben mir stehen. »Aber du verstehst das falsch.«

»Dann klär mich auf.«

»Ich hab definitiv kein Problem damit, mit dir gesehen zu werden, okay? Da wär ich echt ein Idiot. Es gibt bloß ein paar Leute, auf die ich momentan nicht treffen will. Ich weiß, ich kann ihnen nicht ewig aus dem Weg gehen, aber – keine Ahnung.«

»Basti und Jan«, sagte ich.

»Ja.«

»Und Ella.«

»Ja.«

Ich nickte. Das machte Sinn. An der Oberfläche. Wenn Leo sich nicht schon vor Silvester komisch verhalten hätte.

»Okay«, erwiderte ich, unsicher, ob es eine gute Idee war weiterzusprechen. »Versteh ich voll. Wirklich. So eine Trennung ist ätzend. Ich hab nur irgendwie das Gefühl … dass das nicht die ganze Wahrheit ist, Leo. Was ist zwischen dir und diesen Leuten vorgefallen?«

Leo erstarrte für einige Sekunden, dann wandte er sich ruckartig ab. Mit dieser impulsiven Reaktion hatte ich nicht gerechnet. Vielleicht hatte ich eine Grenze überschritten.

»Weißt du, was? Ist deine Sache«, fügte ich hinzu. »Geht mich eigentlich nichts an.«

Leo hatte die Arme vor dem Brustkorb verschränkt, und seine Finger griffen in den Stoff der Strickjacke, als müsste er sich festhalten.

»Warst du da früher auch oft?«, fragte ich und nickte Richtung Einkaufszentrum. »Ich glaube, dadrinnen gab's ein Kino, oder? So eines mit Klappstühlen. Ich wollte immer hingehen, aber meinen Eltern war's zu unbequem.«

Leo warf mir einen Blick zu, offensichtlich dankbar, dass ich das Thema wechselte. Er antwortete mit belegter Stimme: »Ich hab hier damals gewohnt.«

»Ach was? Warst du eins von den Skater-Kindern? Ich fand die immer toll.«

»Nee. Wir haben in einer kleinen Dreizimmerplatte gewohnt, hier um die Ecke« – Leo deutete auf einen leeren Fleck Wiese links hinter dem Einkaufszentrum – »und ich erinnere mich an die Skater-Kinder, aber ich hab nie mitgemacht.«

»Vielleicht stelle ich mir das auch zu romantisch vor.«

»Ich weiß nicht. Ist aber krass, wie das ganze Viertel innerhalb von zehn Jahren verschwinden konnte. Siehst du den Gehweg dort hinten und den Mülleimer? Ich glaube, dort war unser Aufgang. Wir waren fast die letzte Partei, die ausgezogen ist, die meisten hatten schon vorher aufgegeben. Räumungsklage. War echt unheimlich. Überall standen leere Wohnbauten mit Gardinen und sauberen Fenstern, aber es war einfach niemand mehr da, wie in so einem Apokalypsefilm. Dann haben sie mit den Abrissarbeiten begonnen. Ich konnte aus meinem Kinderzimmer zugucken. Komisch, dass sie das Shoppingcenter stehen lassen haben.« Leo schwieg kurz. »Wahrscheinlich ist es längst versifft.«

»Das wette ich. Ich finde verlassene Orte trotzdem irgendwie magisch. Die haben so eine Ausstrahlung.«

Leo nickte und schaute über die Straße. Was meine Frage bei ihm auch ausgelöst haben mochte, er sah wieder besser aus. Gelassener. Er warf mir einen Blick zu.

Ich wusste sofort, was er dachte.

»Wir könnten ja mal nachschauen«, begann ich, »ob der Zaun wirklich an jeder Stelle gut verschraubt ist. Wäre ja gefährlich, wenn man einfach so in dieses verlassene Gebäude kommen könnte.«

»Das wäre echt ein Problem«, sagte Leo mit einem Grinsen.

SIEBZEHN

Aus der Nähe sah das Einkaufszentrum gar nicht mehr so verlassen aus. Zumindest vor Kurzem musste jemand drin gewesen sein: Hinter dem Zaun lagen zertretene Papiertüten von McDonald's und einige frische Zigarettenstummel.

Wir rüttelten an drei verschiedenen Stellen, bis wir ein Stück Zaun fanden, das nur locker angelehnt war. Ich schob es auf und ging ein paar zögernde Schritte. Unter meinen Sohlen knirschten Glassplitter.

»Gemütlich«, sagte Leo, als wir vor dem Haupteingang stehen blieben. »Sieht gar nicht so aus, als ob gleich ein Horrorfilm losgehen würde.«

Die bodentiefen Schaufenster waren eingeschlagen und gaben den Blick aufs Innere des Gebäudes frei. Durch ein schmutziges Glasdach fiel trübes Tageslicht. Überall lag Müll: aus den Angeln gerissene Türen, eingetretene und verbogene Stahlregale, Fensterrahmen, Dämmmaterial aus der Decke.

»Ich mag Horrorfilme«, erwiderte ich.

Leo schüttelte den Kopf. »Warum wundert mich das

nicht? Erst Porno-Fan-Fiction, dann Horrorfilme – im Gegensatz zu dir komme ich mir voll lahm vor.«

»Als ob. Du hast sicher auch deine Leichen im Keller.«

»Tut mir leid, aber nee. Ich bin schon glücklich, wenn hier keine Leichen im Keller sind.«

Ich lachte.

Wir quetschten uns zwischen die verbogenen Drehtüren in die Haupthalle.

»Krass«, flüsterte Leo und schaute sich um.

Große Graffitis erstreckten sich über die Wände, Leute schworen sich darin ewige Liebe, auf dem Boden lag Konfetti verstreut, in einer Ecke stand ein Stuhl mit einer dicken Steppdecke und einer Kaffeetasse auf der Lehne.

»Ich sag ja«, erwiderte ich, »magisch.«

»Ja, irgendwie schon – hey, da ist der alte Eisladen, wo ich früher immer war!«

Leo sprang über ein paar zerlegte Regale und lief zu einem weißen Stahltor, unter das jemand einen Plastikstuhl geklemmt hatte, um es offen zu halten. Er spähte durch das Gitter. »Genau! Oh Mann, dahinten ist noch dieser Indoor-Wasserfall mit den Plastikpflanzen. Ich hab den *geliebt*.«

Er bückte sich und kroch unter dem Gitter hindurch.

»Was machst du da?«, rief ich. »Bist du wahnsinnig?«

Leo kam auf der anderen Seite auf die Beine und putzte sich den Staub von der Hose. »Wieso wahnsinnig?«

»Das sieht nicht stabil aus! Du hättest zerquetscht werden können!«

»Hält doch schon ewig so«, sagte Leo mit einem Schulterzucken.

Ich verdrehte die Augen. Er und Helena würden sich gut verstehen. Dieselbe abgebrühte Sorglosigkeit.

»Wenn ich für diesen Wasserfall sterbe, werde ich dich heimsuchen«, brummte ich und ging auch auf die Knie.

Leo, der bereits auf dem Weg gewesen war, den Raum zu erkunden, drehte sich um und kam zurück. »Du musst nicht mitkommen«, sagte er. »Ich wollte nur kurz gucken.«

»Ich will auch den blöden Wasserfall sehen.«

Langsam kroch ich unter dem Gitter durch, ein konstantes Kribbeln im Nacken. Leo reichte mir eine Hand.

Ich hob vorsichtig den Kopf und wollte danach greifen, aber mit einem Mal trat mir sehr deutlich vor Augen, wie warm sich seine Finger in meinem Traum angefühlt hatten.

Unsere Blicke trafen sich.

Statt seine Hand zu nehmen, rollte ich zur Seite, stieß den Plastikstuhl um und zog gerade noch rechtzeitig meine Füße weg, ehe das Stahltor mit einem ohrenbetäubenden Knall auf die Fliesen schlug.

Leo formte lautlos ein Wort, irgendetwas zwischen *»wow«* und *»fuck«*.

Das ganze Gebäude schien zu dröhnen.

Ich blieb mit hämmerndem Herzen auf dem Boden sitzen.

Dann kam langsam die Stille zurück.

»Alles okay?« Leo beugte sich zu mir runter und strich sich dabei lässig die Haare aus der Stirn. Ich fragte mich, ob er das mit Absicht machte.

»Ganz großartig«, sagte ich, stand schnell auf und klopfte meine Klamotten ab. »Alles kein Problem.«

»Na ja.« Leo versuchte, das Stahltor aufzuziehen, aber es regte sich keinen Millimeter. »Ein Problem gibt's schon: Wir müssen einen anderen Ausgang finden.«

»Scheiße.«

Ich sah mich um. Es gab keine Fenster, nur den Zugang zur Haupthalle. Das abnehmende Tageslicht war gerade noch stark genug, um die Umrisse von zerstörten Sitzbänken, Stühlen und einer altmodischen Theke hervorzuheben. Auf dem Fußboden lagen laminierte Speisekarten verteilt.

Leo ging zum Indoor-Wasserfall und machte Fotos mit dem Handy.

Ich hielt ihm eine Karte vor die Nase. »Für deinen Nostalgie-Trip.«

»Hey cool, danke!«

»Ich hab übrigens eine Tür gefunden. Hinter der Theke. Du bist Pfadfinder, du gehst voran.«

»Seit wann bin ich Pfadfinder?«, fragte Leo.

»Du lebst jedes Jahr mehrere Wochen im Wald und unterrichtest Kinder im Filzen. Wenn einer von uns beiden ein Pfadfinder sein muss, dann du.«

»Bestechende Logik.« Leo steckte die alte Speisekarte in seinen Rucksack. »Aber als Quasi-Pfadfinder muss ich dir leider gestehen, dass Durch-Türen-Gehen keine besondere Fähigkeit ist.«

»Unter diesen Umständen schon.«

Er lachte.

Es kribbelte warm in meinem Bauch. Das konnte an vielen Dingen liegen. Zum Beispiel am Adrenalin, weil ich mir fast die Füße eingequetscht hätte. Oder an der beunruhigenden Möglichkeit, dass die Tür verschlossen war. Oder daran, dass er ein schönes Lächeln hatte. Fuck.

Als wir hinter die Theke kletterten und Leo die Klinke herunterdrückte, stellte sich heraus, dass die Tür noch benutzbar war. Hinter ihr lag ein mit Teppich ausgelegter Gang, der zu einem Treppenhaus führte. An den Wänden hingen alte Schichtpläne und Memos.

Im gelb gekachelten Treppenhaus hielten wir an und versuchten, uns zu orientieren.

»Hoch oder runter?«, fragte Leo.

Ich schaute über das Treppengeländer. Mehrere Stockwerke tiefer war der Asphalt einer Tiefgarage zu sehen. Es war stockduster, bis auf den Streifen Licht, der aus den oberen Etagen fiel. Von irgendwoher hörte man Wasser tropfen.

»Hoch«, sagte ich und setzte testend einen Fuß auf die erste Treppenstufe. »Definitiv hoch.«

Wir liefen schweigend nebeneinander. Mir gefiel die Stille nicht. Ich konnte mich zu sehr auf die vielen kleinen Geräusche in dem leeren Haus konzentrieren.

»Hey, Leo«, sagte ich, nur um irgendein Geräusch zu machen. »Hast du auch das Gefühl, dass gleich jemand aus einer dunklen Ecke springt?«

»Nee. Ich fürchte, das Einzige, was hier noch vorspringt, ist der Geist von Honecker oder so.«

Ich prustete und legte dabei selbstvergessen eine Hand auf Leos Oberarm. Er blieb stehen. Sah mich an. Sein Lächeln war verschwunden. Ich zog meine Hand zurück.

»Sorry«, sagte ich sofort.

Er zuckte mit den Schultern, als wäre nichts weiter,

aber sein Gesicht sprach Bände. Bevor ich irgendetwas tun konnte, lief er die Treppe hoch und verschwand durch eine Tür.

Ich folgte ihm zögernd.

Der oberste Stock bestand nur aus einem einzigen Raum. Auf dem Boden lagen Glitzerschnipsel. An den Wänden war großzügig bunte Farbe aufgetragen worden und vor den eingeschlagenen Fenstern flatterten weiße Tücher.

»Äh, was ist das denn?«, fragte ich.

Leo stand unter einer gigantischen Discokugel, die leicht im Wind schwankte.

»Meinst du, hier macht jemand heimlich Partys?«, fragte ich wieder.

Er nickte, aber mied meinen Blick.

Wir durchquerten den Raum, hinaus auf eine Dachterrasse, die nur noch aus rohen Betonplatten bestand. An der Seite führte eine Feuertreppe hinunter zur Haupthalle.

Ein unversperrter Ausgang.

Ich wollte mich mit dieser guten Nachricht an Leo wenden, dann sah ich ihn ans Geländer der Dachterrasse treten und in den Himmel schauen.

Die Sonne versank hinter ein paar Wolken.

»Hab ich was falsch gemacht?«, fragte ich.

Leo war tief in Gedanken. Für einen Moment sah er mich genauso verständnislos an wie an Silvester, als er weinend auf dem Parkplatz gestanden hatte.

»Nichts«, erwiderte er. »Du hast nichts falsch gemacht.«

»Du bist plötzlich so still geworden.«

»Das hatte nichts mit dir zu tun.«

Ich hörte diesen Satz heute nicht zum ersten Mal. Was

war mit ihm los? Entweder log er mich an oder er hatte ein paar sehr hartnäckige Gespenster im Kopf.

Neben mir knetete Leo seine verschränkten Finger und schaute regungslos auf das Panorama unserer Stadt. Plötzlich sagte er: »Ella und ich hatten eine schreckliche Beziehung.«

Ich öffnete den Mund, um etwas zu sagen, aber ich wusste beim besten Willen nicht, was.

»Mir ging's schon lange nicht mehr so elend wie die letzten Monate. Ella und ihre Kumpels sind – ich weiß nicht, ob sie Scheißmenschen sind oder einfach beschissene Dinge tun und nicht darüber nachdenken wollen, aber – mit ihnen zusammen zu sein, hat sich nur noch falsch angefühlt. Wenn mich jetzt etwas an Ella erinnert, dann – blockier ich manchmal einfach. Sorry.«

»Du musst dich nicht dafür entschuldigen«, entgegnete ich schnell und ein bisschen erschrocken.

Mit dieser Entwicklung hatte ich nicht gerechnet. Komisch eigentlich. Ich wusste doch, dass das Evil Triforce evil war.

Leo schenkte mir ein trauriges Lächeln. »Okay.«

»Willst du darüber reden?«

»Ich weiß nicht. Irgendwie schon. Aber willst du es wirklich hören?«

Ich musste nicht lange darüber nachdenken. »Ja.«

Leo schwieg eine Weile. Er schien sich zu sammeln. Ich fragte mich, welche Ereignisse er in seinem Kopf sortierte: Welche er auswählte, welche er wegdrückte.

»Echt, es begann alles so harmlos«, fing er schließlich an. »Ich hab Ella auf einer Geburtstagsfeier kennengelernt und fand sie wirklich sympathisch. Sie war witzig und ging auf Konzerte und – irgendwie mochte sie mich und hat mich nach einem Date gefragt. Ich wollte einfach schauen, ob was draus werden könnte. Und dann wollte sie eine Beziehung, und mir ging es ein bisschen zu schnell, aber sie war so happy. Ich hab mich bequatschen lassen, ohne mir etwas dabei zu denken. Nur … das wurde plötzlich ein Muster, und … sobald ich mir bei einer Sache unsicher war, hat sie gefragt, ob ich sie nicht mehr liebe. Dann habe ich mich wahnsinnig scheiße gefühlt und alles mitgemacht. Also – halt alles –, du weißt schon. Zu den Treffen mit ihren Kumpels gehen, obwohl ich die nicht mochte. Sie ständig besuchen, obwohl ich meinen Freunden dafür absagen musste. Mich küssen lassen, obwohl ich gerade keine Lust hatte.« Leo pausierte und schluckte. »Irgendwann wusste ich überhaupt nicht mehr, was *ich* eigentlich wollte. Wo ich in der Beziehung verschwunden war.«

Die Nachmittagssonne rutschte aus dem dichten Wolkenfeld auf den Horizont und strahlte uns orangerot ins Gesicht. Mir war kalt und ein bisschen übel.

»Ich hab die letzten Wochen seit der Trennung nur noch im Internet nachgelesen: toxische Beziehung. Manipulatives Verhalten. Gaslighting. Alles passt. Ich bin in dieselbe Scheiße reingerutscht wie meine Mutter damals. Und ich versteh nicht, wie mir das passieren konnte. Gerade ich hätte es doch merken müssen.«

Leo schüttelte den Kopf.

Ich hatte das Bedürfnis, ihm wieder eine Hand auf den Arm zu legen, aber dieses Mal ließ ich es. »Es tut mir sehr leid, dass dir das passiert ist. Und es tut mir leid, dass ich dir nichts Besseres sagen kann. Ich wünschte wirklich, ich könnte.«

Leo neigte den Kopf zur Seite und lächelte kurz, seine Haare leuchteten honigfarben im Gegenlicht. »Du musst nichts Besseres sagen.«

Dann schwiegen wir, bis die Sonne so tief stand, dass sie uns direkt in die Augen schien.

Mein Handy plingte mehrmals in der Jackentasche, aber ich ignorierte es.

»Geh ruhig ran«, sagte Leo.

»Sicher? Das ist wahrscheinlich nur Helena, die wissen will, ob alles okay ist. Wir haben diese Abmachung, einander zu schreiben, wenn wir mit jemandem unterwegs sind, den wir nicht lange kennen – also –«

»Verstehe«, entgegnete Leo, zu meiner Überraschung überhaupt nicht beleidigt. »Ihr seid – keine Ahnung – nicht so naiv wie ich.«

»Es ist nicht deine Schuld, dass deine Ex-Freundin sich so verhalten hat«, sagte ich vorsichtig. »Das weißt du doch, oder?«

Er presste die Lippen aufeinander und nickte.

Ich fühlte mich ein wenig benommen von all den Informationen, die ich nicht erwartet hatte, und tippte Helena ein schnelles **alles cool, wir sind in einem verlassenen kaufhaus**.

Helena, die noch online war, schrieb sofort zurück: **äh wie verlassen?? das soll mich beruhigen?**

Ich musste schnauben. Das war typisch Helena. Sie machte sich nur dann keine Sorgen, wenn es um sie selbst ging. Bei ihren Freunden wurde sie sofort zur Mutti.

Leo sah mich überrascht an.

»Sie wundert sich, was wir hier machen«, sagte ich.

»Schick ihr doch ein Foto.«

»Gute Idee«, erwiderte ich, obwohl es mir komisch vorkam, dieses ernste Gespräch einfach zu verlassen.

»Du musst die Discokugel mit draufkriegen!«, rief Leo, drehte sich um und stieg durch die eingeschlagene Terrassentür.

Okay. Vielleicht wollte er es auch hinter sich lassen.

Ich folgte ihm und war damit beschäftigt, meine Kamera-App zu öffnen. Erst als ich den Kopf hob, merkte ich, dass ich mich in einem Kaleidoskop befand.

Das ganze obere Geschoss glühte plötzlich warm und rot, obwohl die Außentemperatur kaum über null lag. Die tief stehende Sonne spiegelte sich in den kleinen Glassteinchen der Discokugel und tanzte über die bunt bemalten Wände.

Leo stand grinsend unter der Discokugel.

»Hey, dann musst du auch mit aufs Foto«, sagte ich. »Komm, Selfie.«

Leo stellte sich neben mich, während ich das Handy über unsere Köpfe hob, um möglichst viel vom Raum zu erfassen. Seine Schulter berührte meine, und er lächelte, und ich sah mich auf dem Kameradisplay ebenfalls lächeln – nicht, weil man das auf Fotos so machte, sondern weil ich es wirklich meinte. Das warme Licht fühlte sich gut auf meinem Gesicht an. Leos Nähe fühlte sich gut an. Ich fühlte mich gut.

Ich drückte auf den Auslöser, ließ das Handy sinken und sendete das Bild an Helena.

»Schickst du mir das auch?«, fragte Leo.

»Klar«, erwiderte ich, ein bisschen verdutzt, dass ihn ein Foto von uns beiden interessierte. »Wenn du es haben willst.«

»Wenn's okay ist.«

»Ja doch, sicher, äh, ja, also ich hab ja deine Nummer. Ich kann's schicken.«

»Alles in Ordnung?«

»Ja, auf jeden Fall.«

»Du musst es mir auch nicht schicken. Ich lad's nirgendwo hoch, falls du das befürchtest.«

»Nein wieso, gar nicht. Warte. Sekunde –« Leo betrachtete mich fragend. Ich versuchte, alle Gedanken zu unterdrücken, die mich nervös machten, zum Beispiel, dass man nur dann eine Erinnerung an einen Moment behalten wollte, wenn man ihn schön fand, und tippte ihm eine Nachricht mit dem Foto »So, fertig. Viel Spaß damit.«

Viel Spaß damit? Ich hätte mich ohrfeigen können. Das klang, als würde ich davon ausgehen, dass er sich zu unserem Bild einen runterholen wollte.

Leo prustete.

»Okay, also ich muss da was klarstellen«, begann er, aber ich unterbrach ihn mit einem tiefen Luftholen und einem verzweifelten »Lösch aus deinem Gedächtnis, dass ich das gesagt hab«.

»Na gut«, erwiderte Leo lachend. »Aber es wird mir schwerfallen.«

»Ich hab wirklich gehofft, dass du nicht mitkriegst, wie abgrundtief seltsam ich bin. Und ich hätte es fast geschafft.«

Leo warf mir einen Blick zu, der ganz klar bedeutete: Hättest du nicht. Aber er antwortete: »Wir sind beide seltsam.«

Was ungefähr das Beste war, was er sagen konnte.

ACHTZEHN

»Okay«, murmelte Helena und nahm jedes Töpfchen semipermanenter Haarfarbe einzeln aus dem Regal, »aber ich würd gerne einen Farbverlauf machen, weißt du? Also erst Lila, dann Pink. Und wir dürfen es nicht verkacken, weil Saskia schon heute Abend kommt und ich keine Zeit für Katastrophenbegrenzung habe.«

Ich betrachtete zweifelnd die zwei Farben, die Helena genannt hatte.

Wir hatten die letzten drei Stunden damit verbracht, die ganze Stadt nach einem Laden abzusuchen, der Helenas Lieblingshaarfarbe verkaufte, und waren endlich in einem kleinen Friseurbedarf fündig geworden, auf dessen Werbeplakaten die Frauen noch Dauerwellen trugen. Jedes Töpfchen war mit Staub bedeckt.

»Soll der Farbverlauf denn von links nach rechts gehen oder von oben nach unten?«, fragte ich.

»Hä?« Helena kramte abwesend nach ihrem Portemonnaie. »Was?«

Saskia und Helena waren jetzt drei Monate zusammen und hatten sich seit einem kurzen Besuch vor Weihnachten nicht mehr gesehen. Heute würde Saskia das erste Mal in unser Provinzdorf kommen und Helena war megaaufgeregt. Ständig checkte sie ihr Handy oder ihr Spiegelbild in irgendeiner Fensterscheibe. Es war sehr, sehr niedlich.

»Also soll der Farbverlauf am Scheitel beginnen und bis zu den Haarspitzen laufen oder willst du –«

»Was, ach so, äh, keine Ahnung, egal.«

»Vielleicht sollten wir doch lieber nur eine Farbe kaufen«, schlug ich vor. »Ich hab noch nie Haare gefärbt und du hast gerade die mentale Kapazität von einer Kartoffel. Also, einer sehr klugen Kartoffel. Aber einer Kartoffel.«

»Jaja, trotzdem, wenn wir das hinkriegen –«, Helena nahm einen Spiegel aus dem angrenzenden Regal und betrachtete darin ihren chaotischen blonden Dutt. »Das würde voll gut aussehen.«

»Ja, *wenn* wir es hinkriegen …«

»Ist okay, ist okay, du hast recht. Ich nehm Pink. Es stresst mich einfach – Saskia hängt nur mit Leuten ab, die besser aussehen als ich. Du solltest dir mal ihre ganzen Hipster-Freunde angucken. Im Gegensatz zu denen komme ich mir vor wie ein Landei.«

Helena kaufte zwei Packungen Bonbonfarbe und ich stand wortlos daneben und warf ihr einen verwirrten Seitenblick zu.

Sie schien das zu spüren, denn als wir den Laden verließen, murmelte sie: »Ja, ich weiß, das ist voll unemanzipiert von mir.«

»Quatsch«, sagte ich, immer noch fasziniert davon, dass Helena tatsächlich unsicher war, obwohl sie sich normalerweise keinen Bullshit gefallen ließ.

»Jedenfalls hab ich mich dazu entschieden, meine Geburtstagsparty am Samstag ganz klein und gemütlich in der Gartenlaube von meinem Stiefopa zu feiern. Es ist superkuschlig da, er hat sich zwei riesige Sofas reingestellt, einen Flatscreen – und einen Kamin. Alte Leute haben's echt raus. Und mit genug Pizza, Chips und Alkohol kann ich vielleicht über die Tatsache hinwegtäuschen, dass man in diesem verdammten Kaff nichts unternehmen kann. Ich hoffe, Saskia langweilt sich nicht zu Tode.«

»Wow, chill, Helena. Sie kommt her, um dich zu sehen. Und nicht, um eine Enthüllungsstory darüber zu schreiben, wie deprimierend Brandenburg ist.«

Helena grinste ein bisschen.

»Wen lädst du ein?«, fragte ich. Helena zögerte keine Sekunde und warf ihre Arme im Laufen um mich, wodurch wir beide die Straße entlangschwankten. »Ja okay, außer mir, meine ich.«

»Keine Ahnung, die üblichen Verdächtigen. Linh und Marty. Du kannst auch jemanden mitbringen, wenn du willst.«

Ich antwortete nicht.

Helena lächelte vor sich hin.

Es war nicht schwer zu erraten, was sie dachte.

Sie hatte mir vor einigen Tagen eine zweiseitige Bildinterpretation meines Selfies mit Leo geschickt, inklusive einer Analyse des Bildaufbaus und eines sehr langen Absatzes zur Intention der Künstlerin. Obwohl Helena also sehr charmant sein konnte, wenn sie neugierig war, hatte ich ihr nur mit ein paar lachenden Emojis geantwortet. Bis jetzt.

Als wir bei Helena zu Hause auf dem Badewannenrand

saßen und ich ihre Haare strähnenweise mit pinkem Glibber einschmierte, sagte ich: »Ich würde Leo gerne einladen, aber ich weiß nicht, ob er will.«

»Frag ihn.«

Ich kaute auf der Innenseite meiner Unterlippe herum.

»Hey, wir wissen jetzt, dass er kein Arsch ist«, fügte Helena hinzu. »Und auch wenn du es hasst, dich nicht auf etwas vorbereiten zu können – auf Gefühle kann man sich halt nicht vorbereiten.«

»Das ist deine Theorie«, murmelte ich. »Ich kann sie zumindest vermeiden.«

»Ja, aber das wär schade.«

»Ich bin nur schon so ausgebucht mit Schule und allem, und meine Eltern drehen durch, wenn ich jetzt was mit irgendwem anfange, und … ich bin gar nicht sicher, was das mit Leo überhaupt ist … also er ist süß, aber … weißt du?« Ich strich Helenas letzte blonde Strähne mit Farbe ein, griff nach einer Rolle Frischhaltefolie und umwickelte damit ihren Kopf. »Mann, wie überlebst du es eigentlich, in Saskia verliebt zu sein, ohne dass dir davon das Hirn explodiert?«

»Mach ich auf dich den Eindruck«, fragte Helena, »als wäre mein Hirn noch nicht explodiert?«

Ich lachte und Helena stimmte mit ein.

Es gab anscheinend zwei Möglichkeiten, sich vollkommen matschig im Kopf zu fühlen. Die eine quälte mich seit Monaten grundlos, die andere war neu und … besser, aber genauso verwirrend.

Selbst wenn ich ein paar minimale Gefühle für Leo entwickelt hatte und ihn möglicherweise attraktiv fand mit seinen Strickpullovern und dieser Indie-Gitarristen-Frisur, dann hieß das noch lange nicht, dass er sich dasselbe bei mir dachte. Ich konnte mir überhaupt nicht vorstellen, wie er mich von außen wahrnahm, eigentlich konnte ich mir nicht einmal vorstellen, wie irgendwer eine Außenperspektive auf mich haben konnte. Alles um mich herum fühlte sich nach dichtem Ich-Sumpf an.

»Ich kann ja … ich kann ja mal fragen, ob Leo Zeit hat, so ganz unverbindlich. Aber sag nichts zu meinen Eltern von der Party. Und versprich mir, dass du Saskia nicht irgendwelche großen Storys von ihm erzählst und sie dann total gehypt ist, falls er auftaucht.«

»Äh, ja, zu spät.«

»Helena!«

»Hey, komm, ich hab nur gesagt, dass er dein wahr gewordener Traum von einem bäumeumarmenden Remus Lupin ist. Also alles entspannt.«

»Ich hasse dich.«

NEUNZEHN

Manchmal bekam ich den seltsamen Eindruck, dass ich zweimal existierte. Da gab es diesen einen Teil von mir, der sich darauf freute, Helena zu sehen, mit Leo zu reden, in die Schule zu gehen, abends Netflix zu schauen – der zufrieden war. Und dann gab es da dieses andere. Es war nicht mal ein richtiges Gefühl, eher ein Nicht-Gefühl.

Seit einigen Wochen wurde das andere stärker. Hatte ich seine Präsenz früher nur nebenbei wahrgenommen, schien es nun schon jeden Morgen mit mir aufzuwachen. Wenn es mich begleitete, fühlte sich alles, was mir vorher Spaß gemacht hatte, irgendwie unecht an.

Ich lag im Bett und versuchte, wach zu werden. Ich wollte aufstehen, duschen und Klamotten aus dem großen Wäschehaufen auf meinem Schreibtischstuhl heraussuchen. Aber es kostete mich all meine Anstrengung, nach dem Handy zu greifen. Danach blieb ich einfach liegen.

Helena hatte auf meine Geburtstags-Nachricht mit einem Selfie von ihren frisch gefärbten Haaren geantwortet.

Außerdem hatte Leo auf meine Einladung zu ihrer Party zwei Emojis geschickt: einen Hamster und einen Partyhut.

Ich tippte: **also kommst du heute abend mit?**

Als Leo eine Stunde später antwortete, lag ich immer noch im Bett.

Er schrieb: **klar eine kleine runde in einem gartenhaus mitten im wald klingt nach meiner lieblingsparty. oder dem anfang für einen horrorfilm. aber irgendwie scheint das unser ding zu sein**

Ich versuchte, nicht allzu oft die Worte »unser Ding« zu lesen. Keine Chance. Nachdem ich seine kurze Nachricht so oft durchgegangen war, dass ich sie auswendig konnte, schob ich mühsam einen Fuß über die Bettkante.

***

Die Laube von Helenas Opa lag in einer Gartensiedlung außerhalb der Stadt. Als ich dort ankam, war es schon spät. Ich schloss mein Rad an ein Eisentor und ging die einzelnen Parzellen ab. Alles befand sich noch im Winterschlaf: Die Fensterläden der Gartenhäuschen waren verschlossen, die Sträucher kahl, der Rasen vertrocknet. Bloß in der Laube mit der Nummer 23 leuchtete Licht, halb verdeckt von hohen Nadelbäumen.

Irgendwie hatte Leo recht mit der Horrorfilmatmosphäre.

Für ein paar Sekunden blieb ich in der Dunkelheit stehen.

Ich riskierte einiges dafür, ihn heute zu sehen.

Eigentlich hätte ich lernen und früh schlafen gehen müssen. Das war zumindest die Variante, die meine Eltern glaubten – dass ich mich in meinem Zimmer befand und noch einen populärwissenschaftlichen Podcast hörte. Wenn sie wüssten, dass ich stattdessen auf einer Party war …

Egal. Würde schon werden.

Im Haus fand ich Linh und Marty, die ratlos zwei Enden einer Girlande in der Hand hielten. Ich trat über die Schwelle, und Linh rief: »Willkommen in der DDR!«

»Äh. Danke?«

»Hey, wir wollten Eli gemeinsam begrüßen.« Marty ließ die Girlande fallen. »Du hast nicht auf mein Zeichen gewartet.«

»Sorry, aber ich ruf nicht: ›Willkommen im Swingerclub!‹«

»So sieht's hier drinnen aber aus!«

»Alter, Marty, halt die Klappe. Helena dreht durch, wenn sie dich lästern hört. Sie ist so schon total nervös.«

Helenas Gartenlaube war tatsächlich etwas seltsam eingerichtet. An den Wänden hing eine orange-braune Mustertapete. Es gab eine Schrankwand aus Echtholz, einen Flatscreen, zwei rote Plüschsofas und ein Fake-Bärenfell. Zu allem Überfluss hatte Helena kreuz und quer Herzchengirlanden aufgehängt – wahrscheinlich um alles etwas fröhlicher zu machen.

Leider war es so nur noch schräger geworden.

»Wo ist Helena?«, fragte ich.

»Sie zeigt Saskia das Plumpsklo.« Marty zupfte an einer Strähne seiner langen Haare, die er heute in einem knubbeligen Zopf trug. »Für den absoluten Kulturschock.«

»Es ist nur ein normales Chemieklo«, brummte Linh. »Rückseite vom Haus. Und ignorier Marty. Er ist heute mit dem falschen Fuß aufgestanden.«

Ich trat in den Garten, bevor Marty eine Antwort parat hatte. Vorsichtig bahnte ich mir einen Weg durch sauber abgedeckte Beete. Helena und Saskia standen hinter dem Haus, neben einem Komposthaufen.

Sie redeten leise.

»Hi!«, rief ich, und beide schauten auf.

»Oh, Eli, hey!«, erwiderte Helena überrumpelt. »Hey, äh, Sassi, das ist Elisa. Elisa – Saskia.«

Ich schüttelte ihre Hand.

»Hey«, sagte sie.

»Freut mich sehr, dich endlich kennenzulernen! Wir haben schon viel von dir gehört.«

Saskia grinste. Sie trug eine runde Brille und hatte das Gesicht einer ätherischen Elfe – mit überraschend starkem Händedruck.

Ich schüttelte unauffällig meine Finger aus.

Helena, die mittlerweile sehr rot geworden war, sprudelte los: »Ich hab Sassi nur kurz das Klo erklärt. Es ist nicht besonders – äh – saugstark, und du darfst es nicht überfordern, also wenn du kotzen musst, nimm den Kompost. Und auch bei anderen voluminöseren Angelegenheiten könnte es Probleme geben, deswegen solltest du, ich meine, was ich sagen will, ist – pullern only.«

Ich wusste nicht, was ich darauf erwidern sollte.

»Apropos.« Saskia grinste und deutete auf die Holztür. »Ich werd mal kurz.«

»Okay«, antwortete Helena. »Wir gehen schon rein.«

Dann packte sie mich an der Schulter und schob mich vor sich her, bis wir das Haus umrundet hatten und sie stehen blieb und panisch wisperte: »Oh mein Gott, hab ich das gerade wirklich alles gesagt? Pullern only? Aah, ich krieg die Krise. Wie kann man so unsexy sein?«

»Wenn du unsexy willst, schau mir zu, ich topp das locker.«

»Ach, so ein Bullshit, wenn du Blödsinn redest, ist es niedlich. Leo wird dich lieben. Ich bin es, die hier verkackt.«

Ich wandte ruckartig den Kopf, um sicherzugehen, dass Leo nicht gerade den Gartenweg entlangschlenderte. Dann griff ich nach Helenas Hand.

»Helena«, sagte ich gedämpft, »du bist die coolste Person, die ich kenne, mit der seltsamsten Gartenlaube der Welt. Du schaffst das.«

»Ist es wirklich so schlimm? Ich hab ein bisschen dekoriert, aber –«

»Es ist perfekt. Komm, wir gehen zu den anderen.«

Drinnen hatten Marty und Linh mittlerweile die letzte Girlande aufgehängt und es sich auf einem der Sofas bequem gemacht. Aus der Küche kam der Geruch einer im Ofen backenden Pizza. Auf dem großen Flatscreen lief einer von diesen Gruselfilmen, die man bei einem Gespräch nebenbei schauen konnte.

Ich setzte mich zu Linh. Sie legte die Hälfte ihrer warmen Fleecedecke über meine Beine.

»Vielleicht ist es doch perfekt«, sagte Helena und lehnte im Türrahmen.

Sie drehte sich überrascht um, als Saskia an ihr vorbeihuschte und die leere Couch in Beschlag nahm.

»Klar ist es das«, erwiderte sie. »Hast du dir etwa Sorgen gemacht?«

»Ein bisschen.«

»Wieso? Was an diesem Konzept kann schon schiefgehen? Ein leeres Haus mitten im Nirgendwo – wahrscheinlich ohne Handyempfang – das Klo ist kaputt – gleich taucht jemand hinter diesem vergitterten Fenster auf und bringt uns alle um –«

»Okay, ja, jetzt bin ich total beruhigt«, sagte Helena lachend und war dabei, sich zu Saskia auf die Couch zu setzen, als die plötzlich zusammenzuckte und rief: »Oh, fuck, ich hab grad echt jemanden vor dem Fenster gesehen!«

Es klopfte an der Eingangstür.

Ich holte tief Luft und versuchte, mein plötzlich schneller schlagendes Herz zu beruhigen.

Im Hintergrund lief der Gruselfilm – passenderweise war gerade eine Szene dran, wo alle Figuren unkontrolliert durcheinanderschrien. Aber das war nicht das Problem. Ich hätte in diesem Moment lieber einer paranormalen Erscheinung die Tür geöffnet als der Person, die wahrscheinlich wirklich davorstand.

»Das ist sicher Leo«, sagte ich und stand auf. »Ein Freund von mir.«

»Alter!« Saskia drückte eine Hand auf ihre Brust. »Dein Freund hat mich halb zu Tode erschreckt!«

»Äh. Er ist *ein* Freund, nicht *mein* Freund.«

»Meinte ich doch«, erwiderte Saskia verwirrt.

Ich erstarrte und kam mir sofort bescheuert vor, dass ich sie korrigiert hatte. Fuck.

Linh und Marty tauschten einen vielsagenden Blick.

Ohne ein weiteres Wort verließ ich den Raum. Das fing

ja gut an. Hoffentlich konnten sich alle zusammenreißen. Ich traute ihnen glatt zu, peinlicher zu sein als meine eigenen Eltern.

Bevor ich die Tür öffnete, atmete ich kurz durch. Vielleicht war dieses ganze Gefühle-für-Leo-Haben auch gar keine richtige Sache. Ich hatte ihn die letzten Wochen nur flüchtig gesehen und seitdem nur mit ihm gechattet und telefoniert und über ihn nachgedacht. Möglicherweise hatte ich mir dabei ein bisschen was eingeredet.

Ich öffnete die Tür.

»Hey«, sagte Leo und blinzelte angestrengt gegen das helle Flurlicht.

Er trug seine übliche Strickjacke und eine am Knie aufgerissene Jeans und sah trotzdem viel zu gut aus.

Jup. Ich hatte mir absolut nichts eingeredet.

»Äh – sag mal, brennt hier was?«, fragte er.

Ich drehte mich überrascht um. Linh rannte hinter mir durch den Flur und rief: »Scheiße, die Pizza!«

Die zu Kohle verschrumpelte Pizza sorgte für genug Ablenkung, dass Leo längst seine Jacke ausgezogen und auf einem Sofa Platz genommen hatte, bevor das kleine Haus stoßgelüftet werden konnte und alle ins Wohnzimmer zurückkehrten.

Ich setzte mich in angemessenem Abstand neben Leo, aber Marty quetschte sich mit einem unbeirrten »Mach mal Platz, mach mal Platz!« auf die Couch und zwang mich dazu, viel zu dicht aufzurücken.

»Sorry«, murmelte ich, als meine Hand Leos Oberschenkel streifte.

»Kein Problem,« erwiderte er.

Wir sahen uns an, und für einen kurzen Moment hatte ich das seltsame Gefühl, an seinen Augen festzukleben.

Leo brach schließlich die Verbindung. Er deutete Richtung Schrankwand und sagte: »Äh – nett hier.«

Ich hatte keine Ahnung, ob er das ernst meinte.

»Dein Geschmack?«, fragte Marty.

»Erinnert mich irgendwie an meine Oma.«

»Interessant. Betreibt deine Oma zufälligerweise einen Swingerclub?«

»Oh mein Gott, Marty!«, rief Linh quer durch den Raum. »Halt die Fresse!«

»Was denn?«

»Du bist so ein Trampel!«

»Hey, komm. Helena weiß genau, dass ihr Opa die Hütte hier eingerichtet hat wie eine Porno-Kulisse.«

»Ist schon okay, ist schon okay«, brummte Helena, bevor Linh etwas sagen konnte. Sie kam gerade aus der Küche zurück, wo sie eine neue Pizza in den Ofen geschoben hatte. »Die Herzchen-Girlande ist gewagt. Ich seh's ein. Themenwechsel?«

Saskia beeilte sich, eine Story davon zu erzählen, wie sie in einen stillgelegten Vergnügungspark eingebrochen war. Alle lauschten. Im Hintergrund lief der Abspann vom Gruselfilm.

Ich begann, mich zu entspannen.

Leo mischte sich nicht groß in das folgende Gespräch ein, schien aber auch nicht davon gelangweilt zu sein, einfach zuzuhören. Irgendwann lehnte er sich zurück und fragte mich, wie es mir ging.

»Okay«, sagte ich und versuchte, das Stechen in meinem Bauch zu ignorieren, das mich an all die Tage erinnern wollte, an denen ich mich nicht okay gefühlt hatte. »Schule ist gerade ein bisschen anstrengend, und meine Eltern würden durchdrehen, wenn sie wüssten, dass ich hier bin, statt zu Hause zu lernen, aber – sonst geht es.«

»Elisas Eltern sind Lehrer an unserer Schule«, erklärte Helena Saskia, die anscheinend zugehört hatte. »So ein richtiges Power-Pärchen. Wenn die beiden konstant über mir schweben würden, wär ich auch gestresst.«

Leo warf mir einen irritierten Blick zu, aber ich begriff nicht, was das Problem war, bis er sagte: »Ach, deine Eltern sind also wieder zusammen.«

Es wurde mit einem Mal still im Raum. Helena füllte gerade eine Schüssel mit Chips und fror mitten in der Bewegung ein.

»Wieso wieder zusammen?«, fragte sie. »Waren deine Eltern getrennt?«

Fast wollte ich antworten, dass das absoluter Quatsch war, dann schaltete sich mein Hirn ein, und ich erinnerte mich an diese bescheuerte Sache, die ich mir ausgedacht hatte.

Fuck, fuck, fuck.

»Nein, also, ja«, murmelte ich mühsam. »Sie – sie sind getrennt. Sie lassen sich scheiden.«

»Bist du deswegen in letzter Zeit so komisch drauf?«

Ich zögerte und nickte dann.

Anscheinend konnte ich nicht gut verstecken, wie ich mich fühlte. Ich warf einen unauffälligen Seitenblick zu Leo. Er hatte die Lippen aufeinandergepresst und betrachtete den Teppich unter seinen Füßen. Wahrscheinlich hielt er mich für einen Freak. Wenn man mir auch nur die Hälfte von dem Stress und der Unsicherheit anmerkte, die ständig in mir kochten, dann musste ich definitiv aussehen wie ein Freak.

»Wow«, sagte Helena leise. »Warum hast du das nicht erzählt? Ich meine, ich bin deine Freundin und du verschweigst so etwas Krasses vor mir –« Helenas Stimme schwoll an und Saskia legte ihr rasch eine Hand auf den Unterarm.

»Tut mir leid«, murmelte ich. »Wirklich.«

Niemand sagte etwas.

Die plötzliche Anspannung im Raum war kaum zu ertragen. Ich spürte sie langsam unter meine Haut kriechen und dort kribbeln und prickeln und hoch in meinen Kopf steigen – in diesem Moment merkte ich, dass die Panik wieder da war.

Ich schluckte angestrengt.

Die Welt vor meinen Augen verschwamm.

Mein Herzschlag wurde so laut, dass ich nichts mehr außer ihm wahrnehmen konnte. Ich hörte mich irgendetwas sagen und spürte, wie meine Beine sich bewegten und die Luft und das Licht sich änderten, und einige angestrengt tiefe Atemzüge später klammerte ich mich in der Küche an einem alten Holztresen fest. Vor mir brutzelte die neue Pizza im Ofen.

»Es tut mir leid«, sagte jemand, und ich wandte den Kopf. »Ich hab mich verquatscht. Mir war nicht bewusst, dass du niemandem außer mir von der Scheidung erzählt hast.«

Leo schloss die Tür und lehnte sich mir gegenüber an einen Küchenschrank.

»Was hast du zu Helena gesagt?«, fragte ich überfordert.

Es war nicht geplant gewesen, dass meine Lüge sich noch mehr ausbreitete. Ich bereute es schon genug, dass Leo sie glaubte. Wenn auch noch Helena und alle anderen –

»Nichts«, erwiderte Leo. »Ich hab nichts weiter gesagt. Ich bin nur aufgestanden und dir hinterher.«

»Okay.«

»Elisa, es tut mir leid.«

»Nein, vergiss es, es ist nicht deine Schuld. Ich hätte –« Mir blieb im Hals stecken, was ich eigentlich sagen wollte: *Ich hätte dich nie so lange anlügen sollen.* Stattdessen fuhr ich angestrengt fort: »Ich hätte Helena längst davon erzählen sollen.«

»Ich weiß, was für eine beschissene Situation das ist, und es ist deine Entscheidung, wann du es jemandem erzählst –«

»Ist – lass gut sein«, begann ich, ihn zu unterbrechen, weil ich es nicht ertragen konnte, dass ich eine Geschichte nachspielte, die Leo selbst erfahren hatte. »Wirklich, es ist nett, aber – denk nicht weiter drüber nach. Ich komm gleich – ich bin gleich wieder … alles gut.«

»Wie jetzt – nicht weiter darüber nachdenken? Ich kann das nicht einfach abschalten.«

»Trotzdem solltest du dich nicht allzu sehr emotional in meinen Scheiß involvieren, weil du –«

»Ich bin aber emotional involviert«, sagte Leo.

In seiner Stimme schwang so ein Nachdruck mit, dass ich hoch in sein Gesicht schaute. Er hielt meinen Blick für einige Sekunden, dann neigte er den Kopf. Es war schwer, in der dunklen Küche etwas zu erkennen, aber auf seinem Hals schienen sich rote Flecken auszubreiten.

»Wie meinst du das?«, fragte ich, bevor ich darüber nachdenken konnte.

Leo schien von dieser Frage nicht weniger überfordert als ich. Er suchte nach Worten. Der ganze Abend entwickelte sich in eine Richtung, die ich so nicht erwartet hatte.

Schließlich murmelte Leo: »Du bist mir nicht egal.«

»Oh.«

»Also gar nicht.«

Ich öffnete verwirrt den Mund.

»Vergiss das«, sagte Leo sofort und musste fast über sich lachen. »Vergiss die doppelte Verneinung. Was ich eigentlich meine … du bist mir wichtig, Eli. Dein Scheiß interessiert mich. Es stört mich nicht, involviert zu sein. Ich will involviert sein.«

»Oh.«

Bevor ich mehr sagen oder mehr denken oder überhaupt verstehen konnte, was das bedeutete, öffnete sich die Küchentür.

ZWANZIG

»Hi.« Helena drängte sich in den Raum, ganz offensichtlich nicht sicher, in welche Situation sie hineinplatzen würde.

Als sie sah, dass Leo und ich nur nebeneinanderstanden, zeigte sie umständlich mit einem Finger hinter Leo und sagte: »Ich will bloß die Pizza holen, bevor wir unsere letzten Essensreste zu Staub backen. Weil – mein Geburtstag und so – wäre ungünstig.«

»Klar«, antwortete ich.

Helena quetschte sich in die schmale Küche, kramte in einem der Schränke nach einem großen Teller und schaltete den Ofen aus.

Die Stimmung war seltsam. Wir spürten es alle drei. Ich hatte keine Ahnung, wie ich noch auf das reagieren sollte, was Leo mir gerade gesagt hatte. Obwohl ich wirklich gerne wollte. Am liebsten hätte ich ihn umarmt und nicht mehr losgelassen.

Helena stellte den Teller lautstark auf dem Tresen ab.

»Ich … geb euch mal Zeit zum Reden«, murmelte Leo.

»Danke«, sagte ich.

Während er die Küche verließ, machte Helena sich viele Umstände damit, die Pizza aus dem Ofen zu holen. Ihr Profil, vom warmen Ofenlicht angestrahlt, war unlesbar.

»Helena, das gerade tut mir leid. Ich kann es dir in Ruhe erklären, wenn du willst –«

»Ist in Ordnung. Lass uns einfach einen netten Abend haben, ja?«

Ich verstummte und schaute zu, wie Helena die Pizza in Stücke schnitt. Es war eigentlich nicht ihre Art, jemandem einfach so über den Mund zu fahren.

»Bist du sicher?«, fragte ich.

»Wir können unseren Bitchfight haben, wenn Saskia wieder weg ist«, sagte sie, und ich sah ein Lächeln in ihrem Mundwinkel.

»Du weißt, dass das nicht sehr feministisch ist.«

»Oh, na gut, dann haben wir halt unseren Girl-Love-Showdown später.«

»Girl-Love-Showdown klingt gut«, murmelte ich und ging mit gemischten Gefühlen zurück ins Wohnzimmer.

Die Atmosphäre war bemüht fröhlich. Saskia saß neben Leo und zeigte ihm irgendetwas auf ihrem Handy. Linh hatte sich tief in eine Kuscheldecke eingegraben, und Marty hockte vor dem Kamin und warf brennende Streichhölzer auf einen Stapel Holzscheite, der davon eher unbeeindruckt blieb.

»Die Heizung wird nicht richtig warm«, sagte er zu mir.

»Okay, cool«, entgegnete ich. »Aber du brauchst eine Zeitung, um das anzuzünden.«

»Ich kann hier keine Zeitung wegnehmen, die sind alle von 1982 oder so. Die haben schon Museumswert.«

»Na gut.«

Ich setzte mich vorsichtig neben Leo.

Er war immer noch sehr interessiert an den Dingen auf Saskias Handy. Ich atmete unauffällig aus.

Alles fühlte sich merkwürdig und steif an.

»So!«, rief Helena und sprang mit der Pizza ins Zimmer. Sie drückte jedem von uns einen Teller in die Hand, verteilte die Pizzastücke und nahm eine Glasflasche aus der Schrankwand. »Wir spielen jetzt ein Trinkspiel!«

Ich wusste, dass Helena nur die Stimmung lockern wollte, aber gleichzeitig war mir nach Aufstehen und Wegrennen. Alkohol hatte nicht gerade den Ruf, die Zahl der Geheimnisse zu verringern, die man so ausplauderte.

»Was spielen wir?«, fragte Saskia.

»Never have I ever«, sagte Helena.

Fantastisch. War das wirklich ein Ablenkungsmanöver oder eine geschickte Bestrafung? Halb erwartete ich, dass Helena das Spiel mit »Ich hab noch nie etwas vor meiner besten Freundin verheimlicht« eröffnen würde – und dann dürfte ich den ganzen Becher austrinken.

Helena hielt die Glasflasche hoch. »Wer macht mit?«

»Ich, aber ich trink nur Saft«, sagte Linh.

»Check.« Helena gab ihr einen Becher.

»Ach, ich bin ein offenes Buch.« Marty fläzte sich auf die Couch und biss in sein Pizzastück. »Kipp rein das Zeug.«

»Bei mir auch«, meldete sich Saskia.

»Check, check.«

»Ich muss fahren«, sagte Leo abrupt. »Ich nehm Saft.«

»Check, check, check.«

Alle schauten mich an.

»Äh«, machte ich, »also – da ich sowieso nie etwas trinken muss, weil ich langweilig bin – klar.«

»Na, da wär ich mir ja nicht zu sicher«, sagte Helena grinsend und goss eine Mischung aus Rum und Cola in meinen Becher. »Okay. Alle bereit? Linh fängt an!«

»Wieso ich?«

»Keine Ahnung. Du sitzt da so und irgendwer muss.«

»Na gut. Mit Gruß an die Gastgeberin!« Linh hob ihren Becher, als wolle sie einen Toast aussprechen. »Ich hab noch nie etwas mit einer Person desselben Geschlechts gehabt.«

»Oh, oh, oh!«, rief Saskia. Sie trank voller Enthusiasmus ihren ganzen Becher leer. »Ich seh schon, ihr wisst, wie man dieses Spiel spielt!«

Alle lachten.

Helena und Marty tranken.

Als sich niemand mehr rührte, sagte Helena: »Na ja, kein schlechter Schnitt. Okay, du bist dran, Eli.«

»Äh.«

Ich war nicht besonders gut in Spielen, bei denen man Peinlichkeiten aus anderen herauskitzeln sollte. Ich konnte einfach niemandem zu nahe treten. Vor allem nicht diesem sehr speziellen Menschen zu meiner linken Seite, der im Schneidersitz auf der Couch saß und sein Getränk zwischen den Händen drehte.

»Äh«, machte ich wieder. »Äh. Also, ich hab noch nie – puh – äh, bei einem Test geschummelt.«

Helena warf mir einen amüsierten Blick zu, während jeder im Raum etwas trank, außer mir. »Okay, Leonardo, mein liebster Ferienlagerfreund. Du musst dir jetzt etwas ausdenken, das ein bisschen mehr sexy ist als Prüfungen.«

»Mehr sexy«, wiederholte Leo. »Hm … ich hab noch nie Nudes versendet.«

Für einen Moment schauten sich alle an.

Helenas Finger am Becher zuckte.

»Ich hab da eine Definitionsfrage zu ›nackt‹«, sagte Marty plötzlich.

»Wie bitte?«, fragte Saskia.

»Na ja, ab wie viel Prozent dargestellter Körperfläche reden wir genau von ›nackt‹?«

»Oh mein Gott.« Saskia prustete. »Warum fragst du? Meinst du Dickpics? Die zählen natürlich, Marty McFly!«

»M'kay.«

Marty nahm einen Schluck.

Es war noch immer merkwürdig still im Raum.

»Guckt nicht so«, fügte er hinzu. »Das war natürlich mit Consent und allem. Ich schick keine Rundmails mit meinem Dödel.«

»Good to know«, erwiderte Saskia. »So, ich bin dran! Ich war noch nie in einen Elternteil von meinen Freunden verknallt.«

Im ersten Moment war es wieder komplett still. Doch diesmal war es nicht Marty, der einknickte, sondern Helena.

Sie seufzte schicksalsergeben und murmelte: »Um der unvermeidlichen Frage zuvorzukommen, ich war vierzehn und fand Elisas Papa voll heiß.«

»Was?«, rief ich, während Helena ihren Becher austrank und nachfüllte. »Nicht dein Ernst!«

»Hey, du musst zugeben, dass er objektiv gesehen, also wenn er nicht dein Papa wäre –«

»Ja, nee, ich muss gar nichts.«

»Denk nur an diesen Bart. Und er ist immer so seriös, das mag ich …«

»Fick dich«, murmelte ich und vergrub meinen Kopf in den Armen. »Nächste Frage!«

»Ich rette dich«, sagte Marty.

Er hob seinen Becher mit demselben Pomp, wie Linh es getan hatte, und zwinkerte mir zu. In dem Moment wurde mir klar, dass er mich nicht retten würde. Im Gegenteil. Seine Augen huschten weiter zu Leo.

»Ich war noch nie in jemanden verknallt … den ich auf dem Klo getroffen habe.«

Mein Herz setzte einen Schlag aus.

Das war nicht sein Ernst.

Das hatte er jetzt nicht gesagt.

Zuerst regte sich niemand. Alle schienen Martys Szenario nachzuvollziehen und zu überlegen, ob es auf sie zutraf. Dann klickte es. Zuerst bei Leo, der mich anstarrte, rot wurde und seinen Becher fokussierte. Dann bei Helena und Linh, deren Gesichter unterschiedliche Nuancen von Besorgnis widerspiegelten.

Marty saß mit einem breiten Grinsen da, das langsam verblasste.

»Leute, das war nur ein Witz!«, rief er.

»Wichser«, murmelte Linh.

»Oh, komm schon – die beiden wissen doch, dass ich das nicht ernst meine! Eli muss ja gar nicht trinken! Sie kriegt eine Befreiung!«

»Wie großzügig von dir, nachdem du sie vor allen bloßstellst!«

Mein Herz hämmerte und Blut rauschte spürbar durch meinen Körper. Der Becher in meiner Hand wurde warm. Panisch dachte ich: Du kannst jetzt nicht wieder lügen.

Bevor Marty antwortete, hob ich schnell mein Getränk und nahm einen großen Schluck.

Alle starrten mich an.

Damit war es also raus: Ich stand auf Leo.

»Wow«, sagte Helena in die Stille. »Ich wusste nicht, dass man dieses Spiel gewinnen kann, aber irgendwie hast du es gerade gewonnen.«

Ich verneigte mich kurz.

Saskia prustete.

»Sollen wir … sollen wir weitermachen?«, fragte sie.

»Ja bitte«, sagte ich. »Einfach weitermachen.«

Die anderen führten ihre beste Variante von »Hier ist alles normal, es ist kein Riesenelefant im Raum, nope!« auf: Marty stellte schnell eine andere langweilige Frage; alle lachten und tranken und redeten. Bis auf Leo.

Er saß da und schien nachzudenken.

Keine Ahnung, was nun passieren würde.

Solange wir uns zwischen awkward lachenden Freunden befanden, war alles gut, aber wie ging es weiter? Wenn wir die Party verlassen hatten? Wenn ich morgen aufwachte und ihm schreiben wollte? Was dann?

Die nächsten Fragen über passte ich nicht auf und trank wahllos. Je länger ich trank, desto mehr verlor ich die Übersicht, wie viel Zeit verging. Irgendwie kam es mir so vor, als würde niemand außer mir existieren. Gleichzeitig hatte ich den Eindruck, dass nur die anderen wirklich präsent waren, während ich schweigend in einer anderen Sphäre versank.

Ich musste es Leo sagen.

Dieser Gedanke fühlte sich plötzlich sehr klar an.

Keine Ahnung, wie ich das machen sollte, immerhin hatte ich so lange gelogen, dass ich selber nicht mehr richtig wusste, was sich hinter der Lüge von der Scheidung meiner Eltern versteckte – außer Panik und diesen schrecklichen Nicht-Gefühlen. Aber wenn ich ihm einfach beschrieb, wie es mir ging, vielleicht würde er es dann verstehen … oder war das eine schlechte Idee?

»Um dieses gloriose Spiel zu beenden, bevor ich den Kompost benutzen muss«, rief Helena und riss mich aus meinen Gedanken. »Ich hab noch nie auf meine Lehrerin gekotzt!«

»Das fühlt sich nach einem sehr gezielten Seitenhieb an«, sagte Marty, »den ich verdient habe.«

Er trank seinen Becher aus.

In meinem Kopf drehte sich ein langsamer Strudel.

Ich lehnte mich an die Couch und schloss für einen Moment die Augen. Es war angenehm warm im Zimmer. Obwohl der Bezug unter meiner Nase nach Zigaretten und Staub stank, schlug mir jedes Mal, wenn Leo sich bewegte, sein Geruch entgegen.

Er weiß jetzt, dass du auf ihn stehst.

Ich versuchte, den Gedanken wegzudrücken. Ich wollte nicht darüber nachdenken. Wenn nun alles kaputt war, dann konnte ich es immer noch so lange ignorieren, wie ich neben ihm auf dieser Couch döste.

Um mich abzulenken, versuchte ich, Leos Deo-Marke zu erraten. Aber ich kam nicht drauf. Irgendwie rochen alle Männerdeos gleich … Hm, eigentlich unfair. Was, wenn ich auch nach Pfefferminze und Eisbonbons riechen wollte? Oder wenn Leo Frühlingsduft besser fand? Wo war da die Gleichberechtigung …

EINUNDZWANZIG

»Vielleicht wär das besser«, sagte jemand laut neben meinem Ohr und legte mir eine Hand auf den Unterarm.

Ich öffnete die Augen und sah nur Helenas bonbonrosa Haare. Anscheinend war ich eingeschlafen, ohne es zu bemerken.

»Ich bin mit dem Auto da, ich kann sie mitnehmen.«

»Das wär super«, erwiderte Helena. »Sie wollte eigentlich nicht hier schlafen und ich hab keinen Platz mehr übrig.«

»Kein Problem.« Leo hockte sich auf die Sofakante, während er seine Strickjacke überwarf und aus der Hosentasche einen Schlüsselbund kramte.

»Elisa?«, flüsterte Helena. »Eli? – Ich glaube, sie ist wieder weg.«

Ich öffnete erneut die Augen.

Das Licht im Zimmer blendete.

»Mir geht's gut«, murmelte ich und schoss in die Höhe. »Ich bin bloß müde.«

»Leo setzt dich auf seinem Heimweg zu Hause ab, aber er will jetzt los. Okay?«

»Ist okay.« Ich musterte ihn mühsam, aber er war immer noch mit seinem Schlüssel beschäftigt. »Viel Spaß noch bei deiner Party, Helena. Ich hab dich sehr dolle lieb. Sehr doll. Du bist die Beste. Ich liebe dich.«

»Ich dich auch, Eli.«

Nachdem ich mich von den anderen verabschiedet hatte, begleitete Helena uns zum Gartentor.

Leo sagte kein Wort. Helena blieb stehen, umarmte mich und flüsterte in mein Ohr: »Du schaffst das. Er ist nur überfordert.«

Ich nickte. Helena lächelte aufmunternd, dann ging sie zurück ins Haus. Leo und ich blieben schweigend in der Dunkelheit stehen. Wind rauschte in den Hecken der verlassenen Schrebergärten.

»Sorry«, sagte ich.

Leo kaute auf seiner Unterlippe und schwieg. Wir bewegten uns nicht. Er wusste, dass ich auf ihn stand.

Scheiße. Scheiße. Scheiße.

»Ich wollte nicht, dass es seltsam wird zwischen uns«, fügte ich hinzu. »Tut mir wirklich leid.«

»Alles gut.« Leo holte tief Luft. »Komm, ich hab vorne an der Straße geparkt.«

Wir gingen nebeneinander.

Ich fühlte mich komisch.

»Du hast nette Freunde«, sagte Leo irgendwann.

»Ich hab verräterische Monster als Freunde.«

Leo wurde rot. »Sie sind trotzdem nett.«

Wir tauchten ins weiße Licht einer Laterne. Unsere Schatten huschten voraus. Meiner schien deutlich unsicherer zu Fuß als Leos: Ich konnte kaum gerade laufen, geschweige denn gerade denken. Alles stürzte durcheinander, die ganzen Ereignisse der letzten Stunden.

»Oh mein Gott, was für ein grandioser, chaotischer Abfuck von einem Abend«, stöhnte ich und drückte beide Hände gegen die Stirn, was dazu führte, dass ich mein angeschlagenes Gleichgewicht komplett verlor.

Ich hielt mich an einem Gartenzaun fest.

Leo streckte einen Arm aus.

»Ich komm klar«, murmelte ich.

»Sicher? Du bist ziemlich betrunken.«

»Ich bin nicht betrunken.«

»Seltsam, warum sagen so was ausschließlich betrunkene Leute?«

»Pff. Du bist betrunken.«

»Dann würde ich nicht Auto fahren.«

»Okay, okay, pass auf!« Demonstrativ löste ich beide Hände vom Zaun und stellte mich gerade hin. Halbwegs gerade jedenfalls. »Tadaa! Siehst du? Nicht betrunken.«

»Beeindruckend«, sagte er mit zuckendem Mundwinkel. »Da vorne ist jedenfalls mein Auto.«

Auf dem Parkplatz stand ein kleiner Nissan.

Leo öffnete die Beifahrertür und räumte irgendwelchen Kram vom Sitz auf die Rückbank. Ich lehnte mich solange gegen die Motorhaube und schloss die Augen.

»Wow.« Leo stand plötzlich vor mir. »Wie kannst du denn schon wieder einschlafen? Hast du die letzten drei Monate nicht geschlafen oder was?«

»Nein. Ich hab jede Nacht wach gelegen und über mein Leben nachgedacht und bin langsam durchgedreht.«

Leo hielt es anscheinend für einen Witz und lachte.

Meine Gliedmaßen fühlten sich bleischwer an.

»Komm«, sagte er. »Wir fahren.«

»Mh-hm.«

»Eli?«

Er legte eine Hand auf meinen Unterarm und wollte mich ins Auto bugsieren. Seine Finger waren ganz warm. Er roch angenehm, nach Deo und Zeitungspapier und Seife. Ich seufzte und ließ mich mitziehen, spürte seinen Puls. Er war absurd kräftig und schnell. Nein, Moment, das war mein Puls.

»Du, also …«, sagte Leo. »Äh … wegen vorhin …«

»Ich muss mein Fahrrad nehmen«, fiel mir ein. Ich blieb ruckartig stehen. »Fuck, das hab ich total vergessen.«

»Was? Dein – was? Hol's lieber morgen.«

»Nein-nein-nein, das ist wichtig.«

Ich klopfte meine Jacke umständlich nach dem Schlüsselbund ab. Leo ließ die Hand sinken. Seine Körperwärme hallte auf meiner Haut nach, als hätte sie einen Abdruck hinterlassen.

»Du kannst so nicht Fahrrad fahren«, sagte Leo.

»Deine Mutter kann so nicht Fahrrad fahren«, murmelte ich.

»Elisa, ernsthaft.«

Ich hob entnervt den Kopf und zuckte zusammen. Ich hatte schon wieder vergessen, wie dicht wir beieinanderstanden. Wenn Leo ausatmete, spürte ich es auf der Haut kribbeln.

Plötzlich wollte ich ihn küssen.

Aber ich sollte nicht.

Oder sollte ich?

Nein.

Es sei denn natürlich, er gab mir ein Zeichen.

Gab er mir ein Zeichen?

Leo kaute auf seiner Unterlippe. Er schien zu überlegen, was er jetzt tun sollte. Dann neigte er wortlos den Kopf und senkte den Blick – und mit einem Mal war ich sicher: Das ist es. Das ist das Zeichen.

Ich legte meine Hände auf seine Schultern und lehnte mich gegen ihn. Seine Augen huschten überrascht nach oben. Wir sahen uns an. Für ein paar Sekunden bekam ich den Eindruck, dass Leo die wenigen Zentimeter zwischen uns überbrücken wollte, dann drückte er mich plötzlich weg.

»Sorry, aber wir können das jetzt nicht. Das – das geht nicht«, sagte Leo.

Sein Gesichtsausdruck war nicht zu entziffern.

Er drehte sich um und ging zur Fahrertür.

Wie gerne hätte ich in diesem Moment mein Fahrrad genommen und wäre alleine nach Hause oder am besten in irgendein anderes Land gefahren und hätte meine Identität geändert, aber natürlich – gerade jetzt war mein verdammter Schlüssel verschwunden. Fuck. Irgendwie hatte ich es geschafft, eine peinliche Situation noch peinlicher zu machen.

Danke, Rum-Cola, für gar nichts.

»Ich hol mein Fahrrad morgen«, sagte ich.

Leo nickte.

Ich kroch umständlich auf den Beifahrersitz und schnallte mich an. Er startete den Wagen. Das Radio sprang an und spielte irgendwelchen Elektro-Kram. Wir fuhren eine leere Landstraße entlang. Gelegentlich warf Leo mir einen Blick zu, ehe er sich wieder auf den Weg konzentrierte.

»Du«, sagte er irgendwann, als wir die Gartensiedlung längst hinter uns gelassen hatten, aber dann sagte er nichts weiter.

»Ich?«

»Also«, Leo seufzte und stockte kurz, »okay, wie formulier ich das jetzt?«

»Sag einfach, dass ich eine Riesenidiotin bin.«

»Was? Nein.«

»Es stimmt, Leo. Ich wollte dich gerade küssen. Das zeigt, dass ich aus diesem Abend nichts gelernt habe.«

Leo schluckte. Er fokussierte mich, dann wieder die Straße. »Also hab ich mir das nicht eingebildet? Du wolltest mich küssen?«

»Ja. Wie die Riesenidiotin, die ich bin.«

»Eli …«

Leo zögerte wieder, und es schien so, als müsste er sich mental darauf vorbereiten weiterzusprechen. »Ich hab dich zwar aufgehalten, aber nicht, weil ich nicht will. Okay?«

»O-kay?«, erwiderte ich.

»Weißt du, was ich meine?«

»Nein.«

»Elisa, du bist betrunken. Ich hab keine Ahnung, ob du mich auch nüchtern küssen würdest. Solange ich das nicht weiß, geht das einfach nicht. Ich will dich küssen, aber nicht so.«

»Was?«

Vielleicht lag es am Alkohol, dass mit einem Mal sehr

viele Gefühle in mir nach oben stiegen, ein bisschen wie Kotze. Mein ganzer Magen drehte sich und implodierte.

Er wollte mich küssen.

Ich hatte es nicht ruiniert.

Wow.

»Ist gemerkt«, sagte ich schließlich und boxte ihm kumpelhaft gegen die Schulter. »Bro.«

Leo prustete. »Bro?«

»Sorry, ich bin nervös! Ich weiß nicht, was ich hier mache. Das ist alles irgendwie zu viel!«

»Ich versteh das. Echt. Kein Problem … Bro.«

»Oh mein Gott, sei still! Was für ein chaotischer Abend!«

»Ich finde, es war ein super Abend«, erklärte Leo grinsend. »Damit hab ich nicht mehr gerechnet, nachdem ich dich an Helena verraten hab, ehrlich gesagt.«

»Ach ja, das …«

Unruhig klemmte ich beide Hände zwischen die Knie. Vor den Fenstern wechselten sich Felder, Wiesen und Waldstücke ab. In der Ferne funkelten die ersten Straßenlaternen der Stadt. Bis zu mir war es nicht mehr besonders weit. Leo könnte mich gleich hinter dem Ortseingangsschild absetzen und dann hätte ich ihn fast geküsst und angelogen.

Drückendes schlechtes Gewissen ersetzte plötzlich das Kribbeln in meinem Bauch.

»Wo musst du hin?«, fragte er.

»Zur Eigenheimsiedlung beim Penny. Da ist auch ein Parkplatz. Von dort aus kann ich laufen.«

»Sicher, ja?«

»Du, ich muss dir was sagen.«

Mein Satz klang ungewollt pompös. Fast kam es mir so vor, als hätte er ein Echo. Ich wandte den Kopf starr nach vorne, aber spürte, dass Leo mich ansah, dann wieder zurück auf die Straße schaute, wieder zu mir und wieder auf die Straße.

»Es ist … ich weiß nicht genau, wie ich es sagen soll.«

»Kein Problem«, erwiderte Leo.

Er machte nicht den Eindruck, als ob er etwas Negatives erwarten würde. Warum sollte er auch?

Er hielt mich für eine tolle Person.

Warum auch immer.

»Okay«, murmelte ich und zwang mich mit aller Kraft dazu, nicht panisch zu werden. »Das ist jetzt – also vorweg: Das alles war nicht so geplant. Als du mich auf der Toilette erwischt hast, da habe ich nicht irgendwie einen Plan gefasst. Es ist einfach passiert. Und es tut mir wirklich leid.«

»Wieso – hä –, wieso tut es dir leid?«

»Ich wollte nicht, dass sich das so entwickelt, okay? Ich brauchte einfach einen guten Grund.«

»Was? Ich versteh überhaupt nicht mehr, was du meinst.«

Leo setzte einen Blinker und fuhr von der Straße ab.

Ich schaute verwirrt aus dem Fenster und wurde vom grellen Licht der Supermarkt-Reklame geblendet. Bis auf zwei verlassene Autos waren wir allein auf dem Parkplatz.

»Ich hab dich angelogen«, sagte ich.

Leo schaltete den Motor aus und nahm die Hände vom Lenkrad. Plötzlich, ohne das Radio und die röhrende Heizung, war es unheimlich still im Wagen. Nur der Autoschlüssel schwang leise und schlug dabei rhythmisch gegen das Armaturenbrett.

»Meine Eltern lassen sich nicht scheiden. Ich hab das erfunden. Deswegen war Helena auch heute so geschockt, weil – weil ich dir das erzählt habe, aber es nicht stimmt. Meine Eltern sind zusammen und – glücklich oder so. Ich – das war nur eine Ausrede.«

Es sah so aus, als hätte Leos Gesicht an Farbe verloren.

»Eine Ausrede«, wiederholte er langsam, »wofür?«

Ich senkte den Kopf und suchte nach Worten.

Das Herz schlug mir unangenehm im Hals, und ich versuchte, den Druck in meiner Luftröhre herunterzuschlucken, aber es ging nicht. Ich musste doch irgendeine Formulierung dafür finden können, wie ich mich fühlte, wieso da diese Panik war und dieses Bedürfnis, mich zu verstecken und sie niemandem zu zeigen. Wieso klang alles so unlogisch und unglaubwürdig, selbst in meinem eigenen Kopf?

»Okay«, sagte Leo plötzlich. »Das ist jetzt … okay.«

Er verstummte, schaute an mir vorbei ins Leere und bewegte sich nicht. Ich hatte damit gerechnet, dass er wütend werden würde, stattdessen schien er in eine merkwürdige Apathie zu verfallen. Ich hörte ihn schnell atmen und wusste nicht wirklich, was ich tun sollte. Es war, als hätte ich eine frische Wunde berührt.

Bei dem Versuch, ihn in die Gegenwart zurückzuholen, legte ich vorsichtig eine Hand auf Leos Unterarm, und er zuckte heftig zurück.

»Wirklich, es ist kompliziert«, murmelte ich verzweifelt.

»Also ich finde das gar nicht kompliziert«, sagte Leo abrupt und in einem Tonfall, den ich nicht von ihm kannte. Seine Stimme klang irgendwie dumpf, als hätte er eine Maske aufgesetzt. »Du hast dir irgendeinen Scheiß ausgedacht. Das ist ziemlich simpel, oder? Ich meine – wow. Ich meine – gut, dass deine Eltern zusammen sind. Glückwunsch. Dann hast du keine schwere Zeit deswegen. Dann hast du also gar keine schwere Zeit wegen irgendwas. Hast du dir diese ganze Sache mit dem Zusammenbruch auf dem Klo ausgedacht? Warum?«

Er stockte und ich starrte ihn an.

»Nein«, begann ich.

»Weil ich das echt nicht ertrage, wenn auch du lügst und Sachen erfindest, nur um –«

»Ich wollte das nicht. Wirklich. Ich hatte einfach nur Angst –«

»Du hattest Angst?«, wiederholte er, und ich merkte, dass ich erneut einen Nerv getroffen hatte.

Ich öffnete den Mund und wollte alles zurücknehmen, aber es war, als hätte ich zu lange die Luft angehalten, ich bekam keine Silbe heraus.

»Dieser Satz kommt mir bekannt vor«, murmelte Leo. »Ich hab ihn schon tausendmal gehört. Und ich kann das nicht noch mal hören, Elisa, wirklich, ich kann das nicht, vor allem nicht von dir.«

»Leo –«

»Diesen ganzen Scheiß mit, dass du nur Angst hast, dass ich dich nicht mehr mag und dass ich total überreagiere und mich nicht so anstellen soll und dass ich das Problem bin, weil du ja alles tust, damit es funktioniert –«

»Was? Wie kommst du – was?«

»Ich – ich muss jetzt los.«

Er drehte den Schlüssel im Zündschloss um und mied meinen Blick.

Ich löste mit zitternden Händen meinen Sicherheitsgurt, aber ich konnte jetzt nicht einfach gehen. Ich konnte das Gespräch nicht so enden lassen. Fieberhaft suchte ich nach einer Möglichkeit, ihm etwas zu erklären, für das ich keine Worte hatte. Dann wurde mir klar, was Leo überhaupt damit meinte, dass er das alles schon tausendmal gehört hatte.

»Ich bin nicht Ella«, sagte ich. »Leo, ich bin nicht deine Ex-Freundin. Ich will dich nicht zu etwas drängen oder irgendwelche Gefühle in dir provozieren. Ich verstehe, wieso es für dich so aussieht, aber es ist wirklich – anders.«

»Klar«, sagte Leo dumpf. »Ist nicht so, dass ich das nicht auch schon gehört hätte.«

»Wirklich, es ist die Wahrheit!«

»Und wie soll ich dir das glauben können, wenn du mir nicht einmal einen guten Grund nennst, warum du dir diese Geschichte ausgedacht hast?«

Ich sah ihn an.

Er wartete, die Arme verschränkt und die Lippen zusammengepresst.

Die Stille zwischen uns hatte etwas Gnadenloses. Ich begann zu fürchten, dass er mir nicht mehr zuhören wollte, egal, was ich sagte. Mir fielen keine zusammenhängenden Sätze ein, nur einzelne, panische Worte.

»Alles klar«, sagte Leo, und ich hörte ihn mühsam schlucken. »Das war's dann also.«

Der Satz fiel schwer in meinen Magen.

»Was? Du kannst doch nicht einfach sagen, dass es das jetzt war.«

»Ich kann. Weil ich mit diesem Scheiß nichts zu tun haben will. Ernsthaft, was läuft falsch bei dir, dass du so was machst?«

»Nichts läuft falsch! Du lässt mir einfach keine Chance, irgendetwas in Ruhe zu erklären –«

»Du willst doch gar nichts erklären!«

»Wenn du mir nur fünf Minuten geben würdest, damit ich mich sammeln kann, ich hab nicht damit gerechnet, dass –«

»Fünf Minuten wofür? Damit du dir eine neue Lüge ausdenkst? Ey, sorry, aber darauf warte ich nicht, das ist alles komplett psycho, was du hier abziehst! Ich hab keinen Bock mehr auf Leute, die ihr eigenes Leben nicht in den Griff kriegen und das dann an anderen auslassen! Geh in Therapie und lass mich in Ruhe!«

Mein Brustkorb zog sich bei seinen Worten zusammen und nahm mir die Luft, um etwas zu erwidern. Ich konnte nicht mehr. Dann war es also raus.

Ich war komplett psycho.

»Ich muss los«, stammelte ich und stieg aus.

ZWEIUNDZWANZIG

Siebenundvierzig – fuck, fuck, fuck – achtundvierzig, neunundvierzig, fünfzig – ist das gerade wirklich passiert oder – einundfünfzig, zweiundfünfzig – tief durchatmen – dreiundfünfzig.

Ich zählte meine Schritte, um mich abzulenken, und blieb erst stehen, als unsere Haustür vor mir auftauchte.

Die Welt schien zu kippen. Obwohl alles gleich aussah, fühlte sich nichts mehr wie vorher an.

Ich atmete heftig und starrte auf unser kleines Schild mit dem Namen »Seyffer«, als würde ich es zum ersten Mal sehen.

Geistesabwesend griff ich in meine Jackentasche. Dann fiel mir ein, dass mein Schlüssel verschwunden war. Im selben Moment streiften meine Finger den kleinen Eiffelturm-Anhänger, den mir Helena letzten Sommer geschenkt hatte. Anscheinend war der Schlüsselbund die ganze Zeit tief in meiner Jacke vergraben gewesen.

Kopfschüttelnd schloss ich die Haustür auf und streifte meine Schuhe im dunklen Flur ab.

Psycho.

Ich hatte Angst gehabt, dass mich jemand für seltsam halten würde, ich hatte Angst gehabt, dass meine Eltern Panik bekamen, dass Leo mich nicht verstehen würde – aber ich hatte nicht mit diesem Wort gerechnet und dieser Ablehnung.

Es tat weh, dieses Scheißwort, es tat so weh. Ich spürte Tränen in meinen Augenwinkeln brennen und wünschte, ich könnte ein Schmerzmittel gegen all diese beschissenen Gefühle nehmen.

»Wo warst du?«

Licht flammte auf. Ich hob reflexartig eine Hand vors Gesicht.

Durch meine Finger konnte ich geradeso den Umriss meiner Eltern erkennen, die aus der Küche kamen, übernächtigt und blass.

Shit. Sie hatten mein leeres Bett gefunden. Shit, shit, shit. Warum ausgerechnet jetzt? Warum musste mich jede blöde Lüge auf einmal einholen? Alles lief schief und es wurde immer schlimmer.

»Wo warst du, Elisa?«, fragte Mama wieder. »Ich hab dich bestimmt dreißigmal angerufen. Weißt du, was du mir für einen Schrecken eingejagt hast, als ich vorhin nach dir schauen wollte?«

»Aber warum gehst du auch um elf noch in mein Zimmer, ich hab doch gesagt –«

»*Das* ist das Problem, das du an dieser Situation siehst? Dass ich dich erwischt habe?«

»Nein, sorry, ich – sorry.«

»Dein Sorry kannst du dir sparen!«, blaffte Mama, dann wandte sie sich ab, um sich zu beruhigen.

»Wo warst du?«, wiederholte Papa.

Ich bekam keine Antwort heraus. Das Atmen fiel mir schwer, als drückte jemand mit seinem ganzen Gewicht auf meinen Brustkorb.

»Mit wem warst du unterwegs?«

Ich schüttelte nur den Kopf.

»Elisa, du riechst nach Alkohol und deine Kleindung ist dreckig. Hast du dich weggeschlichen, um feiern zu gehen?«

Ich zog meine Ärmel über die Hände, umfasste meine Ellenbogen und presste die Unterarme gegen meinen Bauch.

»Hast du –?«

»Rede endlich mit uns!«, unterbrach Mama. »Du kannst nicht einfach dastehen und nichts sagen! Warum sagst du denn nie etwas, Herrgott noch mal?«

»Ich weiß nicht«, erwiderte ich leise.

»Du weißt es nicht?«

»Nein.«

»Das kann ich mir nicht vorstellen.«

Ich zuckte mit den Schultern. »Keine Ahnung, was du hören willst.«

»Ich will hören, was mit dir los ist!«

»Nein, das willst du nicht!«, rief ich plötzlich und erschrak über meine eigene Lautstärke. »Du willst mich lösen wie ein nerviges Problem und weitermachen!«

»So ein Blödsinn!«

»Siehst du? Das meine ich. Ihr macht natürlich nie was falsch, immer nur ich –«

»Du hast dich weggeschlichen, Elisa. Nicht wir. Warst du mit einem Jungen unterwegs?«

»Was?«

»Machst du so einen Aufstand, um von der Tatsache abzulenken, dass du mit einem Jungen unterwegs warst?«

»Was?«

Diese Frage traf mich so unvorbereitet, dass sie sich anfühlte wie ein Schlag. Leos Worte klangen laut in meinen Ohren nach, als säße ich noch bei ihm im Auto.

»N-nein«, sagte ich schließlich.

Mama und Papa warfen sich einen Blick zu.

»Nein«, sagte ich wieder. »Das ist nicht der Grund.«

»Aber es gibt einen Jungen.«

»Was? Nein.« Ich seufzte entnervt. »Also. Ja. Aber darum geht es hier nicht, okay?«

Meine Eltern sahen erschrocken aus. Mama fragte sofort: »Liegt es an diesem Jungen, dass du in der Schule abrutschst? Die Nächte wach bleibst? Nur noch am Handy hängst? Du kannst deine Zukunft auf keinen Fall für irgendeinen Jungen wegschmeißen!«

Ich öffnete empört den Mund und schloss ihn wieder. In ihrer Beschreibung klang ich nicht wie ich selbst. Zugegebenermaßen war ich die letzten Monate auch nicht ich selbst gewesen. Aber das hatte wohl kaum etwas mit Leo zu tun. Leo war eine der wenigen Personen, die nichts von mir erwartete, nichts von mir wollte, nicht von mir enttäuscht war – bis heute Abend jedenfalls.

»Ich schmeiße meine Zukunft nicht weg«, murmelte ich durch zusammengepresste Zähne. »Hört auf, das immer zu sagen.«

»Wir wollen dir damit nur helfen! Du sollst nicht aus den Augen verlieren, was wichtig ist!«

»Was soll das sein? Meine Noten? Wieso sind meine Noten wichtiger als ich?«, fragte ich, und mein Herz klopfte unangenehm gegen den Brustkorb.

»Natürlich sind deine Noten nicht wichtiger als du, aber –«

»Ich glaub, ich hab Panikattacken.«

»Was?«, fragte Mama verdattert.

»Panikattacken. Oder etwas in der Art. Keine Ahnung. Sobald ich einen Test schreiben muss, krieg ich Panik. Schlimme Panik. Deswegen sind meine Noten so scheiße, weil ich einfach nicht mehr richtig denken kann, wenn ich vor dem leeren Papier sitze. Ich fühl mich wirklich nicht gut momentan. Ich bin nur noch fertig und ich werd irgendwie … keine Ahnung. Depressiv.«

Meine Eltern sagten nichts.

Ich wusste nicht, womit sie gerechnet hatten, als sie mich zur Rede stellen wollten. *Das* war es definitiv nicht. Vielleicht hätte ich einfach alles auf meinen Hormonhaushalt schieben sollen. Zu verknallt für die Schule. Fertig. Alle glücklich. Gespräch zu Ende.

Stattdessen kam ich jetzt mit den großen Kloppern. Panik. Depression. Und das Schlimmste: Ich wusste selber nicht, was ich mit diesen Wörtern anfangen sollte. Sie fühlten sich richtig an.

Gleichzeitig hingen sie an mir wie eine viel zu große Jacke. Als ob diese Begriffe einer Fremden gehörten und ich sie mir einfach genommen hatte, obwohl sie nicht meine waren.

Meine Eltern sagten immer noch nichts.

Die Stille wurde unerträglich.

Ich fühlte mich, als würde ich wieder vor der Klasse stehen und eine Präsentation halten müssen, komplett mit PowerPoint und Handout, nur dieses Mal sollte ich mich selber erklären. Ich konnte nicht. Ich konnte mich nicht von außen betrachten und beschreiben wie ein Experiment, ich konnte nur sagen, was ich von innen sah – und innen war alles durcheinander.

Mit einem Mal fing ich an zu heulen.

Die Tränen kamen einfach und wollten nicht mehr aufhören.

Ich wandte mich ab und presste einen Ärmel aufs Gesicht. Rotz und Tränen sammelten sich im Stoff.

Hinter mir hörte ich Bewegung. Kurz darauf hatte ich die Hände meiner Mutter auf den Schultern. Sie hielt mich fest. Mein Vater klopfte mir ungelenk auf den Rücken, schien dann selbst zu merken, wie komisch das war, und ließ es wieder bleiben.

»Elisa, alles wird gut«, sagte Mama leise. »Es ist nicht so dramatisch, wie es sich gerade anfühlt.«

»Aber was ist, wenn – wenn mein Kopf kaputt ist –?«

»Was? So ein Blödsinn!«

»Aber ich fühl mich depressiv und ich fühl mich – kaputt.«

»Du bist erschöpft. Du bist müde. Das ist alles ganz normal. Die Prüfungen stehen vor der Tür und du bist gestresst und hast Muffensausen. Jeder hat das.«

»Es fühlt sich nicht normal an«, sagte ich und hob den Kopf. »Es fühlt sich nicht an, als ob jeder das hat.«

Für einen kurzen Moment sah ich Angst in den Augen meiner Eltern aufblitzen. Sie tauschten einen Blick, der so schnell vorbei war, dass ich ihn mir auch eingebildet haben könnte.

Dann fasste Mama mich nur umso fester und murmelte umso bestimmter: »Doch, Elisa. Steiger dich da bitte nicht rein. Das ist alles kein Drama. Es geht wieder vorbei. Nimm dir ein paar Tage für dich, dann kriegst du deine Energie zurück.«

Ich wusste nicht, was ich darauf sagen sollte.

Ich wusste nicht einmal, ob sie wirklich mit mir redete oder sich selber versichern wollte, dass alles okay war.

»Aber was ist, wenn ich ein – ein Psycho bin?«, fragte ich noch einmal.

»Oh, um Gottes willen, natürlich bist du kein Psycho. Wo hast du denn das her?«

»Ich – keine Ahnung«, murmelte ich und dachte an Leo.

»Elisa, die Abiturphase ist sehr herausfordernd, aber ich bin mir sicher, dass du es schaffen wirst.«

Mama klang aufmunternd, und irgendwie wollte ich das haben, diese Sicherheit, dass ich nicht psycho war, weil psycho so ein Scheißwort war, aber mir war nur noch nach Weinen. Nach Im-Zimmer-Einschließen und Unkontrolliert-ins-Kissen-Weinen, bis ich nicht mehr konnte. Alles fühlte sich falsch an. Die Welt war nicht nur ein Stückchen gekippt, sie hatte sich vollkommen verdreht. Nichts von dem, was ich die letzten Monate empfunden hatte, machte mehr Sinn, und nichts von dem, was meine Eltern erzählten, kam mir richtig vor.

»Wir wollen dir helfen«, fügte Mama hinzu, als ich nichts sagte. »Wirklich.«

Ich zögerte.

Schließlich nickte ich.

Beide sahen erleichtert aus.

»Lass uns morgen weiterreden«, schlug Mama vor. »Leg dich hin, schlaf dich aus und in ein paar Stunden ist die Welt schon eine ganz andere. Morgen reden wir über diesen Jungen und überlegen, wie wir dich wieder fit kriegen. Okay?«

Ich nickte erneut. Ging die Treppe hoch in mein Zimmer, schloss die Tür ab, legte mich aufs Bett und griff ein Kissen.

Einschlafen.

Ausschlafen.

Aufwachen.

Boom.

Alles wie früher.

Ich wollte das. Wenn es so einfach war, dann wollte ich es haben. Ich griff das Kissen fester. Tränen kamen keine mehr, aber Schlaf auch nicht. Ich lag da und starrte an die Decke.

DREIUNDZWANZIG

»Das ist einer von den Bekloppten, oder?«, fragte Marty.

Er saß in einem Kreis aus geknickten Ringblöcken, losen Arbeitsblättern und leerem Schokoriegelpapier.

»Soll ich dir darauf jetzt ernsthaft antworten?«, fragte Linh, die eine krakelige Mitschrift von Marty in der Hand hielt.

»Ich will doch nur wissen, ob es einer von diesen bekloppten Kaisern ist. Nero oder Caligula oder so.«

»Sag du's mir.«

Marty seufzte lautstark.

Er kniff die Augen zusammen, reckte den Hals und versuchte, seine Mitschrift auf dem durchscheinenden Papier zu entziffern.

»Lass das!« Linh zog das Papier außer Sichtweite.

»Okay, okay! Ich sag Nero.«

»Falsch.«

»Fuck«, flüsterte Marty und fügte dann lauter hinzu: »Ernsthaft, warum hab ich Geschichte als Prüfungsfach gewählt? Steh ich auf Schmerzen?«

Linh zuckte mit den Schultern. »Wahrscheinlich.«

Sie hockte in ihrem eigenen Ring aus Notizen und aufgeschlagenen Büchern.

Ich saß auf dem Bett und betrachtete gedankenversunken die Berge an Lernmaterial, die meine Freunde um uns herum aufgetürmt hatten.

Kommenden Dienstag schrieben wir unsere erste Abiturprüfung. Linh und Marty hatten Geschichte, Helena und ich Chemie.

Ich konnte kaum glauben, dass es fast so weit war.

Die letzten Wochen waren vorbeigeflogen. Um mich auf die Schule zu konzentrieren, hatte ich den Streit mit Leo, genauso wie die Auseinandersetzung mit meinen Eltern, in eine dunkle Ecke in meinem Kopf gesperrt, mit dem Versprechen, dass ich mich später damit befassen könnte. Wann auch immer später sein sollte.

Es klirrte laut im Flur. Jemand fluchte.

Marty streckte sich quer über den Fußboden, langte nach der Türklinke und öffnete die Tür.

»Danke«, keuchte Helena und balancierte ein volles Tablett in ihr schmales Zimmer. »Mein Papa hat uns was zu essen vorbereitet. Konnte ihn nicht abwimmeln.«

Sie stellte das Tablett auf den Boden. Es gab Orangensaft, Kekse, Kuchen und eine riesige Schale mit Kartoffelsalat.

»Nice.« Marty griff nach einem Keks und schob ihn sich im Ganzen in den Mund.

Helena ließ sich mit einem tiefen Seufzen neben mir aufs Bett fallen.

Ich hatte meinen Laptop auf den Knien. Bevor Helena in der schmalen Küche ihrer Plattenwohnung verschwunden war, hatten wir gemeinsam Lösungsansätze für eine Abituraufgabe aus dem letzten Jahr gegoogelt.

»Was gefunden?«, fragte Helena.

»Noch nicht. Bin dabei.«

Lustlos hackte ich auf meiner Tastatur herum.

Für eine Weile schwiegen wir alle. Es war nur das Klappern der Tasten und das Rascheln von Buchseiten zu hören. Helena quetschte ihre Beine unter meiner Achselhöhle hindurch, damit sie ihre Füße auf meinem Oberschenkel ablegen konnte. Ich griff geistesabwesend ihren großen Zeh und fokussierte meinen Laptop.

»Hey, habt ihr schon gesehen? Ajda hat ein paar Bilder von der Mottowoche hochgeladen«, unterbrach Marty schließlich die erschöpfte Stille. Er hatte die römische Kaiserzeit anscheinend abgeschlossen und tippte auf seinem Handy. »Ha! Ich bin auch drauf! Mit meinem Emo-Outfit.«

»Wow, du hast es in Ajdas Insta-Story geschafft«, erwiderte Linh mit trockener Begeisterung in der Stimme. »Wirst du in den letzten fünf Minuten etwa noch beliebt?«

»Äh, hallo? Definitiv. Du hast nur Angst. Weil wenn das so weitergeht, musst du dir einen neuen Partner für den Abiball suchen. Ich bin dann ausgebucht.«

»Ich zittere«, sagte Linh und blätterte in ihrem Hefter.

Helenas Fuß in meiner Hand zuckte und wackelte. Ich ließ ihre Regenbogensocken los und beugte mich tiefer über den Laptop. Eine der Websites, die Google mir vorschlug, sah ganz vielversprechend aus. Ich klickte darauf.

Dann öffnete sich ein Captcha.

Überrumpelt nahm ich die Hände von der Tastatur.

»Wisst ihr, was nervt?«, fragte Helena.

»Alles?«, erwiderte Linh.

»Ja. Und unser bescheuertes Orga-Team. Die haben komplett verkackt. Wer kommt auf die Idee, den letzten Schultag direkt vor die Prüfungen zu legen? Saskia hat zwei Wochen Ferien zwischen dem letzten Schultag und ihren Prüfungen.«

»Jo«, brummte Marty.

»Sag mal, Marty, warst *du* nicht im Orga-Team?«, fragte Linh.

»Nur kurz. Die waren mir zu dumm. Bin zu den Finanzen gewechselt. Da sind sie auch dumm, aber ich hab uns einen Schokobrunnen für den Abiball klarmachen können.«

»Immerhin hast du Prioritäten«, bemerkte Helena.

»Exakt.«

Während die anderen lachten, hob ich verwirrt den Kopf.

»Alles okay?« Helena stupste mit ihrem Fuß gegen meine Wange. »Du bist plötzlich so blass.«

»Kreislauf«, murmelte ich und starrte wieder auf das Captcha. Es bestand aus vier schiefen Zahlen und Buchstaben, die ineinander übergingen und kaum zu unterscheiden waren. Daneben stand: »Ich bin kein Roboter«. »Hab heute noch nichts gegessen.«

»Nimm Kartoffelsalat.« Marty griff eine Schale vom Tablett und schaufelte matschige Pampe hinein.

»Danke, geht schon.«

»Sicher?«

Ich nickte mit zusammengepressten Lippen.

Was war los?

Das war doch nur ein blödes Captcha.

Ein normaler Mensch kam mit so etwas klar. Ein normaler Mensch konnte dieses popelige Captcha einfach entziffern und eingeben. Ein normaler Mensch hatte jetzt keine Panik.

Aber ich war ein Roboter.

Ich konnte nicht richtig fühlen und nicht denken, ich war ein schlecht geschriebenes Programm, das immer abstürzte, ich kam nicht klar, ich konnte das nicht.

Ich hatte Panik.

Marty zuckte mit den Schultern. Er behielt die volle Schale in der Hand und tauchte selber einen Löffel hinein. Während er langsam kaute, schaute er mich an.

»Kannst du das bitte lassen?«, fragte ich, meinen Laptop fixierend. »Du siehst aus wie ein kartoffelnlutschender Creep.«

Niemand lachte.

Marty schluckte umständlich sein Essen herunter.

»Was?«, fragte ich.

Die Stimmung war plötzlich angespannt. Ich konnte spüren, dass sie etwas sagen wollten und dass sie es schon den ganzen Abend über im Hinterkopf hatten.

»Also. Äh.« Linh räusperte sich. »Hast du – hast du eigentlich was von Leo gehört? So in letzter Zeit?«

Ich blinzelte.

Leo.

Allein seinen Namen zu hören, tat weh.

»Weil. Äh. Also uns ist aufgefallen, dass ihr euch auf dem Schulhof ignoriert. Das kommt uns schon eine Weile komisch vor. Ich meine, auf Helenas Geburtstagsfeier habt ihr euch doch so gut verstanden. Wir haben uns gefragt, ob – ob alles in Ordnung ist zwischen euch.«

»Ja«, sagte ich schnell. »Klar.«

»Wirklich? Warum lauft ihr dann auf dem Schulhof aneinander vorbei?«

»Stress. Oder so. Keine Zeit zum Reden.«

»Eli«, sagte Linh.

Ich klappte abrupt meinen Laptop zu.

Bescheuertes Captcha. Bescheuerter Leo. Bescheuertes alles.

»Habt ihr euch getrennt?«, fragte Marty.

Er hatte die Schüssel Kartoffelsalat weggestellt und sah ausnahmsweise einmal ernst aus.

»Wir waren nie zusammen«, erwiderte ich ausweichend.

»Ja okay, aber ihr wart maximal zwei Stunden davon entfernt, das ätzendste und verknallteste Pärchen der ganzen Schule zu werden.«

»Hm.«

»Hat er sich scheiße verhalten? Soll ich ihn aufmischen?«

Linh prustete. »Nimm's mir nicht übel, Marty, aber wenn irgendwer von uns Leo aufmischen könnte, dann wäre das Helena.«

»Leute«, unterbrach Helena Martys schnippische Antwort. »Lasst Eli Zeit zum Reden.«

Marty schloss widerwillig den Mund.

Alle schauten mich an.

Ich holte tief Luft und sagte dann doch nichts.

Was sollte ich auch sagen?

Hatte Leo sich scheiße verhalten?

Vielleicht. Ich konnte jedenfalls immer noch seine wütenden Worte in meinem Kopf nachhallen hören. Ich hasste ihn ein bisschen für das, was er mir vorgeworfen hatte. Gleichzeitig hatte ich es genauso verkackt. Grandios verkackt sogar.

»Wir haben uns gestritten«, sagte ich. »Es war … schlimm. Ich glaube nicht, dass sich das wieder richten lässt. Und bevor ihr fragt – ich will nicht über das Wie und Warum reden. Nicht jetzt. Nicht kurz vor den Prüfungen.«

Helena, die schon Luft geholt hatte, um eine Frage zu stellen, verkniff sie sich im letzten Moment. Stattdessen legte sie mir eine Hand aufs Knie.

»Deswegen war er so komisch«, sagte Linh zu Marty. Als sie meinen verwirrten Bick sah, fügte sie hinzu: »Wir haben Leo vor ein paar Tagen im Kaufland getroffen. Aber er war nicht zum Quatschen aufgelegt und wirkte auch irgendwie abgelenkt. Marty hat's nicht gecheckt und ihn endlos zugetextet.«

»Hey, ich wollte ihn nur ein bisschen über Eli ausquetschen. Seine Motive prüfen. So machen das gute Freunde.«

»Du hast ihn verschreckt.«

»Ach was, er war schon vorher verschreckt.«

»Hat er – hat er etwas über mich gesagt?«, fragte ich, obwohl ich wusste, dass ich das nicht fragen durfte, wenn ich nicht durchdrehen wollte.

Marty und Linh sahen sich kurz an.

Zögerten.

Das war eigentlich schon Antwort genug.

»Tut mir leid, Eli«, erwiderte Linh. »Er hat nichts gesagt.«

»Schon okay«, murmelte ich und bemühte mich, normal weiterzusprechen, obwohl mir langsam Tränen in die Augen stiegen. Ich griff den Laptop in meinem Schoß und blinzelte heftig. »Wisst ihr, was, ich glaube, ich muss los.«

»Eli.«

»Nein, es ist spät, morgen ist der letzte Schultag, ich muss noch an meinem Kostüm arbeiten, ich muss wirklich – ich muss wirklich los.«

VIERUNDZWANZIG

Ich öffnete unsere Haustür, einen pulsierenden Schmerz zwischen Magen und Lunge. Dann streifte ich meine Schuhe ab, kickte sie Richtung Garderobe und blieb regungslos im Flur stehen.

Zu viel. Es war einfach zu viel.

Die Tapete, der Teppich, die Bilder an den Wänden, alles kam mir spießig, grell und bunt vor, selbst die Oberflächen der Möbel strahlten mich an, als wollten sie mir die Augen ausbrennen. Irgendwo im Hintergrund ratterte die Waschmaschine, lief der Fernseher, lachte ein Nachbar, und es war mir viel zu viel, jedes Geräusch, jeder Eindruck, jedes bisschen Farbe.

Ich stapfte in die Küche. Das Einzige, was jetzt noch half, waren eine Dosis Zucker und eine Netflix-Serie zum Durchgucken.

Ich hörte mich fragen: *»Hat er etwas über mich gesagt?«*

Und Linh antworten: *»Er hat nichts gesagt.«*

Ruckartig schüttelte ich den Kopf und schluckte die Gedanken herunter, die mir den Hals hochstiegen, aber sie blieben irgendwo auf der Höhe des Brustbeins stecken.

Unser Kühlfach war vollgepackt mit eingefrorenen Resten in Tupperdosen, nicht identifizierbaren Alu-Päckchen und Kühlakkus für Papas Fußballverletzungen. Ich schob alles beiseite und fand ganz hinten zwei Becher Eis. Stracciatella und Salted-Caramel-Brownie. Stracciatella war natürlich ein Klassiker, aber vielleicht nicht stark genug für einen Tag wie heute, vielleicht musste ich mich dieses Mal mit der fünffachen Dosis Zucker abschießen.

Ich nahm die eingedellte Packung Salted-Caramel-Brownie und schob den Rest wieder zurück ins Kühlfach.

Wie es Leo wohl ging?

Ich verdrängte diese sinnlose, unnötige, absolut unerwünschte Frage sofort. Stattdessen suchte ich in dem Regal über der Spüle nach einer Schokoladensoße.

Was er wohl gerade machte?

Er hatte mir vor einer Weile von diesem Film erzählt, der auf seinem Lieblingscomic basierte und diesen Monat in die Kinos kam. Wahrscheinlich hatte er ihn schon gesehen und irgendwem davon vorgeschwärmt, wie sehr er den Film *liebte*, er sagte dieses Wort immer mit so einer Betonung, für die man ihn einfach nur küssen wollte –

Oh, fuck.

Ich wusste nicht, was ich tun sollte, weil ich schon wieder an Leo dachte und auf keinen Fall an ihn denken wollte, also begann ich aus Panik, die Zutatenliste von meinem Eisbecher zu lesen. Salted-Caramel-Brownie enthielt Palmöl, das war nicht gut, wegen der Abholzung der Regenwälder für die Palmölgewinnung und wegen der Orang-Utans, die nicht mehr in den Regenwäldern leben konnten, und ich wusste genau, wer da meiner Meinung wäre und –

Mein Gesicht wurde plötzlich heiß.

Ich ließ den Becher fallen, presste eine Hand vor den Mund und fing lautstark an zu heulen.

Es fühlte sich ekelhaft an, ein bisschen wie Kotzen, ich konnte es nicht unterdrücken, obwohl ich versuchte, alle Gedanken wieder herunterzuschlucken, aber sie kamen trotzdem.

Erstens: Ich vermisste Leo. Ich wollte bei ihm sein, ihn umarmen, ihn küssen, ich glaube, ich wollte mit ihm schlafen, aber vor allem wollte ich mit ihm reden.

Zweitens: Ich ertrug den Gedanken nicht, dass er nichts mehr von mir wissen wollte, nichts mehr über uns zu sagen hatte – dass es für ihn wahrscheinlich leicht war, den Kontakt abzubrechen, während ich wegen einer Packung Salted-Caramel-Brownie zusammenbrach.

Drittens: Gefühle waren bescheuert. Es waren immer die falschen zur falschen Zeit. Ich wollte sie weghaben, meinetwegen per OP. Ich wusste einfach nicht, was sonst helfen sollte.

Im oberen Stock ertönten plötzlich Schritte. Die Tür vom Arbeitszimmer quietschte. Ich bückte mich schnell, hob die Packung Eis auf, stopfte sie zurück ins Kühlfach und wischte mir hektisch über die Wangen.

Papa kam mit einer leeren Teetasse in die Küche geschlendert.

»Wie geht's dir?«, fragte er, stellte seine Tasse in die Spüle und nahm stirnrunzelnd die Schokoladensoße in die Hand, die ich dort stehen lassen hatte.

»Gut«, erwiderte ich.

»Das freut mich.« Papa warf mir einen beiläufigen Blick zu. »Schon nervös wegen der Prüfungen?«

»Ein bisschen.«

»Kann ich dir irgendwie helfen?«

Ich schüttelte den Kopf.

Prüfungen. Für einen Moment hatte ich das total gelöscht. In ein paar Tagen schrieb ich mein Abitur. Mann. Wenn ich an Leo dachte, dann vergaß ich alles um mich herum, es war, als wäre jeder Gedanke eine Abrissbirne.

»Bist du ausreichend vorbereitet? Wir können uns noch mal gemeinsam hinsetzen.«

»Ich hab heute schon mit Helena gelernt.«

»Ja, aber fühlst du dich wirklich vertraut mit dem Stoff?«

Papa beobachtete mich, und ich versuchte, meine Mimik zu kontrollieren. Am liebsten hätte ich gelacht. Das war ja das Problem. Wie sollte ich mich auf den Stoff konzentrieren können, wenn mein Kopf so schwer und träge war und jede Information fünfmal umdrehen musste, bis er sie verstand?

Manchmal saß ich da und fand keine Worte mehr für irgendwas. Nicht mal für die ganz normalen Sachen. Ich schrieb keine Fan-Fictions mehr, keine Nachrichten mit meinen Freunden, ich starrte auf meine Lehrbücher und wartete, dass endlich wieder alles normal werden würde. Ich tat, was meine Eltern mir vorschlugen: nicht übertreiben und lernen und weitermachen. Wieso wurde ich nicht endlich die Person, die sie wollten?

»Ich bin mit Helena alles durchgegangen«, sagte ich schließlich. »Ich weiß, was drankommt.«

»Okay. Gut. Das freut mich. Scheint so, als ob du langsam den Dreh rausbekommst. Ich wusste, dass du dich nur ein bisschen am Riemen reißen musst.«

»Äh, ja. Du, ich muss an meinem Outfit für morgen arbeiten.«

»Letzter Schultag? Lasst die Schule stehen.«

»Mal schauen.«

Ich lächelte matt und ging hoch in mein Zimmer.

Auf dem Fußboden lagen eine zerschnittene Neonleggings, ein Tüllrock und ein Shirt mit unserem Abimotto. Bevor ich zu Helena gefahren war, hatte ich angefangen, den Tüllrock mit Glitzersteinchen zu bekleben.

Jetzt setzte ich mich lustlos daneben.

Morgen fand unser Abistreich statt.

Alle freuten sich darauf.

Ich nicht.

Ich konnte nur an die Prüfungen denken.

Abrupt griff ich nach der Packung mit den Glitzersteinchen. Zögerte, warf sie wieder weg, griff nach meinem Handy und öffnete Leos alte Nachrichten. Las sie mir durch. Mein Brustkorb fühlte sich an, als wollte er explodieren.

Ich tippte: **es tut mir leid.**

Dann löschte ich alles.

Öffnete den Internet-Browser.

Tippte: »wie fühlt sich eine panikattacke an«.

Löschte alles.

Tippte: »bin ich depressiv test«.

Löschte wieder alles.

Frustriert ließ ich das Handy fallen und presste beide Handballen auf die Augen.

FÜNFUNDZWANZIG

»Moment, Moment, Moment!«, rief Marty und stoppte mich mit einer Hand, bevor ich den Schulhof betreten konnte. »Du siehst noch zu harmlos aus!«

Während er eine Dose Haarspray aus seinem Rucksack kramte, gähnte ich verhalten. Es war sieben Uhr morgens und eiskalt. Ich trug meine Neonleggings, den Glitzerrock und hatte unser Abishirt über einen dicken Pullover gezogen.

»Warum müssen wir an unserem letzten Schultag eigentlich so früh da sein?«, murmelte ich, während Marty mit einer Hand in meine Haare griff und mit der anderen Haarspray verteilte.

»Um Siebtklässler zu killen«, antwortete er und klopfte auf die Wasserpistole, die an seiner Hüfte hing.

»Ich will keine Siebtklässler killen. Die Armen wissen noch gar nicht, was auf sie zukommt.«

»Da müssen sie durch. So. Du bist fertig.«

Ich betastete vorsichtig meine Haare, die plötzlich in alle Richtungen abstanden. »Äh, okay … bin mir nicht sicher, ob ich mich dafür bedanken will.«

Marty hörte mir nicht richtig zu. Er hatte seine eigenen Haare blau gefärbt und zu einem riesigen Iro geformt. »Du brauchst auch noch eine Wasserpistole«, sagte er. »Ich glaube, Dennis hat eine Reservepistole mitgebracht …«

»Lass mal, ich hab eine Tüte Konfetti und einen Lippenstift dabei.«

»Wow, halt dich bloß zurück damit«, feixte Marty.

Ich ignorierte ihn und drehte mich um, als eine Reihe hupender Autos auf den Schulhof gefahren kam.

Schülerinnen und Schüler aus meinem Jahrgang stiegen aus, alle knallbunt gekleidet und mit Sprühfarbe in den Haaren. Sie hatten Wasserpistolen von einer Größe dabei, die es nicht mal im übertriebensten Sci-Fi-Film gab.

»Also der Plan ist, dass wir die unteren Jahrgänge so richtig fertigmachen«, sagte Marty und lehnte sich ans Schultor. »Wir bauen hier Bänke auf und bilden eine Gasse, wo sie durchlaufen müssen, während wir die Wasserpistolen abfeuern. Klingt gut, oder?«

»Klingt martialisch.«

»Exakt. Wart nur ab, bis sie zum Ballonbad kommen, das wir im ersten Stock vorbereitet haben. Ach, ich schmeiß mich weg. Du bist doch dabei, oder? Um neun treffen wir uns alle im Foyer. Dann geht's weiter in die einzelnen Klassen. Helena hat ausgearbeitet, wie wir den Unterricht maximal effektiv stören können. Ich sag nur: ›Bonbon-Kanone‹.«

»Cool«, erwiderte ich schlapp.

Ich konnte Martys Hype nicht teilen, selbst wenn ich mich anstrengte. Wir hatten morgen Prüfung. Wie schaffte er es, so entspannt zu sein?

»Ey, Eli, was ist los? Das wird lustig!«

»Jaja, sicher.«

»Bist du nervös wegen Leo? Soll ich die Bonbon-Kanone auf ihn richten?«

Ich öffnete den Mund. An Leo hatte ich gerade nicht gedacht – was an sich schon ein Wunder war.

»Ist er hier?«, fragte ich.

Wir hatten einen ausgeklügelten Tanz einstudiert, um einander aus dem Weg zu gehen. Ich wusste genau, wann Leo wo Unterricht hatte und mit wem er in der Pause rumhing, damit ich rechtzeitig fliehen konnte. Er tat dasselbe.

»Nee«, erwiderte Marty. »Hab ihn noch nicht gesehen. Bis jetzt sind eigentlich nur unsere Leute da.«

»Gut, dann geh ich lieber rein.«

»Wieso? Du musst dich nicht vor ihm verstecken, weißt du? Wir leben im einundzwanzigsten Jahrhundert! Feminismus und so!«

»Danke für die Erinnerung. Diese Feministin geht sich jetzt trotzdem verstecken.«

Ich lief über den Schulhof, betrat das Foyer und blieb für einen Moment stehen. Es sah aus, als hätte jemand einen Container mit Altpapier ausgekippt. Die Wände und Fenster waren mit Zeitungen tapeziert, Luftschlangen hingen von den Treppengeländern und Memoboards, riesige Kisten versperrten die Gänge.

Es war surreal. Heute feierten wir den letzten Schultag unseres Lebens, und morgen mussten wir pünktlich um acht Uhr fünfundvierzig in der Sporthalle sitzen, um unsere erste Abiturprüfung zu schreiben.

»Hey, Eli.«

Ich drehte mich um.

Linh bahnte sich mühsam einen Weg durch das Chaos. Sie trug blaue Latzhosen, eine Plastik-Tiara und Ringelsocken und sah aus wie die erwachsene Version von Pippi Langstrumpf. »Gut, dass ich dich noch abpasse. Marty hat gesagt, dass du vor Leo auf der Flucht bist.«

»Ich bin nicht auf der Flucht. Ich will ihm nur nicht begegnen.«

»Das ist doch dasselbe.«

»Nein. Wäre ich auf der Flucht, würde ich mich mit erhöhter Geschwindigkeit von Leo wegbewegen. Ich hingegen will ihm nur gekonnt ausweichen, dabei jedoch meinen Standort beibehalten.«

Linh hob beide Augenbrauen. »What?«

»Na gut, meine Fresse, ich bin auf der Flucht. Kommst du mit? Ich wollte mich in der Cafeteria verstecken. Da gibt's Schokoriegel.«

Die Cafeteria war voller Luftballons, aber ansonsten war noch niemand da. Wir setzten uns aufs Fensterbrett, von wo aus man den Schulhof beobachten konnte. Marty startete gerade Phase eins seines Plans und zog eine Bank zum Schultor.

»So motiviert, der Kleine«, sagte Linh.

»Ich frag mich, wann er merkt, dass die Siebtklässler sich rächen können.«

»Ha. Bald. Spätestens zur großen Show.«

»Bleibst du bis dahin?«

»Was? Na klar. Du nicht?«

Ich zuckte mit den Schultern. »Muss eigentlich lernen.

Und ich will nicht vor Leo auf einer Bühne rumhüpfen, also …«

Draußen brach ein kleiner Tumult los. Die ersten Schülerinnen und Schüler aus der Unterstufe versuchten, auf den Schulhof zu kommen, und liefen schnurstracks in einen Hinterhalt.

»Willst du wirklich den ganzen Tag verpassen, nur wegen irgendeinem Typen?«, fragte Linh.

»Wenn du so fragst, ja.«

»Eli. Komm. Das ist Bullshit. Ich kann dich doch vor ihm schützen. Wenn wir durchs Gebäude gehen, läufst du hinter mir. Und ich passe auf, dass dich niemand für ein Spiel nominiert. Hau nicht ab.«

Ich seufzte. »Na gut.«

»Wirklich? Yes!« Linh rutschte vom Fensterbrett. »Ich hol uns Snickers aus dem Automaten.«

Der Schulhof füllte sich langsam mit nassen Menschen. Linh und ich aßen unsere Riegel, lachten über Martys Stunts und frischten unser knallbuntes Make-up auf. Dann klingelte es zum Unterricht. Wir verabschiedeten uns für eine letzte Stunde mit unseren Tutorien.

»Ich merke, wenn du abhaust«, sagte Linh, bevor wir uns trennten. »Telepathisch. Also wir sehen uns nachher.«

***

Vielleicht lag es an Linhs Drohung, dass ich nach der Tutorstunde tatsächlich nicht nach Hause ging. Ich war irgendwie gerührt. Das Gefühl hielt nur leider nicht lang. Nach zehn Minuten im Foyer, zwischen den lauten Abiturienten, war ich wieder davon überzeugt, dass sich der einzig sinnvolle Seinszustand nur in meinem Bett erreichen ließ und nirgendwo sonst.

»Ich bin da, ich bin da!«, keuchte Linh. »Hat's schon angefangen?«

Sie hatte Marty im Schlepptau, der verdächtig nass und brummig aussah. Sein blauer Iro war geknickt.

»Nein«, sagte ich.

»Worauf warten wir denn noch?«

Linh reckte mühsam den Hals. Marty versuchte, seinen Iro wieder aufzurichten, indem er ihn zwischen den Handflächen zusammendrückte. Ich dachte an mein Bett.

»Okay!« Helena stieg auf einen umgedrehten Bierkasten und klatschte in die Hände. Die Gespräche um uns herum verstummten. »Seid ihr bereit? Wir bilden jetzt drei Gruppen! Jede Gruppe nimmt sich einen Stock vor und geht dort die Räume ab! Denkt daran: Macht Lärm, verteilt Süßigkeiten und nervt alle, so gut ihr könnt! Ich muss allerdings von Frau Seyffer ausrichten, dass wir im Gebäude kein Wasser spritzen dürfen. Alles klar, los geht's!«

Marty stürzte davon. Linh und ich landeten in der letzten Gruppe. Uns wurde das oberste Stockwerk zugeteilt, wo Deutsch, Englisch, Kunst und Musik unterrichtet wurden. Ich versuchte, mich zu erinnern, ob Leo am Montag in der zweiten Deutsch oder Mathe hatte, aber um mich herum war so viel Lärm und Gewusel, dass ich keinen klaren Gedanken fassen konnte.

Wir betraten den ersten Klassenraum. Alle ließen ihre Trillerpfeifen ertönen und warfen Konfetti auf ein paar begeisterte Neuntklässler.

Danach wurde überlegt, was wir jetzt machen sollten – vielleicht auf die Tische springen oder ein Lied anfangen oder ein paar Schüler mitnehmen. Ich betete nur, dass es bald vorbei war.

Die nächsten zwei Räume blieben verschlossen. Im dritten saßen nur fünf Leute unbeaufsichtigt an ein paar Computern.

Schließlich öffnete Ajda die Tür vom Kunstsaal.

Der Raum war abgedunkelt und ruhig. In der Mitte stand ein beleuchtetes Stillleben, darum herum zwanzig Staffeleien. Der Kurs schien so in seine Arbeit vertieft zu sein, dass Ajda ihn mit ihrer Trillerpfeife wecken musste.

Irgendwer fluchte gedämpft.

Wir drehten ungerührt eine Runde um die großen Skizzenblätter. Manche verdeckten sie mit den Armen, um ihnen Schutz vor einem potenziellen Wasserpistolenangriff zu geben.

Mir fiel eines der Bilder auf: Es war total misslungen. Die Schale mit den Äpfeln ließ sich zwar wiedererkennen, aber die Perspektive stimmte überhaupt nicht. Ich wollte der armen Künstlerin oder dem armen Künstler aufmunternd zulächeln, dann setzte mein Herz einen Schlag aus.

Vor dem Bild stand Leo.

Seine Hände waren mit Kohle verschmiert. Auf der Stirn hatte er weitere Flecken, wo er sich beim Arbeiten die Haare aus dem Gesicht gewischt hatte.

Ich hielt ruckartig an.

»Linh!«, zischte ich.

»Was?«, fragte sie und drehte sich um.

Ich nickte Richtung Leo.

»Oh.«

»Ich muss hier weg.«

»Warte, ich helf dir.«

Ich wollte abhauen, aber hinter mir staute sich der Rest der Gruppe. Linh prallte an ihnen genauso ab wie ich. Wir wurden einfach vorwärtsgeschoben.

Linh versuchte, mich abzuschirmen, doch je näher wir Leo kamen, desto mehr hatte ich das Gefühl, in einem See aus Eiswasser zu waten.

Würde er mich sehen?

Würde er etwas zu mir sagen?

Unwahrscheinlich.

Würde ich etwas sagen?

Eher nicht.

Es täte zu sehr weh.

Leo setzte sich auf einen Hocker und schaute den Abiturienten zu, die Bonbons durch den Raum warfen. Er machte einen fröhlichen Eindruck.

Das war gut.

Ich fühlte mich zwar wie Scheiße und vermisste ihn und hatte morgen meine erste Prüfung, vor der ich so viel Angst hatte, dass ich kaum denken konnte, aber …

Gut, dass es ihm gut ging.

Warum sollte er sich auch schlecht fühlen? Er hatte ja recht. Ich hatte einen Fehler gemacht und gelogen und ich war ein Fehler, ein Fehler, ein Fehler.

Vor mir sammelten sich die Leute.

Zwei Meter neben Leo trat ich von einem Fuß auf den anderen und hielt den Kopf gesenkt.

»Hey«, sagte er plötzlich.

Ich musste mich zusammenreißen, Linh nicht zu greifen und vor mich zu schieben wie einen Schutzschild. Mehr als einen Monat hatten wir tausend Wege gefunden, uns zu ignorieren, und jetzt das.

»Hey«, erwiderte Linh hastig.

Ich hob widerstrebend den Kopf.

Leo blickte mich an und lächelte. Er sah ein bisschen müde dabei aus, aber er lächelte. »Viel Glück morgen bei der Prüfung«, sagte er.

»Danke«, murmelte ich, überrascht, dass meine Stimme so normal klang. »Nette Äpfel, übrigens.«

Leo lachte kurz.

Ich hätte wahnsinnig werden können. Das konnte er nicht einfach machen, lächeln und fröhlich sein, als wäre nie etwas gewesen – das ergab keinen Sinn. Wenn er mich ignorieren würde, wütend wäre, dann könnte ich das verstehen, ich wüsste, dass ich ihm nicht komplett egal war, aber so …

Die Menschenansammlung vor mir löste sich auf. Alle Abiturienten bliesen ihre Trillerpfeifen und verließen einer nach dem anderen den Raum.

»Ich muss«, sagte ich matt und deutete auf meine Mitschüler. »Also dann.«

Leo öffnete den Mund und schien etwas sagen zu wollen.

Ich weiß nicht, ob ich ihm genug Zeit dafür ließ. Der Moment, den wir uns anschauten, bevor ich ging, kam mir zumindest endlos vor.

SECHSUNDZWANZIG

»Ja, ich komm gleich nach, ich muss nur kurz aufs Klo!«, rief ich, schloss die Tür hinter mir und checkte, ob alle Toilettenkabinen leer waren.

Dann drückte ich meinen Rücken gegen die Wand neben den Waschbecken und versuchte mit aller Kraft, nicht loszuheulen.

Reiß dich zusammen.

Du kannst nicht wieder auf dem Schulklo durchdrehen.

Konzentrier dich auf deine Prüfung morgen.

Mit zitternden Händen langte ich nach meinem Rucksack und holte meinen Chemiehefter heraus, um noch einmal etwas nachzulesen. Irgendetwas. Keine Ahnung, was genau.

Ich hielt den Hefter in der Hand und öffnete ihn nicht.

Ich schmiss ihn auf den Boden, drehte einen der Wasserhähne auf und wusch mein Gesicht mit kaltem Wasser, bis die Haut schmerzte und langsam taub wurde.

Dann hob ich den Oberkörper, um in den Spiegel zu schauen.

Wasser und Tränen sammelten sich in meinen Augenwinkeln und ich blinzelte angestrengt. Meine Reflexion war kaum zu erkennen, sie stand vor mir wie ein verschwommener Schemen hinter einer Wand aus grauem Nebel. Ich hatte das Bedürfnis, gegen den Spiegel zu schlagen.

Übertreib nicht so, dachte ich, du hast überhaupt keinen Grund, dich so aufzuführen.

Ich stützte die Ellenbogen aufs Waschbecken und vergrub mein Gesicht in den Händen.

Du hast keinen Grund, dich so schlecht zu fühlen.

Dir sollte es gut gehen.

Du bist noch so jung.

Anderen geht es so viel schlechter.

Was ist mit dir los?

Ich bückte mich nach unten, nahm meinen Hefter vom Boden und packte ihn zurück in den Rucksack.

Ich wollte, dass es mir gut ging.

Aber solange das andere da war, war es so unglaublich schwer. Dieses Nicht-Gefühl. Diese Nicht-Zukunft. Dieses furchtbare, endlose Stück leere Gegenwart. Überall war das andere. Überall. Ich hatte keine Pause davon, es steckte in meinem Kopf fest, fraß meine Energie, fraß alles, was ich liebte. Jahre der Vorbereitung auf diesen Moment und plötzlich konnte ich gar nichts mehr.

Reiß dich zusammen.

Du bist total dramatisch.

Du bist total dramatisch.

Du bist TOTAL DRAMATISCH.

Ich biss auf meine Zunge, kramte in meinem Rucksack nach dem Lippenstift, den ich für unseren Abistreich eingepackt hatte, ohne vorher zu überlegen, wofür ich ihn überhaupt benutzen sollte, und stellte mich vor den Spiegel.

Mein Spiegelbild starrte mich ausdruckslos an. Es würde wahrscheinlich nicht einmal reagieren, wenn ich wirklich dagegen schlug.

Ich zog die Kappe vom Lippenstift und schrieb mit großen roten Buchstaben »ICH HASSE DICH« über sein hässliches, nutzloses, starres Gesicht.

Ich hasse dich.

Ich hasse dich.

Ich hasse dich.

Dann wischte ich mir die Tränen von den Wangen und verließ die Toilette.

SIEBENUNDZWANZIG

Als ich auf den Schulhof trat, lief die Abschiedsshow bereits. Es gab sogar eine Bühne und Lautsprecher. Gerade mussten zwei meiner Lehrer um die Wette Quizfragen beantworten. Die anderen Jahrgänge jubelten oder schauten gelangweilt auf ihre Handys.

Ich machte einen großen Bogen um den Trubel.

Scheiß auf den letzten Schultag. Meine Freunde waren eh irgendwo in der Menge verschwunden, und ich hatte keine Lust, sie zu suchen.

Ich wollte die Stimmung nicht drücken.

Ich wollte nicht wieder auf Leo treffen. Es war besser, einfach abzuhauen.

Ich ging hinüber zu den Fahrradständern, dann stoppte ich abrupt.

Direkt neben meinem Rad, auf einer der Stangen zum Anschließen, saßen Basti, Jan und Ella. Sie quatschten und rauchten, ohne sich um die Show in ihrem Rücken zu kümmern.

Shit.

Obwohl ich noch nie etwas mit dem Evil Triforce zu

tun gehabt hatte, bekam ich Panik. Martys und Leos Geschichten eilten ihnen voraus. Aber ich brauchte mein Fahrrad. Wenn ich nach Hause laufen musste, verlor ich wertvolle Zeit.

»Äh, hi, sorry, ich muss da kurz ran«, murmelte ich.

Die drei unterbrachen ihr Gespräch.

Ich drängelte mich an ihnen vorbei und griff mit schwitzigen Händen nach meinem Schloss.

Stille baute sich auf.

»Hey, bist du nicht Leos Freundin?«, fragte Basti.

Ich tat, als hätte ich nichts gehört. Mein Schloss klickte, ich schlang es um meinen Gepäckträger und vermied jeden Blick nach oben.

»Ich sag dir, das ist nicht Leos Neue«, brummte Jan.

»Hab ich aber von Fabi«, erwiderte Basti. »Das war die Tochter von der Seyffer, von der er geredet hat. Ich erinner mich genau.«

»Never. Leo hat nicht die Eier, die Tochter vom Direx zu knallen.«

WTF? Hinter meinem Brustbein entbrannte plötzlich ein wütendes Feuer, das jeden guten Vorsatz, die Klappe zu halten, einfach wegfegte.

»Ich bin nicht Leos Freundin«, blaffte ich. »Aber er ist ein besserer Mensch als ihr drei zusammengerechnet.«

Basti, Jan und Ella schauten sich an, dann brachen sie in Gelächter aus.

»An deiner Stelle hätt ich ja richtig Schiss vor der Prüfung morgen«, meinte Basti. »So als Lehrertochter. Ist sicher voll stressig für dich.«

»Oh Mann, ja, ich wär total panisch«, stimmte Ella ein.

»Kann so viel schiefgehen. Ein Blackout zur falschen Zeit und das war's dann.«

»Oder? Sie sieht auch echt nicht gut aus. Das sind mal fette Augenringe.«

Ich fixierte den Boden. »Ich komm klar.«

»Sicher?«, fragte Basti.

Meine Finger schlossen sich fest um die Griffe vom Fahrrad. Es stimmte nicht. Sie hatten keine Ahnung. Es würde alles gut gehen morgen. Sie hatten *keine* Ahnung.

»Sag mal«, Basti tippte Ella an, »warst du genauso fertig, als du mit Leo zusammen warst? Saugt er seinen Freundinnen die Energie aus?«

»Ganz ehrlich, jetzt, wo du es sagst …«

»Ihr seid das Problem!«, platzte ich plötzlich heraus. »Nicht er!«

Die drei schauten mich befremdet an.

»Wir sind schuld, dass du aussiehst wie ein Zombie?«, fragte Jan mit angezogenen Augenbrauen.

Ich schüttelte den Kopf und suchte panisch nach Worten. Spontane Konfrontationen waren nicht mein Ding. Ich begann, zu brabbeln und den Faden zu verlieren und alles zu vergessen, was mich gerade noch wütend gemacht hatte.

»Ihr seid schuld an diesem ganzen Kram mit Leo!«, rief ich schließlich. Ein paar Leute im Umkreis reckten die Köpfe. »Weil euch die Gefühle von anderen egal sind und ihr manipulativ seid und toxisch!«

»Toxisch?«, wiederholte Basti lachend.

»Hat Leo dir das erzählt?«, fragte Ella. »Das ist ja klar, er kriegt den Arsch nicht hoch, aber plötzlich sind alle anderen schuld –«

»Was ist hier los?«

Wir drehten uns um. Für einen Moment schwiegen alle. Basti, Jan und Ella sahen aus, als ob sie mit jedem gerechnet hätten, aber ganz sicher nicht mit dieser Person. Mein Brustkorb zog sich zusammen. Die Welt hatte sich gedreht und den See aus Eiswasser über mir ausgeschüttet.

Leo stand vor uns. Er sah trotzig aus und gleichzeitig unsicher, wie jemand, der unbedingt etwas tun wollte, obwohl es ihm schwerfiel.

»Nur ein netter kleiner Plausch«, erwiderte Basti.

»Lasst sie in Ruhe«, sagte Leo.

»Ich krieg das alleine hin«, murmelte ich.

Leo schaute von seinen Ex-Freunden zu mir. »Du musst das nicht alleine hinkriegen«, antwortete er. »Die da sind *mein* Problem, nicht deins –«

»Dein Problem?«, rief Ella. »Fängst du wieder an, die Tatsachen zu verdrehen?«

Leo schluckte schwer. Er schien abzuwägen, ob er antworten sollte.

Hoffentlich tat er es nicht. Was brachte es, aufs Evil Triforce einzugehen? Dadurch war ich überhaupt erst in diesem ätzenden Gespräch gelandet.

»Ich verdrehe nichts«, sagte er.

»Und warum sind wir dann das Problem? Fick dich, Leo. Ich hab ständig deinen ganzen Scheiß toleriert, nicht andersrum!«

»Aha«, murmelte Leo, in einem Tonfall, den ich nicht von ihm kannte. Am liebsten hätte ich seine Hand genommen und ihn weggezogen. »Und was genau musstest du von mir tolerieren?«

»Lass mich überlegen.« Ella hob eine Hand, um ihre Argumente an den Fingern abzuzählen. »Du bist langweilig. Du wolltest nie etwas mit mir unternehmen und hast kein Verständnis für meine Freunde. Du hast keinen Humor. Man kann mit dir nirgendwohin gehen, ohne dass du dich von irgendwem ausgelacht fühlst. Und vor allem: Du bist verklemmt. Wenn ich mal ein bisschen Nähe wollte, hast du dich total angestellt –«

»Verklemmt, na klar«, fuhr Leo dazwischen, das Gesicht hochrot. »Ich hätte wissen müssen, dass es darauf hinausläuft. Mein größter Charakterfehler ist, dass ich nicht mit dir schlafen wollte.«

»Ach komm, du scheiß kaltherziger Heuchler! Wie lange waren wir getrennt, bis du mit ihr unterwegs warst? Fünf Minuten? Hast du es ernsthaft fünf *fucking* Minuten ausgehalten? Sorry, aber dafür, dass du die ganze Zeit davon redest, dass du nicht bereit bist, hast du's echt nötig!«

Basti und Jan johlten. Leo schüttelte den Kopf. Er hatte die Lippen so stark aufeinandergepresst, dass sie langsam ihre Farbe verloren.

»Wir sollten gehen«, sagte ich.

»Ja«, erwiderte Leo. Es klang, als würde er aus einer Trance zurückkehren.

»Los, komm.«

Ich nahm mein Rad und eilte voran. Leo hatte Mühe, mit mir Schritt zu halten. Als wir das Schultor erreicht hatten, blieb ich stehen.

Die drei standen noch bei den Fahrrädern und schauten uns nach.

»Was für Wichser!«, keuchte ich.

Leo nickte.

»Alles okay bei dir?«

»Ja. Bei dir?«

»Denke schon.«

Wir schauten uns an, Leo lächelte kurz, dann konnte ich sehen, wie es ihm mit einem Mal dämmerte: Wir redeten nicht mehr miteinander.

Er senkte schnell den Blick. »Es ist nett, dass du mich verteidigt hast, aber du solltest zukünftig lieber einen großen Bogen um Basti und Co. machen.«

»Das hast du gehört?«

Leo starrte immer noch auf seine Schuhe. Ihm schienen viele Dinge durch den Kopf zu gehen, aber letztendlich sagte er nur: »Ich hab's gehört.«

Wir schwiegen beide, dann wurden wir von einer schrillenden Trillerpfeife unterbrochen. Marty kam zu uns herüber, sein Iro war wieder gerichtet und er trug eine Wasserpistole über der Schulter.

»Also dann, ich muss los«, sagte Leo, bevor Marty zu uns aufschließen konnte. »Pass auf dich auf, Eli.«

»Leo –«

»Ja, hau bloß ab!« Marty sah ihm nach. »Puh, Mission geglückt. Linh hat mich rübergeschickt, damit ich dich vor deinem Ex rette.«

»Was soll das? Ich brauch keine Hilfe. Leo –«

Ich beendete den Satz nicht. Er hatte sich schon umgedreht und war zwischen den anderen Schülern verschwunden.

»Vergiss ihn!«, rief Marty. »Er gehört zum Evil Triforce! Der zieht dich nur runter! Wir machen jetzt Party!«

»Ich hab keine Zeit!«, erwiderte ich gegen den Lärm. Ich klang verzweifelt, und ich wusste nicht, ob es wegen der Prüfung war oder wegen Leo.

»Was ist los?«

»Ich – morgen ist Prüfung! Hast du das vergessen?«

»Ja, aber was willst du da einen Tag vorher noch machen? Scheiß drauf! Lass uns feiern, dass wir die Schule geschafft haben.«

»Ich feiere, sobald die Prüfungen geschafft sind! Jetzt gibt es noch gar keinen Grund!«

»Hallo? Was ist das für eine Einstellung? Es gibt immer Grund zum Feiern! Du lebst nur einmal, Eli!«

Tränen schossen mir in die Augen und ich senkte schnell den Kopf. Ich wusste nicht, was gerade mit mir los war. Der Lärm und die Aufregung umzingelten mich.

»Hey, mach dir keine Platte wegen der Prüfung morgen!«, entgegnete Marty, der bemerkt hatte, dass etwas nicht stimmte. Er legte mir wieder einen Arm um die Schultern. »Hier ist der Plan: Ich besorg uns ein Alibi und du holst den Schlüssel von deiner Mom und dann planen wir einen Überfall. Wir klauen die Prüfungsaufgaben! Dann kannst du heute feiern!«

»Sehr witzig.«

»Was? Du hast die Connections, die wir brauchen. Niemand verdächtigt die Tochter der Schulleiterin!«

»Hast du auch mal was Intelligentes zu sagen, oder redest du nur Quatsch?«, schnappte ich.

Marty starrte mich an.

Sein Arm rutschte von meiner Schulter.

»Du magst meinen Quatsch«, sagte er.

Ich antwortete nicht.

Ich hätte platzen können.

Alles an ihm nervte. Seine gute Laune und seine laute Stimme und seine ganze Art.

»Lass mich einfach in Ruhe«, antwortete ich und drängelte mich an ihm vorbei.

ACHTUNDZWANZIG

Ich saß am Schreibtisch und stach mit einem Kugelschreiber geistesabwesend auf einen Stapel Arbeitsblätter ein. Das oberste Blatt war voller blauer Flecken.

Unten klimperte ein Schlüssel, dann knallte die Eingangstür.

»Bin zu Hause!«, rief Mama.

Ich antwortete nicht.

»Eli?«

»Ich lerne!«, gab ich zurück.

Mamas Schritte ertönten auf der Treppe.

Ich ließ den Kugelschreiber fallen und legte ein offenes Buch über das zerstochene Blatt. Eigentlich lernte ich nicht. Ich konnte mich kaum konzentrieren. Mein Kopf kreiste um den schrecklichen Scheiß, den Ella und ihre Freunde gesagt hatten.

Mama öffnete die Tür und lugte ins Zimmer.

»Was für ein Tag!«, rief sie lächelnd. »Ihr habt mich ganz schön auf Trab gehalten. Warum bist du nicht beim Aufräumen dabei? Deine Freunde füllen gerade einen riesigen Container mit Altpapier.«

»Hab nichts dreckig gemacht.«

»Und wo warst du während des Programms? Ich hab dich gar nicht gesehen.«

»Wollte noch lernen.«

»Eli, Süße, du verpasst ja die ganze Tradition! Ich wollte ein paar Fotos von dir in deinem Kostüm machen.«

»Tja, man kann halt nicht alles haben«, blaffte ich.

Mama blinzelte.

Ich stand auf und war dabei, meine Zimmertür zu schließen. Für einen Moment schauten wir uns an. Mama sah vollkommen irritiert aus. Ich hatte ein Gefühl in der Brust, als ob ich jede Sekunde explodieren müsste. Ellas Stimme drehte die tausendste Runde in meinem Kopf.

Ein Blackout zur falschen Zeit und das war's dann.

Ein Blackout.

Das war's.

Mein Blick fiel auf den Schlüsselbund in Mamas Hand.

»Sorry«, murmelte ich. »Musst du heute noch mal in die Schule? Um die Prüfung vorzubereiten?«

»Nein, das ist schon erledigt … Eli, ist alles okay mit dir?«

»Nur ein bisschen angespannt.«

Ich knallte die Tür vor Mamas Nase zu. Vor meinem geistigen Auge baumelte die kleine orangefarbene Plastikmünze an Mamas Schlüsselbund. Der Transponder für die Alarmanlage unserer Schule …

Obwohl ich alleine war, lief ich rot an.

Ich setzte mich zurück an meinen Schreibtisch und starrte auf das Chemiebuch. Gedanken prasselten auf mich ein.

Es war ein schreckliches Gefühl, nicht zu wissen, was

mich morgen erwartete. Die Angst sammelte sich im Ungewissen. Was, wenn ich einen kleinen Blick auf die Aufgaben werfen könnte?

Mein Herz hämmerte.

Ich schluckte schuldbewusst.

Aber warum eigentlich nicht?

Marty hatte recht, ich hatte die Connections. Außerdem wollte ich nicht mal die Lösungen haben. Mir reichten die Aufgaben. Alles, was ich brauchte, war ein bisschen Gewissheit.

Das zählte doch nicht wirklich als Schummeln.

***

Es war zwölf Uhr nachts, als ich die Treppe hinunterschlich und Mamas Handtasche griff. Ich lauschte, ob sich im oberen Stock noch etwas regte.

Stille. Meine Eltern waren vor einer halben Stunde ins Bett gegangen. Auf der Straße fuhr kein Auto. Nicht mal die Stimmen unserer Nachbarn waren zu hören.

Ich öffnete Mamas Tasche und holte ihren Schlüsselbund heraus. Er klimperte laut. Rasch steckte ich ihn in meine Jacke.

Irgendein hartnäckiger Teil in mir versuchte immer noch, meinen Plan anzuzweifeln. Aber was war die Alternative? In die Prüfung gehen und wieder Panik kriegen? Dieses Mal vor dem gesamten Jahrgang und meinen Eltern?

Nope.

Ich verließ das Haus, schloss mein Fahrrad ab und radelte zur Schule.

***

Seit vor drei Jahren in das Schulgebäude eingebrochen worden war, gab es eine Alarmanlage. Sie ließ sich deaktivieren, wenn man einen Transponder dabeihatte. Man musste ihn nur gegen ein kleines graues Viereck halten, das wie ein Lichtschalter aussah und sich neben dem Haupteingang befand.

Als Papa und ich meine Mutter einmal von der Schule abgeholt hatten, weil sie überarbeitet, fiebrig und erschöpft gewesen war, hatten wir für sie die Alarmanlage eingeschaltet.

Ich erinnerte mich, dass Papa nicht mehr gemacht hatte, als den Transponder zu benutzen.

Das war nicht schwer. Das war nicht megariskant. Dabei konnte nicht wirklich etwas schiefgehen. Und selbst wenn der Alarm losging, könnte ich immer noch wegrennen … oder?

Ich holte tief Luft, um mein klopfendes Herz zu beruhigen.

Im Schulgebäude selbst brannte kein Licht, nicht einmal Nachtbeleuchtung. Hinter den Fenstern konnte man nur so viel erkennen, wie die Straßenlaternen zeigten: dunkle Gänge, geschlossene Türen, Plakate und Bilder an den Wänden, die Schüler gemacht hatten. Von dem Chaos und der Verwüstung des letzten Schultags war nichts mehr zu sehen.

Ich drehte mich nervös um.

Die Gehwege waren leer. Selbst in den Plattenbauten auf der anderen Straßenseite lief nur noch in einer Wohnung der Fernseher.

»Wird schon«, murmelte ich, »Augen zu und durch.«

Mit einer Hand griff ich in meine Jackentasche und kramte Mamas Schlüssel hervor. Ich schloss das Tor auf. Während ich über den Schulhof lief, fühlte ich mich wie ausgeleuchtet und von allen Seiten beobachtet. Mein Schatten huschte mir voraus.

Vor dem Haupteingang blieb ich stehen.

Hielt den Transponder vor das graue Kästchen.

Es piepte und blinkte grün.

Ich regte mich nicht.

Meine Silhouette spiegelte sich in der Scheibe, der richtige Schlüssel lag schon zwischen meinen Fingern, aber ich konnte mich plötzlich nicht mehr durchringen. Starrte in meine eigenen erschrockenen Augen. Es war, als hätte sich ein Schleier gelüftet.

Was tat ich hier eigentlich?

Wollte ich ernsthaft in die Schule einbrechen?

War ich komplett irre geworden?

Oh mein Gott.

Ich war irre.

Nein.

Nein, nein, nein.

Ich wollte nicht irre sein.

Oh Gott.

In der Ferne bog ein Auto ab.

Die Reifen dröhnten auf dem Kopfsteinpflaster. Es kam

näher. Ich stand wie festgefroren auf der obersten Treppenstufe.

Was, wenn jemand die Polizei gerufen hatte? Was, wenn sie mich hier fanden, vor der Schule, mit dem geklauten Schlüssel meiner Mutter?

Das Auto fuhr vorbei, ohne langsamer zu werden.

Sobald es in der Ferne verschwunden war, atmete ich einen großen Schwall Luft aus. Mit zitternden Händen kramte ich mein Smartphone hervor.

Mein erster Anruf klingelte und ging dann auf Voicemail. Der zweite wurde angenommen.

»Eli?«, murmelte Helena. Sie klang verschlafen. »Was soll das? Weißt du, wie spät es ist?«

Ich öffnete den Mund und bekam keinen Ton heraus.

»Eli? Eli, ist alles okay?«

Tränen stürzten mir aus den Augen und ich wischte sie hektisch weg. »Ich – ich – ich weiß nicht«, schniefte ich.

Am anderen Ende der Leitung raschelte und polterte es. Als Helena wieder sprach, klang sie plötzlich viel wacher: »Rede mit mir. Ich hör zu.«

»Ich weiß nicht. Es ist alles zu viel gerade. Ich hab Angst, weil … ich glaube, ich bin – ich bin irre.«

Stille. »Okay«, antwortete Helena zögernd. »Wieso – äh – glaubst du das?«

»Weil ich vor der Schule stehe und die Prüfungsaufgaben klauen will.«

»Du willst *was*?!«

»Ich sag ja, ich bin irre!«

»Warte, Moment! Jetzt hör auf mit dem Quatsch. Du bist vor der Schule?«

»Ja.«

»Okay.« Helena öffnete ihre quietschende Zimmertür und klopfte gegen irgendetwas.

»Was machst du da?«, fragte ich.

»Nichts weiter. Kannst du bei der Schule bleiben? Ich bin in zehn Minuten da.«

»Du wohnst doch am anderen Ende der Stadt! Außerdem ist morgen Prüfung! Weißt du – nein, vergiss es, ich krieg das alleine hin. Es tut mir leid. Ich war nur für einen Moment ausgefreakt, aber jetzt ist es wieder in Ordnung, ich geh einfach nach Hause, mach dir keine Gedanken um mich, Helena, es tut mir wirklich leid.«

»Eli!«, rief Helena plötzlich so laut, dass ich zusammenzuckte. »Du bleibst, wo du bist. Du entschuldigst dich nicht noch tausendmal. Ich bin in zehn Minuten da.«

NEUNUNDZWANZIG

Ich drehte unruhige Kreise vor dem Schultor, als ein alter Renault vor mir hielt und hupte. Helena öffnete die Beifahrertür. Ihre Haare standen wirr ab und sie hatte einen Kissenabdruck auf der linken Wange.

»Eli?« Sie löste ihren Gurt und sprang aus dem Auto. »Wie geht es dir?«

»Keine Ahnung.« Ich wich ein paar Schritte zurück und murmelte: »Du hast deinen Papa mitgebracht.«

Helenas Vater war ein netter Mann mit Halbglatze, der stadtbekannt war für sein hässliches hellblaues Auto. Es war surreal, die alte Kiste mitten in der Nacht zu sehen. Als ob Helena und ich wieder dreizehn waren und vom Kino abgeholt werden mussten.

»Ja, klar ging nicht anders. Wie soll ich sonst so schnell herkommen?«

»Hast du ihm erzählt … warum ich hier bin?«

Helena sah mich an. Ich wurde rot. Ich kam mir vor wie die größte Idiotin der Welt. Die Prüfungsaufgaben klauen. Was war das für eine Idee? Die Idee einer Irren, das war es.

»Ja, hab ich«, erwiderte Helena.

»Ich bin so bescheuert.«

Plötzlich spürte ich Helenas Arme um meinen Hals. Sie drückte mich fest an sich, fester, als sie es sonst tat, und murmelte: »Bist du nicht. Komm, steig ein. Wir fahren zu mir.«

»Ich muss nach Hause, morgen ist Prüfung, ich muss ins Bett –«

»Eli. Bitte lass uns reden. Hau jetzt nicht ab.«

»Na gut.« Ich seufzte und entspannte mich ein bisschen in die Wärme von Helenas Armen. Sie roch nach Bettwäsche und Shampoo. »Okay.«

Helena zog mich zum Auto. Ich stieg hinter ihr ein, schloss die Tür und schnallte mich wortlos an.

»Hallo, Elisa«, begrüßte mich Helenas Papa, als würde er mich wirklich bloß vom Kino abholen.

»Hallo.«

»Harte Nacht gehabt bis jetzt?«

»Kann man so sagen.«

Helenas Papa lachte und setzte den Blinker, bevor er auf der Straße wendete und denselben Weg zurückfuhr, den er eben gekommen war.

»Wieso blinkst du?«, fragte Helena. »Es ist niemand da.«

»Gewohnheit. Sag mal, Elisa, wissen deine Eltern, wo du bist?«

Ich schüttelte den Kopf. Es war nicht nötig, etwas zu entgegnen, weil Herr Wróbel mich sowieso im Rückspiegel beobachtete. Ich fühlte mich schrecklich. Er sah nicht verurteilend aus, nur aufmerksam, aber ich schämte mich trotzdem.

»Du bist herzlich eingeladen, die Nacht bei uns zu bleiben, aber du musst ihnen wenigstens eine Nachricht hinterlassen, in Ordnung?«

»Ja.«

Es wurde unangenehm ruhig im Auto. Helena schaltete das Radio ein. Wir fuhren durch leere Straßen, an dunklen Plattenbauten und verlassenen Bushaltestellen vorbei. Im Radio lief irgendein House-Track ohne Lyrics.

Ich schluckte und starrte aus dem Fenster.

Am liebsten hätte ich einen Witz gemacht, um die Situation aufzulockern. Witze waren meine einzige Rettung vor den überfordernden Gefühlen in meinem Kopf. Aber mir fiel beim besten Willen nichts ein.

»Elisa, hab ich dir eigentlich mal erzählt, wie ich Helenas Mutter kennengelernt habe?«, unterbrach Herr Wróbel die Stille.

»Boah, Papa …«, brummte Helena. »Das ist der falsche Zeitpunkt.«

»Hab ich oder hab ich nicht?«

»Nein«, erwiderte ich verwirrt. »Glaub nicht.«

»Perfekt.« Helenas Vater räusperte sich dramatisch. Helena seufzte. Ich konnte beinahe hören, wie sie die Augen verdrehte. »Es ist eigentlich eine sehr romantische Geschichte, auch wenn sie damit anfängt, dass ich Durchfall vorgetäuscht habe.«

»Was?«

»Du musst wissen, ich war damals ein junger Student und wahnsinnig schüchtern. Ehrlich, am liebsten hätte ich mich aus jedem Treffen mit mehr als zwei Menschen herausgeredet. Aber wir hatten gerade unseren Abschluss geschafft, und da war ich also: auf einer Party. Und da war auch Kaja. Sie kam zu mir herüber und wollte mit mir sprechen – bis heute übrigens das zweitgrößte Wunder, das mir je passiert ist. Das größte ist natürlich Helena.«

»Ugh. Papa.«

»Ist ja gut, Schatz, ich blamier dich nicht mehr lange. Jedenfalls … in dem Moment, in dem ich Kaja auf mich zugehen sah, wusste ich, dass ich sie kennenlernen musste. Aber ich wusste nicht, was ich sagen oder tun sollte. Ich hab einfach Panik gekriegt. Bevor sie überhaupt ein Wort an mich richten konnte, hab ich die Hand auf den Bauch geschlagen und bin aufs Klo gerannt.«

»Nein«, sagte ich.

»Oh doch. Schlimmer sogar: Als ich mich besonnen und die Toilette wieder verlassen hatte, stammelte ich Kaja irgendetwas von E.-coli-Bakterien vor.«

»Wow!« Für einen Moment vergaß ich ganz meine eigenen Sorgen. »Oh mein Gott, Helena, und deine Mama hat ihn trotzdem geheiratet!«

»Ja, ein Wunder«, brummte Helena, die mittlerweile komplett rot im Nacken war.

»Was ich damit sagen will, Elisa«, setzte Herr Wróbel wieder an und lächelte mir im Rückspiegel zu. »Wir alle haben Momente, in denen wir so überfordert sind, dass wir komische Dinge tun.«

»Hm.« Ich lächelte schlapp zurück. Darauf wollte er also hinaus. »Wenigstens sind Sie nicht in die Schule eingebrochen.«

»Nein, diese Idee ist deine kreative Eigenleistung.«

»Leider.«

Herr Wròbel schmunzelte, dann wurde er plötzlich ernster. »Helena sagt, dass du in letzter Zeit öfter gestresst und bedrückt bist. Hat da mal jemand raufgeguckt?«

»Wie meinen Sie das?«

»Ich meine, zum Beispiel deine Hausärztin.«

»Äh …«

Helena starrte in ihren Schoß und sagte nichts. Ich fühlte mich komisch damit, dass sie hinter meinem Rücken über mich redete. Obwohl sie sich nur sorgte. Es war trotzdem merkwürdig.

»Meine Eltern sind der Meinung, dass es wieder vorbeigeht«, sagte ich schließlich. »Ist halt Prüfungsstress.«

Helena und ihr Papa warfen sich einen Blick zu.

»Sind deine Eltern auch oft gestresst?«, fragte er.

»Keine Ahnung, äh, glaub schon.«

»Vielleicht ist ihnen nicht ganz klar, wie schlecht es dir geht. Wenn man selber unter Druck steht, fehlt einem manchmal der Durchblick.«

»Weiß nicht«, murmelte ich und spürte meine Stimme dünner werden. »Ich hatte fast das Gefühl, dass sie nicht damit umgehen können. Also – mit meinen Problemen. Ich hab ihnen gesagt, dass ich Panikattacken habe und mich depressiv fühle, und sie waren irgendwie erschrocken. Dann waren sie urplötzlich überhaupt nicht mehr sauer, dass ich sie angelogen habe. Sie wollten so schnell wie möglich normal weitermachen.«

Helenas Papa nickte.

Ich biss auf meiner Unterlippe herum.

»Egal«, sagte ich.

»Elisa, es ist nicht egal.«

»Na ja, aber wahrscheinlich übertreibe ich halt, ich meine, wer bin ich denn, dass ich so Probleme haben darf? Mir geht es doch gut! Andere haben es viel schlechter!«

Helena seufzte traurig und versuchte, das Geräusch nachträglich mit einem Husten zu überdecken.

Ich spürte Tränen in meine Augen schießen.

Ich wollte nur noch weg.

»Jeder Mensch kann krank werden, weißt du?«, erwiderte Herr Wróbel sanft. »Und niemand hat das Recht, dir zu sagen, wie du dich fühlen sollst. Wenn es dir schlecht geht, geht es dir schlecht.«

»Ich bin nicht krank«, sagte ich.

»Meinst du nicht? Was ist es dann?«

»Ich bin einfach … schwach. Und faul. Und … bescheuert.«

»Ah ja, die alten Argumente. Ich hab das Konzept von Schwäche noch nie verstanden. Oder von Faulheit. Jeder Mensch will doch ein schönes Leben haben und Dinge tun. Wenn das nicht funktioniert, ist das nicht automatisch deine Schuld.«

»Sind Sie sicher?«, murmelte ich, mittlerweile mit Tränen auf den Wangen und Rotz in der Nase.

»Ganz sicher.«

»Hm.«

Das Auto bog in Helenas Straße ein. Ich hatte gar nicht mitbekommen, dass wir schon so weit gefahren waren. Das Hochhaus lag dunkel da, es brannte nur noch Nachtlicht im Flur.

Wir stiegen aus.

Die Luft war kalt, klar und roch nach den jungen Gräsern, die überall aus dem Boden sprossen. Die Stimmung war so ruhig, dass ich wieder heulen musste. Der Kontrast zu meinem Innenleben hätte nicht größer sein können.

Helena hielt meine Hand, während wir zu ihrem Aufgang liefen, während wir im Fahrstuhl standen und während wir in ihr Zimmer gingen.

Als sie schließlich losließ, hatte ich aufgehört zu weinen.

***

Helena trug Einhorn-Pyjamas, seit ich sie kannte. Sie hatte sich mit den Jahren neue Größen und Ausführungen kaufen müssen, aber irgendwo auf ihrer Nachtwäsche war immer ein Einhorn. In der neunten Klasse hatten wir es Fred getauft.

»Was hält Saskia von Fred?«, murmelte ich in die Bettdecke, die über uns beiden lag.

»Sie findet mich seltsam. Und süß.«

»Die Geschichte von deinem Papa und deiner Mama war auch süß.«

»Süß? Die war schrecklich! Papa ist so ein Weirdo!«

»Ich versteh ihn.«

Helena drehte sich vom Rücken auf die Seite und schaute mich an. Ihre Nasenspitze war nur ein paar Zentimeter von meiner entfernt.

»Ich hab mir richtig schlimme Sorgen um dich gemacht«, sagte sie.

»Tut mir leid.«

»Also war das bei der Chemieklausur eine Panikattacke? Als du plötzlich raus bist?«

»Glaub schon.«

Helena rollte zurück auf ihren Rücken und seufzte. Ich kuschelte mich tiefer in ihr Kissen. Für eine Weile hörten wir uns einfach gegenseitig beim Atmen zu.

»Weiß Leo Bescheid?«, fragte Helena irgendwann. »Dass du das hast?«

»Nein. Ich hab ihm lauter ausgedachte Gründe für mein Verhalten erzählt. Genauso wie euch.«

Helena drehte den Kopf und sah mich an. Sie schien ein bisschen überfordert. Als ob sie langsam nicht mehr mit den Dingen mitkam, die ich vor ihr versteckt hatte.

»Was heißt das?«

»Bitte sei nicht böse. Oder sei böse. Vielleicht ist das angemessen. Ich … hab euch doch erzählt, dass meine Eltern sich scheiden lassen? Und dass Leo mich auf dem Klo beim Kiffen erwischt hat? Das war gelogen. Eigentlich hab ich mich auf der Toilette versteckt, weil ich solche Angst hatte. Aber es war mir so peinlich. Ich dachte, ich bin irgendwie … kaputt. Und zu viel. Und anstrengend. Ich dachte, ich bin die Einzige, der es so geht. Es tut mir leid.«

Helena holte tief Luft und seufzte wieder.

»Es tut mir so leid«, wiederholte ich.

»Jaja, das hatten wir jetzt schon oft genug. Ich verzeihe dir. Papa verzeiht dir. Fred verzeiht dir.«

»Wirklich?«

»Ja.«

Ich wischte über meine Wange. Helena hielt mir ihre

Hand hin und ich griff sie. Dann lagen wir da und schauten auf die fluoreszierenden Klebesterne an ihrer Decke.

»Leo hat mir nicht verziehen«, sagte ich. »Ich hab ihm erklären wollen, dass ich ihn angelogen habe, und es ist nicht gut ausgegangen.«

»Oh.«

»Er hasst mich.«

»Vergiss es. Er hasst dich nicht. Hast du nicht mitgekriegt, wie verrückt er nach dir war? Bei meiner Party? Als ob man euch zusammengetackert hätte. Linh hat mir die ganze Zeit parallel geschrieben – *Siehst du, wie er sie anguckt? OMG, siehst du, wie er sie anguckt?* Vertrau mir, er kann dich gar nicht hassen.«

»Doch, ernsthaft. Er hat viel Scheiß mit Ella erlebt und ich hab voll in die Wunde gehauen. Ich wollte das nicht, und ich wusste es nicht, aber das ändert nichts daran, dass ich ihm wehgetan habe.«

»Das ändert einiges, Eli.«

»Nein, ich bin ein zu großer Fehler. Ich hab's nicht verdient, geliebt zu werden.«

»Oh boy. Du bist in den letzten Monaten echt abgerutscht. Was ist das denn für ein Bullshit? Du hast ihm nicht wehtun wollen. Du bist kein schlechter Mensch. Shit happens.«

»Nein, du verstehst das nicht. Du bist ein besserer Mensch als ich. Du bist gut in der Schule und alle mögen dich und deine Freundin liebt dich.«

Helena lachte trocken.

»Ist doch so.«

»Ja klar. Und dann kommen die Tage, wo ich an Mama

denken muss und nicht essen kann und irgendwen anrufe, der mit mir feiern geht.« Helenas Hand in meiner zuckte. »Dann rauch ich, bis mir übel wird, schlaf nicht und mach alles mit, damit ich abgelenkt bin. Und dann komm ich nach Hause und schrei Papa an und bin nur wütend.«

»Das wusste ich nicht.«

»Na ja, bin auch nicht stolz drauf.«

Wir schwiegen. Obwohl unsere Handflächen langsam schwitzig wurden, griff ich Helena fester und drückte meine Stirn in ihre Halsbeuge.

»Erzähl mir nächstes Mal, wenn es dir schlecht geht«, flüsterte ich. »Du bist immer für mich da, ich will auch für dich da sein.«

Ich spürte Helena lächeln.

»Okay«, sagte sie.

Wir fielen in müdes Schweigen.

Keine Ahnung, wie spät es mittlerweile war.

Helena löste ihre Hand aus meiner und drehte sich im Bett herum wie eine Katze, die sich ihren Schlafplatz zurechtmachte. Irgendwann lag sie still.

Ich hob den Kopf.

Sie hatte die Augen geschlossen und atmete ruhig.

DREIßIG

Als Helenas Wecker klingelte, träumte ich gerade von einer seltsamen Zeremonie mitten in einem Wald. Leo war da und krönte den Biber-König. Helena und ich trugen passende Einhorn-Pyjamas. Herr Richter kam und sagte mir, dass ich durchgefallen war, weil ich den Pyjama falsch herum angezogen hatte.

Neben mir brummte jemand und riss die Decke herunter. Während Helena über mich kletterte und den Wecker ausschaltete, griff ich schlaftrunken nach einem Zipfel Decke.

»Zu früh«, maulte Helena, öffnete ihre Zimmertür und stapfte ins Bad. »Viel zu früh.«

Ich blinzelte. Helenas Bettlaken war verknäult. Auf ihre Zimmerwand strahlte frühes Sonnenlicht. Für einen Moment hatte ich keinen einzigen Gedanken. Mein Kopf schien total leer.

Dann fragte ich mich, was für ein Tag heute war. Und warum ich bei Helena pennte, statt zu Hause zu sein –

Ich schoss in die Höhe.

Wir schrieben heute Abitur.

»Fuck!« Beim Versuch, so schnell wie möglich aufzustehen, fiel ich aus dem Bett. »Fuck, fuck, fuck!«

Ich griff meine Hose, suchte meinen BH, fand ihn nicht, zog meinen Pulli über und nahm Rucksack und Jacke. Mamas Schlüssel klimperte in der Jackentasche.

»Scheiße!«, zischte ich. »Den hab ich ja auch noch! Fuck! Wie spät ist es?«

Auf meinem Handy war es sieben Uhr dreißig. Außerdem zeigte das Display zehn verpasste Anrufe und endlos viele Nachrichten an, alles vor einer halben Stunde eingegangen, als meine Mutter wahrscheinlich mein leeres Bett entdeckt hatte. Schon wieder.

Ich rief sofort zurück.

»Elisa?«, nahm Mama nach dem ersten Klingeln ab.

»Ja.«

»Oh, um Gottes willen! Ich bin fast gestorben vor Sorge! Willst du mich umbringen?«

»Ich – ich …«

»Ist alles okay?«

»Ich – ja! Ja, mir geht es gut. Ich bin bei Helena. Ich hab vergessen, euch Bescheid zu geben. Es tut mir leid. Das war nicht in Ordnung. Ich wollte euch nicht noch mal einen solchen Schrecken einjagen.«

»Warum bist du bei Helena?«

Ich öffnete den Mund und zögerte.

Was sollte ich sagen? Dass ich ihren Schlüssel geklaut, Panik bekommen und dann Helena angerufen hatte?

Ich murmelte: »Helena hatte dolle Prüfungsangst und ich bin gestern Abend noch zu ihr gefahren. Ich wollte euch nicht wecken. Tut mir leid. Hab vergessen, einen Zettel dazulassen.« Gleichzeitig spürte ich ein Zwicken im Bauch. Eigentlich wollte ich nicht mehr lügen und meine Probleme verstecken.

Mama seufzte lautstark: »Unglaublich, dass du – egal. Wir reden später darüber. Zum Glück geht es dir gut!«

Sie klang mehr erleichtert als wütend. Nicht mal die Tatsache, dass Helena nie Prüfungsangst hatte, fiel ihr in diesem Moment auf.

»Ja, nein, alles gut«, antwortete ich schnell.

»Du kommst noch nach Hause, bevor die Prüfung anfängt, oder?«

»Äh – ja.«

»Gut. Ich werde wahrscheinlich auch noch da sein. Eigentlich muss ich los, aber ich habe meinen Schlüssel verlegt.«

»O-okay.«

Mama verabschiedete sich und legte auf.

***

Ich verließ so leise wie möglich Helenas Zimmer. Ihre Tür quietschte trotzdem verräterisch. Im Badezimmer rauschte die Dusche. Irgendwo lief ein Radio. Es roch nach Kaffee.

»Elisa?« Helenas Papa trat aus der Küche, gerade als ich nach meinen Schuhen auf der Ablage griff. »Möchtest du Brötchen oder Müsli – was machst du da?«

»Ich muss nach Hause.«

»Jetzt?«

»Sonst schaffe ich es nicht rechtzeitig zur Prüfung.«

Herr Wróbel sah mich an, sein Gesicht unlesbar. »Bist du sicher, dass du in der Lage bist, heute eine Prüfung zu schreiben?«, fragte er.

Ich antwortete nicht.

Wenn ich ehrlich war, wusste ich es nicht.

»Wir können deine Hausärztin anrufen, weißt du? Gemeinsam. Du kannst ihr sagen, dass du dich psychisch nicht fit fühlst.«

»Das zählt doch nicht«, erwiderte ich verzweifelt. »Die lacht mich aus.«

»Wenn sie das täte, wäre sie eine sehr schlechte Ärztin.«

»Hm.« Ich zögerte für einen Moment, dann schüttelte ich den Kopf. »Nein. Danke, aber … ich muss nach Hause.«

»Na gut.«

Herr Wróbel ging in die Küche und kam mit einem Brötchen wieder, das er in eine Serviette gewickelt hatte. Helena bezeichnete ihn immer als die beste und nervigste Übermutti der Welt, und ich verstand langsam, was sie meinte.

Ich lächelte müde und nahm das Brötchen.

Irgendwie war ich traurig und erschöpft und gleichzeitig so dankbar für seine Sorge, dass ich wieder hätte heulen können.

»Tut mir leid für den ganzen Stress«, murmelte ich. »Können Sie Helena sagen, dass ich losmusste?«

Herr Wróbel nickte.

Ich quetschte das Brötchen in die Jackentasche und zog meine Schuhe an.

Als ich nach der Türklinke griff, sagte er: »Es ist natürlich ganz deine Entscheidung, ob du die Prüfung mitschreibst, Elisa, aber …«

Wir sahen uns an.

Herr Wróbel runzelte die Stirn und schien zu verwerfen, was er gerade hatte sagen wollen. Stattdessen sagte er: »Hör in dich rein, okay? Und überleg dir, was das Beste für dich ist. Nicht für irgendwen anders.«

»Okay.«

***

Ich sprang aus dem Bus und rannte die Straße hoch. Kaum hatte ich die Auffahrt betreten, wurde unsere Haustür aufgerissen. Mama eilte mir entgegen. Ihre frisch gefärbten Haare waren ganz wirr.

Sie sagte: »Frühstück steht auf dem Tisch.«

Im Hintergrund polterte es. Papa rief aus dem Haus: »Hier ist er auch nicht!«

»Er muss irgendwo sein!«, entgegnete Mama und löste sich von mir.

»Bist du sicher, dass er nicht in deiner Tasche ist?«

»Ja, Herrgott noch mal!«

Während Mama davoneilte, um sich mit Papa zu streiten, trat ich zögernd in den Flur. Normalerweise wären beide längst auf Arbeit, eine Thermoskanne Tee in der Aktentasche. Stattdessen war Chaos.

Ich seufzte, dann zog ich Mamas Schlüsselbund aus der Jacke.

»Elisa, du packst dein Frühstück besser ein!«, rief Mama. »Wir sind spät dran!«

Sie kam die Treppe heruntergepoltert und erstarrte, als sie mich mit ihrem Schlüssel in der Hand entdeckte.

»Wo hast du den her?«, fragte sie.

Ich antwortete nicht, obwohl mir die Worte schon auf der Zunge lagen.

Es wäre einfach, Mama weiszumachen, dass ich den Schlüssel hinter der Garderobe oder in einem meiner Schuhe gefunden hatte. Lügen war einfach geworden, es fühlte sich natürlich an …

Mit einem Mal wurde mir klar, was das bedeutete.

Helena hatte recht.

Ich war abgerutscht.

»Ich – ich hab deinen Schlüssel geklaut«, sagte ich.

»Was?«

»Ich hab deinen Schlüssel geklaut«, wiederholte ich lauter.

»Du hast *was*?«

»Ich wollte mir die Prüfungsaufgaben anschauen. Hab ich aber nicht gemacht.« Ich hielt Mama den Schlüssel hin. »Hier, nimm ihn.«

Mama stieg langsam die letzten Stufen hinunter und griff wie in Trance nach ihrem Schlüsselbund. Sie sah mich an, als wäre ich eine Fremde. Ich wünschte, sie würde mich einfach umarmen.

»Bist du wahnsinnig?«, fragte sie.

»Ich hatte Angst.«

»Wovor? Herrgott, Elisa, das ist nur eine Prüfung! Du bist ja total – ich versteh dich nicht mehr – du – das geht so nicht weiter. Wir haben keine Zeit dafür. Du musst dich jetzt zusammenreißen!«

»Ich hab mich die ganze Zeit schon zusammengerissen!«

»Wir reden nach der Prüfung darüber. Wir sind spät dran–«

»Was ist los?« Die Treppe knarrte, als Papa nach unten kam. »Oh, du hast deinen Schlüssel gefunden.«

»Ja«, erwiderte Mama gepresst und griff nach ihrer Tasche, ohne mich anzuschauen. »Elisa hat ihn gefunden. Das spielt jetzt aber keine Rolle. Ihre Prüfung startet in zwanzig Minuten. Ich nehme sie mit dem Auto mit.«

»Wo war der Schlüssel?«, fragte Papa.

Mama warf mir einen Blick zu, in dem eine Mischung aus Panik und Entschlossenheit lag. Irgendwie erinnerte sie mich in diesem Moment sehr an mich.

»Ist in meinen Schuh gerutscht«, murmelte ich.

EINUNDDREIßIG

Helena hob überrascht den Kopf, als ich völlig außer Atem in die Sporthalle platzte.

Für die Prüfungen waren wir aus dem Schulgebäude ausgelagert worden, damit die restlichen Jahrgänge uns nicht stören konnten.

Helena saß an einem Einzeltisch ganz vorne, inmitten unseres Chemiekurses. Linh und Marty waren bei den Geschichtsleuten hinten im Raum und diskutierten über irgendetwas in Martys Hefter. Herr Richter und Frau Jablonski stapelten große Zettelberge.

Ich ließ mich auf den letzten leeren Stuhl fallen, packte meine Stiftetasche aus und verschränkte demonstrativ die Hände auf dem Tisch.

Geschafft.

»Was machst du hier?«, zischte Helena.

Sie war von ihrem Platz herübergekommen und beugte sich so tief über mich, dass nur ich sie hören konnte.

»Die Prüfung schreiben«, erwiderte ich, ohne sie anzuschauen.

»Eli, was soll das?«

Ich antwortete nicht. Mein Herz hämmerte. Mein Kopf drehte sich. Mein Magen schmerzte. Meine Augen fühlten sich schwer und warm an. Egal. Ich war hier. Ich würde es schaffen. Ich musste mich nur zusammenreißen. Ich konnte das. Es war alles nur eine Frage des Willens.

»Eli«, begann Helena wieder.

»Also dann, meine Lieben, los geht's!«, rief Frau Jablonski.

»Sie klingt, als würden wir einen Ausflug nach Disneyland machen«, sagte ich.

»Hast du deine Hausärztin angerufen?«, fragte Helena.

»Später.«

»Wieso nicht jetzt?«

»Weil ich gerade Abitur schreibe, wie du vielleicht siehst …«

Bevor Helena antworten konnte, wurde sie von Herrn Richter unterbrochen, der mir meinen Prüfungsbogen gab. »Helena, ich muss dich leider bitten, deinen eigenen Platz aufzusuchen. Diese Prüfung ist keine Gruppenarbeit.«

»Aber ich wollte nur –«

»Später. Elisa schafft das alleine.«

Helena sah aus, als wollte sie ernsthaft widersprechen. Ich sah sie warnend an. Schließlich brummte sie ein zähneknirschendes »Okay« und ging zu ihrem Tisch zurück.

Frau Jablonski erzählte unterdessen noch einmal, was wir alle schon wussten: Es gab Pflicht- und Wahlaufgaben, so und so viel Bearbeitungszeit – und am Ende bitte vergewissern, dass der Name überall draufstand.

Ich nahm meinen Prüfungsbogen in die Hand.

Angespannte Stille legte sich über den Raum. Wir trafen

endlich auf den großen, unbekannten Gegner, von dem die letzten Jahre immer die Rede gewesen war.

Ich las die Aufgaben.

Atmete tief durch.

Schrieb meinen Namen auf das oberste Blatt.

Meine Finger fühlten sich taub und komisch an. Vielleicht war das der Effekt vom Zusammenreißen: Man gab sich selbst eine Betäubungsspritze, damit man weitermachen konnte. Damit der Schmerz verschwand.

Ich begann mit der ersten Aufgabe.

Blöd nur, dass der Schmerz nicht wirklich weg war.

Ich setzte meinen Stift wieder ab.

Der Schmerz war da, egal, wie sehr ich ihn abzustumpfen versuchte. Die Angst, die Panik, die Leere, der Hass – alles das wartete nur darauf, dass die Betäubung wieder nachließ.

In dem Moment wurde mir eines klar: Was ich brauchte, war nicht eine Betäubungsspritze nach der anderen. Ich brauchte kein Pflaster auf einer Wunde, die zu groß dafür war.

Ich brauchte Hilfe.

Dringend.

Ich brauchte Verständnis.

Ich brauchte jemanden, der sagte: Ich glaube dir. Du bildest dir das nicht ein. Da ist eine Wunde. Du fühlst dich schlecht und ich glaube dir. Du übertreibst nicht. Du bist nicht irre.

Und ich konnte diese Person für mich sein.

Jetzt.

Ein paar Leute zuckten erschrocken zusammen, als ich

meinen Stift auf den Tisch knallte und die Prüfung von mir wegschob. Dann griff ich meinen Rucksack und verließ die Halle.

***

»Möchtest du ein Glas Wasser?«, fragte unser Sekretär, Herr Morawetz, nervös.

»Danke, geht schon«, erwiderte ich und setzte mich etwas gerader auf den Stuhl vor Mamas Büro.

Im Sekretariat war es heute ungewöhnlich ruhig. Wegen der Abiturprüfungen hatte man die Klingel abgestellt und selbst das Telefon auf Herrn Morawetz' Schreibtisch blieb still.

»Du kommst gerade von zu Hause?«, fragte er unvermittelt.

»Nein, ich war bis eben in der Prüfung.«

»Also bist du, äh, einfach gegangen?«

»Ja.«

»Und dir ist niemand gefolgt?«

»Nein. Also anfangs nicht. Herr Richter kam mir dann hinterhergerannt. Ich glaube, er war ein bisschen geschockt.«

»Ja, das befürchte ich auch«, murmelte Herr Morawetz und fügte schnell hinzu, als er meinen irritierten Gesichtsausdruck bemerkte: »Deine Mutter wird bestimmt Verständnis haben. Ich bin einfach überrascht, dass du diesen Schritt gehen willst. Du wirkst immer so ausgeglichen. Ich hätte nie geahnt, dass du Probleme hast.«

»Da sind wir schon zwei.«

Herr Morawetz sah aus, als ob er nicht sicher war, ob er lachen durfte.

»Vielleicht sollte ich in die 7A gehen und deiner Mutter sofort Bescheid sagen, dass du hier bist«, sagte er und stand auf. »Damit sie es nicht von jemand anderem hört.«

***

Mama machte ein Gesicht, als hätte ich ihr Daumenschrauben angelegt. Sie saß hinter ihrem Schreibtisch und ich davor, auf dem Besucherstuhl. Eigentlich mussten wir irgendwelche Formulare ausfüllen, damit ich zum Arzt gehen konnte, aber sie bewegte sich nicht.

Ich war mir nicht sicher, was sie dachte.

Zehn Minuten lang saßen wir uns einfach gegenüber.

»Das ist nicht das erste Mal, dass du das hier machst, oder?«, fragte ich schließlich.

»Nein«, erwiderte Mama mit belegter Stimme, »so etwas kommt hin und wieder vor.«

Sie schwieg erneut und ich betrachtete die verschränkten Hände in meinem Schoß. Im Stockwerk über uns war plötzlich lautes Stühlerücken zu hören und Dutzende Fußpaare verließen ihren Klassenraum zur Pause.

»Ich hätte nur nicht gedacht, dass meine eigene Tochter …«, sagte sie abrupt, stockte dann und fing einen neuen Satz an. »Wo du doch keinen Grund hast, dass es dir schlecht gehen muss. Dafür hab ich immer gesorgt. Ich verstehe das nicht.«

»Mama, ich mache dir keinen Vorwurf oder so. Ich hab's selber ewig nicht verstanden. Aber jetzt ist es irgendwie klar, oder? Ich kann nicht so weitermachen. Ich mach mich total kaputt.«

»Aber dir geht es doch gut«, sagte Mama fast flehend.

Ich seufzte und bemühte mich, unnachgiebig zu bleiben: »Nein. Mir geht es nicht gut. Ich habe seit einem halben Jahr keine Nacht mehr richtig durchgeschlafen, ich habe andauernd Angst, ich bin müde und erschöpft und – was mir am meisten Sorgen macht – ich fühle immer weniger. Weniger Freude. Weniger Hoffnung. Weniger Zuneigung zu den Menschen, die ich eigentlich sehr gern mag. Ich weiß, was ich alles habe, und ich will glücklich darüber sein, aber ich kann es nicht. Ich kann es einfach nicht. Das ist scheißgruselig. Ich meine, wo führt das irgendwann hin, wenn ich jetzt nichts dagegen unternehme?«

Mama schaute auf ihre Tischplatte und antwortete nicht.

»Ich gehe jetzt zu unserer Hausärztin«, sagte ich. »Die soll mich an so einen Psychodings – äh – Therapeuten oder Psychiater – jedenfalls – an so einen Psycho-Doktor überweisen. Keine Ahnung. Sie wird das schon wissen.«

Mama schüttelte wortlos den Kopf.

»Wenn alles gut läuft, kann ich das Jahr einfach wiederholen«, fuhr ich fort, auch wenn es meine letzte Kraft kostete, unbeirrt zu bleiben. »Und wenn es länger dauert, dann … dann dauert es halt länger.«

»Ich kann mir das einfach nicht vorstellen, Elisa. Vielleicht hast du nur eine kurzzeitige Überreaktion auf den Stress. Das ist etwas ganz Normales. Du bist doch noch so jung. Vielleicht sollten wir nicht sofort die Notbremse ziehen–?«

»Okay, hör mir zu!« Ich drückte die Hände auf die

Tischplatte und stand auf. »Nur weil ich nicht nach einem Notfall aussehe, heißt das nicht, dass es nicht ernst ist! Ich werfe euch nicht vor, wie ihr euch verhalten habt, als ihr es nicht besser wusstet. Aber wenn du mir jetzt nicht zuhörst, wo ich dir ganz deutlich sage, dass ich Hilfe brauche – dann –, dann mache ich dir einen Vorwurf, okay? Dann kannst du dir nicht mehr sagen, dass du alles getan hast, damit es mir gut geht. Also – ich bitte dich jetzt ein letztes Mal: Hör – mir – zu.«

Mama sah aus, als hätte ich die Daumenschrauben noch fester gezogen. Schließlich seufzte sie und nahm eines der Formulare, um es auszufüllen.

Ich ließ mich langsam auf den Stuhl zurücksinken.

ZWEIUNDDREISSIG

Weil die Tage schon warm waren, saßen die meisten Leute draußen vor der Pizzeria. Helena und ich hatten den Laden für uns allein und belegten eine abgewetzte Couch neben dem Schaufenster. Von hier aus konnte man der ganzen Stadt bei ihrem Sonntagsspaziergang zugucken.

Laut Helena war Pizza nicht nur ein geeignetes Mittel zur Stimmungsaufhellung, sondern auch zur Wiedergutmachung, wenn man seine beste Freundin in der Nacht vor ihrer Prüfung aus dem Bett geklingelt hatte.

Wir teilten uns die größte vegetarische Pizza, die noch in den Ofen passte, mit dreimal Extrabelag.

Helena saß im Schneidersitz neben mir und sagte mit verstellter Stimme: »Guten Tag, Frau Seyffer, Sie kommen heute also zur Diagnostik in die psychotherapeutische Tagesklinik. Was führt Sie zu uns? Außer Ihr irrsinnig gutes Aussehen?«

Ich knuffte Helena lächelnd in die Seite, dann versuchte ich, mich zu konzentrieren. Wir übten das Gespräch schon zum dritten Mal.

»Ich wurde von meiner Hausärztin überwiesen«, antwortete ich. »Und … ich hab … ich bin … boah, warum ist das so schwer?«

»Was weiß ich? Gesellschaft, Stigma, Apokalypse, bla, bla. Mach weiter.«

»Okay, ähm, hi, ich bin Elisa. Ich bin in letzter Zeit sehr ängstlich geworden. Und irgendwie depressiv. Und gestresst. Und Panik hab ich auch. Vielleicht hab ich auch Burnout und – ich glaub, das ist zu viel, oder? Nein, das kann ich so nicht sagen.«

»Mach einfach weiter, Eli.«

»Nein, das klingt bescheuert, die werden mir nicht glauben. Ich muss wie jemand klingen, der krank ist.«

»Du bist krank.«

»Ja, ich weiß, aber ich kling nicht so. Ich mach einen viel zu normalen Eindruck. Die werden denken, dass es mir gar nicht schlecht geht.«

Helena holte tief Luft. »Wir hatten das doch gerade. Wichtig ist, dass du dir glaubst.«

»Oh Gott, oder was ist, wenn sie mich einweisen?«

»Das sind die zwei Möglichkeiten, die du dir vorstellst? Entweder lachen sie oder sie packen die alte Zwangsjacke aus?«

Ich stockte. »Okay, also wenn du es so formulierst, klingt es ein bisschen unrealistisch.«

»Ach was? Meinst du?«

Helena schob sich einen großen Happen Pizza quer in den Mund, lehnte sich zurück und streckte die Arme nach oben. Sie sah entspannt aus. Die schriftlichen Abiturprüfungen lagen mittlerweile hinter ihr und sie hatte noch drei freie Wochen bis zur letzten mündlichen Prüfung. Danach würde sie zum Abiball gehen und dann nach Berlin ziehen und ein Studium anfangen.

»Okay, also von vorne«, sagte Helena. »Guten Tag, Frau Seyffer, Sie kommen heute zu uns –«

»Ich hab das Gefühl, dass das sinnlos ist«, unterbrach ich sie. »Ich kann das einfach nicht. Ich hab zu viel Angst.«

»Sachen sind nicht sinnlos, nur weil sie schwer sind.«

Ich rollte mit den Augen.

»Es ist so! Ich kann dir natürlich nicht versprechen, dass du ernst genommen wirst. Es gibt tausend Gründe, warum Leute beim Arzt nicht ernst genommen werden. Linhs Mama hat ewig gebraucht, um einen Therapieplatz zu bekommen. Trotzdem –«

»Linhs Mama war in Therapie?«

»Schon länger her, da waren wir noch nicht auf einer Schule, aber ja«, sagte Helena und beugte sich nach vorne, um das letzte Stück Pizza zu nehmen.

Ich knibbelte an einem losen Faden vom Couchbezug.

Durch die offene Tür drangen die gedämpften Gespräche der anderen Gäste und das Zwitschern der kleinen Spatzen, die unter den Tischen nach Essensresten suchten.

»Mann«, murmelte ich schließlich. »Ich bin nicht die Einzige.«

»Nope. Definitiv nicht. Deshalb – ich weiß nicht, wie es in deinem Kopf aussieht, aber ich hab dich die letzten Monate erlebt, Eli, und du brauchst Hilfe. Das hast du deiner Mutter doch auch gesagt.«

»Ich weiß. Aber da war ich in so einer Ausnahmesituation, dass ich einfach musste, verstehst du? Nur jetzt, wo der Alltag langsam wiederkommt, fühlt sich das alles irgendwie übertrieben an. Andauernd frage ich mich: Geht es mir überhaupt schlecht genug?«

Helena seufzte und griff nach meiner Hand. Ihre Finger waren warm und krümelig. »Ganz ehrlich? Selbst wenn! Selbst wenn es dir nicht maximal schlecht gehen sollte – willst du wirklich warten, bis es so weit ist?«

»Nein, eigentlich nicht, aber –«

»Aber was? Nenn mir einen vernünftigen Grund, warum du deine Probleme immer weiter herunterschlucken solltest! Und wehe, der fängt mit ›meine Eltern‹ an.«

Ich überlegte. Es war nicht so, dass mein Gehirn nicht sofort Dutzende Gründe hervorkramte. Nur irgendwie hatte Helena recht: Die Hälfte davon fing mit »meine Eltern« an. Die andere Hälfte war das Gebrabbel eines verängstigten Häufchens Synapsenschrotts. »Wenn ich ehrlich bin, fällt mir nichts ein.«

Kaum hatte ich das ausgesprochen, spürte ich eine tief sitzende Anspannung langsam nachlassen, wie bei einem Muskel, der nicht mehr belastet wurde.

»Gut. Vergiss das nicht in fünf Minuten wieder.«

»Ich probier's.«

»Neuer Versuch?« Ich nickte. Helena räusperte sich umständlich und sagte in einem seltsamen Singsang: »Guten Tag, Frau Seyffer, Sie sind heute in der Tagesklinik zu einem diagnostischen Vorgespräch. Was führt Sie denn zu uns?«

Ich holte tief Luft: »Also … hi. Ich bin Elisa, und ich glaube, dass ich krank geworden bin.«

DREIUNDDREISSIG

»Okay, aber wenn ihr eine Wohnung findet, die einen Balkon hat –«

»Wir werden dich nicht im Sommer auf unserem Balkon einziehen lassen«, sagte Linh.

»Nur wenn ich Urlaub hab! Ich brauch auch ein bisschen Großstadtluft!«, rief Marty.

Er versuchte schon seit einer Viertelstunde, einen Plan für seine Zukunft zu erstellen, der es ihm ermöglichte, billig nach Berlin zu kommen und dort Party machen zu können.

»Dann hättest du dir halt keine Ausbildung in der Pampa suchen sollen.«

»Ach, komm klar, Berlin kann sich doch keiner mehr leisten. Ich weiß gar nicht, wie ihr euch das vorstellt, da eine Wohnung zu kriegen.«

»Oh mein Gott, Marty«, erwiderte Helena. »Wir ziehen einfach in einen Außenbezirk. Das wird schon. Wie wär's mal mit ein bisschen mehr Unterstützung?«

Marty brummte etwas Unverständliches und kickte einen Kieselstein quer über den leeren Gehweg.

Für einige Minuten schlenderten wir alle wortlos nebeneinanderher.

Die Stadt war an diesem wolkenverhangenen Dienstagvormittag wie leer gefegt, niemand war zu sehen, alle arbeiteten oder gingen zur Schule oder machten sich ein frühes Mittagessen.

Linh seufzte und blickte sich um. In letzter Zeit hatte sie die Angewohnheit, nostalgische Stadtspaziergänge zu machen und uns alle mitzuschleifen.

»Oh Mann, ich kann's kaum erwarten, hier weg zu sein«, sagte Helena unvermittelt und zeigte im Gehen auf verschiedene Gebäude. »Plattenbau, Plattenbau, Plattenbau, Friseur, Plattenbau, Orthopäde, Plattenbau – oh, da, hinten, ich frag mich, was es dort gibt – oh Wunder, noch einen Plattenbau!«

»Hey!«, rief Linh. »Ich meine … ja, es stimmt, aber – frei nach John Mulaney … hey!«

»Pass auf, so fängt's an«, brummte Marty. »Erst sind Helena die Platten nicht mehr gut genug. Dann zieht sie in Berlin in einen geilen Altbau. Dann holt sie sich eine Salzkristalllampe. Und am Ende datet sie einen BWL-Studenten, der Dirk heißt.«

Ich prustete.

Helena lief rot an, fing sich aber sofort wieder. »Wow. Du weißt schon, dass du mir so nicht in unsere queer-vegetarische WG kommst? Dort gibt es nur Positivität und Empowerment. Oder, Linh?«

»Das ist allerdings wahr. Wenn du den Balkon willst, musst du einen Versöhnungs-Tofu mitbringen.«

»Ich – ugh –, meinetwegen.«

Die drei vertieften sich in eine Diskussion darüber, wie viel Tofu angemessen war und was für eine Wohnung sie suchen wollten, während wir Richtung Park liefen. Ihre Aufregung war spürbar, sie lachten und redeten in einer Tour.

Ich hörte ihnen gerne dabei zu, wie sie ihr neues Leben planten, und war trotzdem froh, dass ich diesen Schritt noch nicht ging.

Ich hatte es erst im letzten Monat geschafft, zur Diagnostik in die Tagesklinik zu gehen, und stand nun auf der Warteliste für eine teilstationäre Therapie. Man wollte zwar versuchen, mir vor dem neuen Schuljahr einen Platz zu geben, aber der Andrang auf so eine psychotherapeutische Klinik war anscheinend groß. Damit hatte ich nicht gerechnet.

»Wie viel Tofu muss ich mitbringen, wenn ich euch besuchen möchte?«, fragte ich, und die drei unterbrachen ihre hektische Unterhaltung.

»Na, du brauchst keinen Tofu mitbringen«, sagte Linh sofort.

»Ja, du kannst bei mir auf der Couch pennen, kein Ding«, fügte Helena hinzu.

»Hey!«, rief Marty. »Unfair! Wieso kriegt Elisa die Couch?«

»Erstens ist sie nicht so ein Schmarotzer wie du«, erwiderte Linh. »Und zweitens macht sie bald Therapie, das ist anstrengend und da braucht sie unsere Unterstützung.« Linh legte einen Arm um mich. »Eli, wir versprechen dir, dich nur zu den besten Studierendenpartys mitzunehmen.«

»Alter!«, protestierte Marty.

Ich war mir nicht einmal sicher, ob ich zu den besten Studierendenpartys mitkommen wollte, aber Martys Getue war so lustig anzusehen, dass ich nichts sagte.

»Depressionen müsste man haben«, seufzte er.

Das Gespräch kam zu einem schlagartigen Halt.

Für einen Moment hatte ich noch lachen wollen, dann plötzlich nicht mehr. Irgendwie war es echt komisch, dass jetzt alle von meinen Problemen wussten.

»Ich meinte das nicht ernst«, fügte Marty hinzu. »Das ist euch klar, oder?«

Linh räusperte sich.

Schließlich löste sich etwas in meinem Hals, und ich sagte: »Na ja, Marty, das Depressions-Paket kann ich dir nur bedingt weiterempfehlen. Die Verpflegung ist besser geworden, aber das Preis-Leistungs-Verhältnis hält nicht stand. Kein All-inclusive-Büfett, die Aussicht ist langweilig und die Liegen am Pool sind konstant mit Handtüchern belegt … ich gebe einen von zehn Punkten.«

Marty lachte.

Er klang ein bisschen erleichtert.

Ich war sehr zufrieden.

Witze machen, um die unangenehme Stimmung zu lockern, war also immer noch eine Option. Ich musste dafür nicht mal lügen oder mich runtermachen.

Wir verließen die Plattenbausiedlung und bogen in einen kleinen Park ab.

Es war mittlerweile Juni und seit Wochen viel zu warm. Vertrocknete Kastanienblüten lagen überall im Gras. Ein paar Familien hatten im Schatten der Bäume Decken aufgeschlagen.

»Irgendwie unglaublich, dass wir nicht mehr in der Schule sind«, sagte Linh. »Ich hab so lange darauf gewartet, aber jetzt fühlt es sich komisch an. Ich meine, wir werden alle in verschiedenen Städten wohnen. Ich kann nicht mehr einfach mit euch Pizza essen gehen.«

»Jo.« Marty zuckte mit den Schultern. »Das nervt. Aber wenigstens bist du nicht allein in Berlin. Du ziehst mit Helena zusammen – und die Hälfte von unserem Jahrgang will auch dahin. Ich dagegen hänge in Senftenberg fest.«

»Senftenberg hat sicher – äh – schöne Natur.«

»Es gibt einen See.«

»Na, das ist doch was!«

»Bitte heitere mich nicht auf, Linh. Das ist schlimmer, als wenn du dich über mich lustig machst.«

»Wie man's macht, macht man's falsch«, erwiderte Linh.

»Ist das auch von John Mulaney?«, fragte Marty.

»Haha.«

»Hey, wenn es dir hilft, kannst du dich an meinem Beispiel trösten«, sagte ich. »Ich komm nicht mal aus der Stadt raus. Und ich kenne niemanden in meinem neuen Jahrgang.«

Marty nickte, als ob mein Leid ihn tatsächlich ein bisschen aufheitern würde. Dann fügte er hinzu: »Bis auf Leo natürlich.«

Ich blieb stehen.

Er hatte recht.

Leo war im Jahrgang unter mir.

Beziehungsweise: Ich war jetzt in seinem Jahrgang.

»Fuck«, sagte ich.

»Hast du da ernsthaft nicht dran gedacht?«, fragte Marty.

»Nein! Oh Gott, nooo!«

Die anderen schienen nicht zu wissen, ob sie über meinen erschrockenen Gesichtsausdruck lachen durften. Ich schlug beide Hände vor den Mund und schüttelte den Kopf.

Schließlich sagte Marty mit einem Grinsen: »Halb so wild. Ihr hattet mal was miteinander. Passiert. Miri und ich sind auch darüber hinweggekommen, dass wir uns nackt gesehen haben.«

»Was redest du da?«, fragte Linh, während mir unwillkürlich warm wurde. »Die beiden hatten gar nichts miteinander.«

»Ich dachte, die haben auf Helenas Party rumgemacht.«

»Wann bitte, Leo saß die ganze Zeit neben dir.«

»Hallo? Die beiden waren ewig in der Küche, also Zeit genug war.«

»Ewig? Das waren vielleicht fünf Minuten. Wenn das für dich ewig ist, tut mir Miri echt leid.«

Helena prustete.

Marty ließ die Zunge aus dem Mund hängen, dann rief er: »And she's back! War für fünf Minuten besorgt, wo die normale Linh hin ist.«

»Du meinst, für eine Ewigkeit?«

»Oh mein Gott, Leute!«, seufzte Helena neben mir, bevor Marty zurückschießen konnte. Er verstummte abrupt, während ich immer noch angestrengt blinzelte, als hätte ich es plötzlich verlernt.

Nächstes Schuljahr wäre ich also mit Leo in einem Jahrgang. Shit. Was, wenn wir dieselben Leistungsfächer hatten? Früher oder später würden wir irgendeine bescheuerte Gruppenarbeit machen müssen und dann würde ich dasitzen und sagen –

Helena griff Linh und Marty bei den Händen. »Können wir uns jetzt in Ruhe diese öde Stadt angucken und traurig sein, dass wir wegziehen, oder was?«

Hi, Leo. Ich hab noch Gefühle für dich. Lustig, oder?

Ha. Ha. Ha.

VIERUNDDREIẞIG

Ich lag auf meinem Bett, einen Teller mit kalter Pizza und zwei Vitamintabletten auf dem Bauch, und starrte auf mein Handy.

Die Abendsonne fiel schräg durch mein Fenster und warf lange blaue Schatten. Hin und wieder flog ein Insekt vorbei und summte leise. Es war kurz vorm Abiball, alles fühlte sich nach Sommerferien, nach Urlaub und Erholung an, und ich wartete weiterhin auf meinen Therapieplatz.

Ich war mir nicht sicher, was ich mir mehr wünschte: Dass ich die Therapie endlich beginnen durfte oder dass sie nie käme und ich einfach wieder so tun könnte, als ob alles wie immer wäre.

Aber *wie immer* war scheiße.

Wie immer hatte nicht funktioniert.

Es klopfte und ich legte das Handy beiseite und setzte mich auf. »Ja?«

Mama öffnete die Tür. »Sag mal, Süße, brauchst du noch irgendwelche Lehrbücher? Ich bestelle gerade im Internet.«

»Nein, ich hab doch schon alle Bücher.«

»Für deine Therapie«, korrigierte sich Mama.

»Oh«, sagte ich.

Wir schauten uns beide an.

Ich wusste nicht ganz, was ich sagen sollte.

Ich hatte nicht damit gerechnet, dass Mama so direkt nach der Therapie fragen würde. Seitdem ich das Schuljahr abgebrochen hatte, war das Wort »Therapie« immer sehr bedacht ausgesprochen worden, als wäre es etwas äußerst Delikates.

»Ich weiß nicht«, sagte ich schließlich. »Bis jetzt habe ich noch keine Rückmeldung von der Klinik bekommen.«

»Aber du hast doch schon deine Diagnose.«

»Ja, aber die Therapieplätze sind alle belegt.«

Mama seufzte. »Das tut mir leid.«

Papa hätte jetzt wahrscheinlich eine Bemerkung darüber gemacht, dass heutzutage viel zu viele Leute irre wurden – selbst Helena hatte darüber gelästert, dass ein Therapieplatz schwerer zu kriegen war als ein beliebtes Praktikum in Berlin.

»Wird schon.«

»Nein ehrlich, Elisa, es tut mir leid. Auch wie ich mich in den letzten Monaten dir gegenüber verhalten habe. Ich hätte gerne besser reagiert.«

»Wirklich?«

»Selbstverständlich! Ich bin weiterhin nicht froh darüber, dass du uns so oft angelogen hast, aber du hattest recht, ich habe dir nicht richtig zuhören wollen. Das bereue ich sehr.«

»Oh.«

Für ein paar stille Sekunden starrten wir uns nur an.

Ich rubbelte unauffällig meinen Augenwinkel. Mama blinzelte rasch. Gefühle. Nicht unbedingt die Paradedisziplin unserer Familie.

»Danke«, antwortete ich.

»Klar. Immer.« Mama räusperte sich und fand zu ihrem üblichen Tonfall zurück. »Jedenfalls, gib mir Bescheid, sobald die Klinik sich meldet.«

»Mach ich.«

»Gut«, erwiderte Mama, dann hielt sie inne und deutete auf meinen Teller. »Was ist das?«

»Nur Vitamine und so.«

»Helfen sie dir?«

»Weiß nicht. Vielleicht?«

Mama blinzelte, und ihre Mundwinkel zuckten, ich grinste, sie sagte »na dann« und schloss die Tür – und ohne, dass ich es geplant hätte, hatten wir unsere erste richtig gute Unterhaltung seit Monaten geführt.

Ich ließ mich zurück ins Bett fallen und lächelte erleichtert, dann griff ich wieder nach meinem Handy und spürte das Lächeln langsam von meinen Lippen rutschen.

Ich öffnete die Nachricht, an der ich die letzte Stunde gearbeitet hatte. Sie bestand nur aus wenigen Zeilen, aber ich hatte jedes Wort fünf Mal abgewogen und war immer noch nicht zufrieden.

Ich wollte mit Leo reden.

Es würde sich so oder so nicht vermeiden lassen – wir waren bald in einem Jahrgang –, und ich wollte es auch gar nicht mehr vermeiden. Trotzdem – was, wenn er mir wieder nicht richtig zuhörte? Wenn er mir nicht glaubte? Wenn er das alles für eine Ausrede hielt?

Ich las mir zum zwanzigsten Mal durch, was ich bis jetzt geschrieben hatte:

hi leo
ich bin mir nicht sicher, wie ich das hier anfangen soll, deswegen mach ich einfach mal. okay. also: es tut mir leid. ich wünschte, ich hätte dich nicht angelogen. ich konnte dir nie erklären, warum ich das damals getan habe, und das will ich wirklich nachholen.

Ich ließ das Handy sinken und fixierte die Decke, während ich verschiedene Sätze in meinem Kopf ausprobierte. Keiner davon klang überzeugend genug. Aber darum ging es nicht, oder? Man konnte eine andere Person nicht davon überzeugen, einen zu mögen. Man konnte es nur hoffen und weitermachen.

Ich holte tief Luft und tippte:

... ich bin psychisch krank geworden. klingt irgendwie dramatisch, aber ist so. mittlerweile wurde bei mir eine depressive episode und angststörung diagnostiziert und ich warte auf meinen therapieplatz in der tagesklinik. du hast als erster gemerkt, dass es mir schlecht geht. ich wollte das nicht wahrhaben. deswegen habe ich mir diese ganzen geschichten ausgedacht. es hatte nichts mit dir zu tun und ich würde es nicht noch einmal machen. ich hoffe, dass du das verstehst und dass wir – keine ahnung – wieder miteinander reden können.

Ich ging alles noch mal durch, kniff die Augen zusammen und drückte auf Senden.

FÜNFUNDDREIẞIG

»Autsch. Fuck.«

In dem weißen Stoff tauchte ein Loch auf. Ich legte meine Schere beiseite und pausierte das YouTube-Tutorial, um den Schaden zu begutachten. Um mich herum lagen haufenweise abgeschnittene Tüllreste.

Das Loch war nicht besonders groß, ich könnte es wahrscheinlich mit der Nadel nähen. Danach müsste ich mein Kleid nur noch neu färben. Gelb vielleicht oder altrosa.

Ich stand auf, hängte das Kleid ohne Tüllfutter an meine Schranktür und betrachtete es kritisch.

Als Mama und ich es letztes Jahr in Berlin gekauft hatten, hatte ich nicht ahnen können, dass ich bald eine Therapie anfangen würde. Dass ich dieses Kleid beim Abiball tragen würde, obwohl ich nicht einmal Abi machte. Und dass ich mich dafür nicht als weißer Riesenmarshmallow verkleiden musste, wenn ich nicht wollte.

Mein Handy klingelte und ich erschreckte mich für einen kurzen Moment, dann schüttelte ich den Kopf.

Immer noch. Es waren schon zwei Wochen vergangen, seitdem ich Leo eine Nachricht geschickt hatte. Mein Hirn klammerte sich weiterhin an die Hoffnung, dass er sich melden würde. Aber er hatte sich nicht gemeldet. Und er würde wohl kaum zwei Wochen später damit anfangen.

Ich tippte auf das Display.

Eine Nachricht von Helena: **wie geht's dem kleid?? kann man es noch anziehen?**

Ich lächelte und schrieb Helena zurück. Gegen meinen Willen ein bisschen enttäuscht. Immer noch. Bescheuertes Hirn, bescheuertes Herz, bescheuertes alles.

Mit einem komischen Gefühl im Bauch, als würde ich einen Achterbahnhügel kurz vor dem höchsten Punkt wieder herunterrollen, warf ich mein Handy beiseite. Ich versuchte, mich auf die Gegenwart zu konzentrieren. Man konnte nur hoffen und weitermachen. Mehr ging nicht.

Ich schluckte mühsam.

Wenigstens das Kleid sah langsam gut aus.

SECHSUNDDREIßIG

»Sag mal, was machst du da?«, fragte ich und schaute Helena dabei zu, wie sie Nudelauflauf mit Schokoerdbeeren und Käsehappen mischte.

»Fusionsküche«, antwortete sie.

»Du bist eklig.«

»Eklig, ja. Aber dafür eklig mit Abschluss.«

»Hey!«

»Oh Gott, sorry, Mist! So war das nicht gemeint! Ich hab schon wieder vergessen, dass du das Jahr wiederholst.«

»Schon gut.« Ich tätschelte Helenas Schulter. Sie trug einen Blazer und eine Anzughose, die lässig um ihre Fußknöchel fiel. »Ich weiß. Du bist nicht in der Lage, passiv-aggressiv zu sein. Da fehlt dir irgendein Gen für.«

Helena nickte und widmete sich wieder der Pampe auf ihrem Teller.

Ich schaute mich geistesabwesend um.

Wir saßen an einem großen Tisch in unserer Sporthalle, die schwer beladen war mit Dekoration: Überall hingen Tüllschleifen und Luftballons. Man merkte fast gar nicht, dass das Abiball-Komitee kein Geld für einen richtigen

Veranstaltungsraum gehabt hatte. Discolichter huschten über den Boden. Zwischen den gedeckten Tischen spielten kleine Geschwister oder standen Abiturienten in schicker Abendgarderobe.

»Girls just wanna have fun« lief im Hintergrund und ich wippte mit dem Fuß.

Abiball. Das war es jetzt also. Alle hatten ihren Abschluss. Heute noch tanzten wir als jahrelange Freunde zu kitschiger Pop-Musik, morgen machten sie sich auf den Weg in ihr neues Leben. Ich, währenddessen, ging in Therapie.

Seltsame Welt.

Aber vielleicht auch in Ordnung. Der Rest meines Lebens bestand aus mehr als nur meinen Noten.

»Wo bleiben eigentlich unsere Familien?«, fragte ich.

»Der Büfett-Effekt hat sie ereilt«, mampfte Helena. »Wer nicht rechtzeitig zum Schokobrunnen durchkommt, schafft es nicht.«

»Da könnte was dran sein.«

»Lass sie zurück. Sie wussten, worauf sie sich einlassen.«

»Hey, ihr beiden. Ist noch Platz an eurem Tisch?«

Wir blickten von unseren Tellern auf.

Vor uns stand eine junge Frau, die so breit grinste, als wären wir alte Freunde. Ihre roten Haare stachen sich mit dem rosafarbenen Kleid, das sie trug.

»Jenny!«, rief Helena und ließ ihre Gabel fallen. »Das ist mal eine Überraschung! Klar! Setz dich!«

»Danke.« Jenny ließ sich auf Papas leeren Platz fallen.

»Was machst du hier?«

»Ricardo König ist mein Cousin.«

»Rotze-Rico? Ernsthaft? Der ist dein Cousin?«

»Mh-hm. Aber sag mir bitte nicht, warum er diesen Spitznamen hat. Ich find ihn gerade okay. Größtenteils.«

Helena prustete.

Ich wusste nicht ganz, wie ich mich verhalten sollte.

Offiziell kannte ich keine Jenny. Inoffiziell gab es natürlich eine Jenny, von der ich gehört hatte.

»Wir haben uns noch nicht vorgestellt, oder?«, fragte sie in diesem Moment.

Ich stieß vor Schreck fast mein Getränk um. »Äh. Nein. Hi. Elisa.«

»Hi.« Jenny beobachtete mich. Ein seltsames Gefühl breitete sich in meinem Magen aus. »Freut mich.«

Meine Wangen liefen rot an.

»Jenny arbeitet bei Fielmann«, sagte Helena, ohne die seltsame Stimmung zwischen uns zu bemerken. »Wir waren zusammen beim Basketball. Ewig her. Und sie ist eine gute Freundin von – oh.«

Als Helena klar wurde, wer das fehlende Puzzleteil zwischen uns war, verstummte sie abrupt. Ich wünschte, sie würde einfach ihren Satz beenden.

»Von Leo?«, vervollständigte Jenny schließlich.

Helena zögerte und warf mir einen Blick zu.

»Ist schon okay«, sagte ich.

»Äh – ja, von Leo. Aber das ist ja eh Schnee von gestern. Ihr seid ja nicht mehr befreundet.«

»Wir reden wieder miteinander.«

»Oh, was? Seit wann?«

»Seit ein paar Wochen. Er kam vorbei und hat sich bei

mir entschuldigt für – na ja, alles halt. Ich wusste nicht, dass seine Ex-Beziehung so eine Katastrophe war. Obwohl ich es schon fast vermutet hab.«

Mein Herz klopfte heftig.

Wenn Leo sie über den ganzen Kram mit Ella aufgeklärt hatte, dann musste sie auch von mir gehört haben. Ich fragte mich, was das für ein Gespräch gewesen war. Was hatte er über mich gesagt? Was dachte er? Was dachte Jenny, während sie mich so ansah?

»Ja, also …«, sagte Helena, sichtlich nervös. »Das ist ja toll, dass ihr wieder miteinander redet. Äh … wie – wie geht's Leo so?«

»Gut«, antwortete Jenny.

Ich schob meinen Teller ein Stückchen von mir.

Obwohl ich es nicht wollte, flammte plötzlich Wut in mir auf. Warum hatte sich Leo bei Jenny entschuldigt, während er nicht einmal auf meine Nachricht antwortete? Warum bestrafte er mich endlos? Hatte ich das wirklich verdient?

»Ach hallo! Wir kennen uns noch nicht, oder?« Papa tauchte mit einem voll beladenen Teller in meinem Rücken auf. »Bist du auch eine Freundin von Elisa?«

»Quasi«, antwortete Jenny. »Sitze ich auf Ihrem Stuhl?«

»Ich fürchte ja.«

»Entschuldigung.« Jenny stand auf. »Sehen wir uns später auf der Tanzfläche?«

»Definitiv«, erwiderte Helena.

»Perfekt.« Bevor Jenny ging, beugte sie sich zu mir herunter und murmelte in mein Ohr: »Kannst du um neun vor die Sporthalle kommen?«

»Äh – ja, an sich schon. Aber wieso?«

»Leo war sich nicht sicher, ob du ihn hier sehen willst.«

»Was?«

»Wenn du ihn nicht sehen willst, musst du nicht rauskommen.«

»Ich –«

Bevor ich weitersprechen konnte, ließ Jenny mich stehen und verschwand in dem Labyrinth aus weiß gedeckten Tischen und schnatternden Abiturienten.

SIEBENUNDDREIẞIG

Die Sporthallenuhr zeigte neun an.

Unsere Eltern saßen am Tisch, die dritte Portion vom Büfett vor sich, und waren tief in ein Gespräch versunken.

Helena hockte hibbelig neben mir und reckte den Kopf.

»Wollen wir tanzen gehen?«, fragte sie.

Ich antwortete nicht.

Mein Herz schlug bis zum Hals. Ich schaute auf die Uhr. Kurz nach neun. Schaute auf meine schwitzigen Hände, die ich im Schoß knetete.

»Eli?«

»Geh schon mal vor.«

»Alles in Ordnung?«

»Ja. Ich bin gleich bei dir.«

»Okay.«

Helena stand auf.

Ich knetete weiter meine Hände.

Da war er jetzt also: Der Moment, von dem ich nicht mehr gedacht hatte, dass er kommen würde.

Ich schaute wieder auf die Uhr.

Was sollte ich machen?

Wartete Leo noch auf mich?

War er schon gegangen?

Was wollte er überhaupt von mir?

Er hatte nicht einmal auf meine Nachricht geantwortet.

Das ergab alles keinen Sinn.

Am liebsten wäre ich weggerannt oder hätte mich auf dem Klo verbarrikadiert. Ich hatte Angst. Vor meinen eigenen Gefühlen. Vor seinen.

»Fuck it«, murmelte ich und stand auf.

Vor der Sporthalle tummelten sich kleine Grüppchen, alle in schicken Abendkleidern und mit Zigaretten in der Hand. Ich blieb zwischen ihnen stehen und sah mich um.

Rauchwolken und lautes Geschnatter.

Leos Stimme war nicht zu hören.

Dann fiel mein Blick auf die Bushaltestelle auf der gegenüberliegenden Straßenseite. Neben einer eingeschlagenen Reklametafel stand er. Weißes Shirt, schwarzes Jackett, alles ein bisschen eingelaufen. Anstatt die Menge nach mir abzusuchen, starrte er auf seine verschränkten Arme.

Ich konnte seinen Gesichtsausdruck nicht entziffern.

War er wütend? Nervös? Traurig?

Mein Herz hämmerte.

Er war wirklich hier.

Für einen kurzen Moment zögerte ich. Dann kramte Leo sein Handy aus der Hosentasche, schaute auf die Uhr und seufzte. Er steckte das Handy weg und verließ die Bushaltestelle Richtung Parkplatz.

Meine Beine sprangen plötzlich auf Autopilot.

»Hey!«, rief ich.

Leo drehte sich um.

»Hey«, sagte ich wieder und blieb atemlos vor ihm stehen.

»Hey«, sagte er.

Wir blickten uns überrascht an.

Leos Augen waren groß und blau und seine Haare das übliche Chaos, er roch nach Deo und ein bisschen nach Holz. Für eine Sekunde erschien mir die ganze Szene, als hätte ich sie schon einmal erlebt. Tausend Gefühle kochten hoch, als wären sie keinen Tag gealtert.

»Du bist hier«, sagte Leo.

»Ja.«

»Ich wollte fast gehen.«

»Hab ich mitgekriegt.«

»Hat Jenny dir erzählt, dass du nicht kommen musst, wenn du mich nicht mehr sehen willst?«

»Ja.«

Leos Wangen färbten sich rot. »Okay«, erwiderte er schnell. »Äh – gut.«

Ich knetete meine kribbelnden Hände.

Wir schwiegen nicht lange, aber ich fragte mich trotzdem, ob wir überhaupt noch in der Lage waren, ein normales Gespräch zu führen.

»Also«, begann Leo abrupt, »ich – ich weiß nicht, ob du weißt, warum ich hier bin.«

»Nein.«

»Okay.« Leo schluckte. »Ich – ich kann dich nicht einfach wegziehen lassen, ohne wenigstens Tschüss zu sagen.«

»Was?«, entgegnete ich.

»Ich meine nur – ich hasse es, wie das zwischen uns ausgegangen ist. Du weißt schon. Der Streit und so.«

»Oh.«

»Und bevor du wegziehst und eine Ausbildung oder ein Studium anfängst, muss ich dir das sagen. Ich – es tut mir wirklich leid. Ich wollte dir nicht wehtun, Eli. Wirklich nicht.«

In meinem Kopf rauschte es.

So viele Wörter und so wenig Luft.

Meine Lunge fühlte sich eng und schwer an.

»Sag etwas«, murmelte Leo. »Bitte.«

Ich öffnete den Mund.

Was sollte ich sagen? Die Hälfte von Leos Gerede ergab nicht einmal Sinn. Wie kam er auf die Idee, dass ich wegzog? Ich hatte ihm doch schon alles erklärt.

»Was ist mit meiner Nachricht?«, entgegnete ich.

»Welche Nachricht?«

»Ich hab dir geschrieben. Vor zwei Wochen.«

»Hast du? Komisch. Ich hab nichts bekommen. Vielleicht – oh Mist, natürlich.« Leo fasste sich an die Stirn. »Ich hab meine Nummer gewechselt.«

»Was? Wieso das denn? Meinetwegen?«

»Nein. Bastis Kumpels haben ständig angerufen und mir irgendwelche ekligen Videos geschickt. Ich bin mit dem Blocken einfach nicht mehr hinterhergekommen.«

»Ach so. Typisch Evil Triforce«, sagte ich, ohne nachzudenken.

»Evil Triforce?«

»Sorry. Falscher Zeitpunkt. Ist mir so rausgerutscht.«

»Evil Triforce.« Leo begann zu lachen. »Passt.«

Ich wusste nicht, ob ich mitlachen oder losheulen sollte. Die Situation war komplett absurd. Es fühlte sich seltsam und gleichzeitig so gut an, wieder mit ihm zu reden.

»Wollen wir uns setzen?«, fragte ich und deutete auf die Bushaltestelle.

»Okay.«

Wir ließen uns nebeneinander auf zwei schiefe Plastiksitze sinken. Auf der anderen Straßenseite standen nur noch ein paar Leute und machten Selfies. Die meisten waren zurück in der Halle.

»Ich hasse es auch«, sagte ich schließlich.

Leo drehte den Kopf und sah mich an.

»Ich meine unseren Streit. Ich hasse alles daran. Du hattest recht. Ich bin ein Psycho. Als du mich auf dem Klo gefunden hast, hatte ich eine Panikattacke. Seitdem ist es immer schlimmer geworden … ich war … ich bin … total ausgebrannt. Anscheinend hab ich eine depressive Episode. Sagt jedenfalls die Tagesklinik.«

Leo schien es die Sprache verschlagen zu haben. Lange antwortete er nicht. Dann massierte er sich mit beiden Händen die Nasenwurzel. »Shit«, flüsterte er und starrte auf den Asphalt vor ihm. »Shit.«

»So kann man's auch sagen.«

»Ich hätte das merken müssen.«

»Nein. Hättest du nicht. Ich hab alles daran gesetzt, dass du es nicht merkst. Deswegen habe ich mir ja diese Geschichte mit der Scheidung ausgedacht. Ich wollte dich wirklich nicht anlügen. Es … war die Wahrheit, als ich gesagt habe, dass es nichts mit dir zu tun hat.«

Leo schüttelte den Kopf.

Für ein paar Sekunden blieb er still.

Dann sagte er: »Ich hab gewusst, dass da irgendwas komisch ist. Du bist keine gute Lügnerin. Ich dachte nur, dass du … dasselbe machst wie Ella.«

»Hey, ich bin vielleicht ein Psycho, aber kein Arschloch.«

»Du bist auch kein Psycho! Es tut mir leid, dass ich das behauptet habe. Ich hab's echt versaut.«

Ich biss eine Weile auf meiner Unterlippe herum, dann suchte ich seinen Blick und sagte: »Hast du nicht.«

Leo blinzelte.

»Mir tut es auch leid.«

Sein Mundwinkel zuckte.

Für einen Moment hatte ich das starke Bedürfnis, mich nach vorne zu lehnen und ihn zu küssen. Ich wandte schnell den Kopf ab und fügte hinzu: »Ich bin übrigens sitzen geblieben. Hab die Prüfungen abgebrochen und geh jetzt in Therapie. Nächstes Jahr sind wir in einem Jahrgang.«

»Was? Wirklich?«

»Auf einer Skala von eins bis zehn, wie schrecklich findest du das?«

Leo verdrehte die Augen. »Was glaubst du?«

»Keine Ahnung, vielleicht willst du nichts mehr mit mir zu tun haben.«

»Wäre ich dann hier?«

»Vielleicht bist du ein Masochist.«

Leo prustete. »Okay, ich weiß nicht, was ich darauf sagen soll. Aber zu deiner Information, Eli: minus eintausend. Okay? Ich – ich bin nur ein bisschen baff. Als ich hergekommen bin, hab ich damit gerechnet, dass du wegziehst. Stattdessen …«

»… wirst du mich nicht mehr los«, vervollständigte ich. »Aber ich kann so tun, als ob wir uns nicht kennen. Oder wie Marty sagen würde: Man kann sich nackt sehen und darüber hinwegkommen.«

»Was?«, fragte Leo und wurde rot. »Ich hab dich nicht – was?«

»Na, zumindest im BH.«

»Oh. Stimmt.« Leo wurde noch röter. »Das – war gerade nicht auf meinem Schirm – ich – sag mal, machst du mich mit Absicht nervös?«

»Nein. Sorry.«

»Hm. Ich glaub dir nicht.«

Ich lächelte und fühlte mich gleichzeitig komisch. Die Stimmung schlug um. Aus gegenseitigen Entschuldigungen wurde ungewohntes Geflirte.

Um etwas zu tun zu haben, stand ich auf und schaute auf den Busfahrplan. Mittlerweile waren wir die einzigen Menschen, die sich noch draußen aufhielten. Aus der Halle dröhnte Musik. Die Nacht war ungewöhnlich kalt für Juni.

Plötzlich trat Leo neben mich. »Bevor du reingehst, wollte ich noch etwas fragen … Hättest du Lust, dich wieder mit mir zu treffen? Ich kann dir meine neue Nummer geben.«

»Äh«, machte ich, weil mir nichts Besseres einfiel.

Ich hatte überhaupt nicht vorgehabt, wieder reinzugehen.

»Nur wenn du willst.«

»Äh. Doch. Ja. Klar, ja, kein Ding. Also wenn du willst. Alles entspannt.«

Leo prustete.

Ich wurde rot. »Was?«, rief ich. »Hey, jetzt lach nicht, das ist unfair! Ich bin krank, rechtlich gesehen darfst du nicht über mich lachen!«

»Sorry, aber du bist die unentspannteste Person, die ich kenne, und es ist sehr süß, wenn du versuchst, locker zu sein.«

»Ich bin locker!«, erwiderte ich. »Ich bin immer locker!«

»Okay, okay.«

»Ja!«

»Ich nicht«, sagte Leo plötzlich. »Hier.«

Er hielt eine Hand ausgestreckt von sich. Sie zitterte leicht. Mein Blick wanderte zu Leos Gesicht. Er hatte rote Flecken auf Hals und Wangen. Irgendwie stand es ihm.

»Okay«, murmelte ich. »Möglicherweise bin ich auch nicht immer locker. Im Moment zum Beispiel könnte es sein … dass auch ich ein bisschen unlocker bin.«

Leo neigte den Kopf und lächelte. Wir standen wortlos voreinander. Lange Sekunden vergingen. Ich musste an Helenas Party denken. Damals war es nicht der richtige Moment gewesen. Aber damals war nicht jetzt.

»Ich würde dich wirklich gerne küssen«, sagte ich.

Leo hob beide Augenbrauen.

»Willst du auch?«

Er antwortete nicht sofort.

Mir wurde klar, dass ich für diesen Fall keinen Plan B

hatte. »Um es festzuhalten«, sagte ich schnell, »ich bin hundertprozentig nüchtern. Todnüchtern. Absolut unentspannt. Aber ist auch egal. Vergiss es. Ist – nicht so wichtig. Wichtig ist – der Klimawandel!«

»Äh.« Leo räusperte sich. »Ja.«

»Ja, oder? Das ist ein Riesenproblem, und es wurden noch immer keine für alle Staaten verbindlichen Richtlinien festgelegt, um den CO_2-Ausstoß –«

»Ich meinte Ja zu deiner Frage«, unterbrach mich Leo.

»Oh.«

Mein Magen zog sich kribbelnd zusammen. Ich hatte offensichtlich auch keinen Plan, was ich machen sollte, wenn er antwortete. Ehrlich gesagt, hatte ich überhaupt keinen Plan.

Leo trat dichter an mich heran und legte eine Hand auf meine Wange.

»Alles okay?«, fragte er.

Ich nickte.

Aus der Nähe sah sein Gesicht anders aus, fremder und gleichzeitig vertrauter. Er strich langsam mit dem Daumen über meinen Wangenknochen. Dann schob er eine Hand in meine Haare.

Ich schloss für einen Moment die Augen.

Helena hatte recht: Auf Gefühle konnte man sich nicht vorbereiten. Vor allem nicht auf diesen Emotions-Overkill. Meine Gedanken verpufften, bevor sie überhaupt wussten, was sie werden sollten.

»Ich hab dich vermisst«, flüsterte er.

»Halt die Klappe«, erwiderte ich.

»Was?«

»Meine Beine sind jetzt schon wie Pudding. Mach es nicht noch schlimmer.«

Leo wollte etwas sagen.

Ich lehnte mich gegen seine Schultern und drückte ihm einen Kuss auf den Mundwinkel.

Seine Hand in meinem Nacken zuckte. Ich spürte ihn unter meinen Lippen lächeln. Schließlich nahm er mein Gesicht in beide Hände und erwiderte den Kuss. Sein Mund war weich und schmeckte nach ihm und ein bisschen nach Softdrink.

»Ich hab dich auch vermisst«, murmelte ich in einer unserer Atempausen.

ACHTUNDDREISSIG

»Oh mein Gott!«, rief Helena.

Sie saß zusammen mit Marty an unserem Tisch, die Füße auf einem Stuhl und eine Flasche Wasser in der Hand.

»Hi, Helena.« Leo räusperte sich.

Das machte er schon die ganze Zeit, seit wir vor zehn Minuten voneinander losgekommen waren und beschlossen hatten, gemeinsam zurück zur Party zu gehen, bevor der Abend vorbei war.

»Wie ich sehe, redet ihr wieder miteinander«, bemerkte Helena mit einem breiten Grinsen. Sie sah nicht besonders überrascht aus. Irgendetwas sagte mir, dass Jenny meine Abwesenheit nicht entgangen war und sie ihre eigenen Schlüsse daraus gezogen hatte. Anscheinend lautstark. Vor allen anderen.

»Jup«, erwiderte ich und linste zu Leo hinüber, um sicherzugehen, dass er keine Lippenstiftflecken mehr auf dem Gesicht hatte. »Mhm – wo ist Linh?«

»Streitet sich mit dem DJ.«

»Okay, cool.«

Wir zogen zwei Stühle heran, Leo legte mir kurz eine

Hand an die Hüfte, vollkommen nebenbei, und ich ließ mich mit weichen Knien neben Helena fallen. Marty und Helena beobachteten uns beide mit einem Ausdruck, als wären wir zwei niedliche Welpen.

»Na.« Marty nickte Leo zu. »Lang nicht mehr gesehen. Wie geht's dir so?«

»Gut.«

»*Das* kann ich mir vorstellen.«

»Äh.«

»Schon gehört, dass deine Liebste sitzen geblieben ist?«

»Ey, halt die Klappe, Marty«, brummte ich, bevor Leo antworten konnte. »Du klingst schlimmer als mein eigener Vater.«

»Apropos – ist dein Papi noch da? Hast du Leo schon vorgestellt?«

Marty schnappte begeistert nach Luft und schlug Leo gegen die Schulter. »Oh Mann, ist dir klar, dass du mit der Tochter der Schulleitung zusammen bist? Awkward! Lasst euch nicht von Herrn Seyffer erwischen, der hat keinen Chill bei Pärchen. Mich und Miri hat er ins Sekretariat geschickt, weil er uns in der Pause beim Rummachen erwischt hat –«

»Marty.« Helena drückte ihm ihre Wasserflasche in die Hand. »Trink, werd nüchtern und sei still.«

Marty nahm die Wasserflasche und rollte mit den Augen.

»Also!« Linh tauchte mit Jenny im Schlepptau auf. »Eines steht fest: Der DJ ist ein absolutes Sackgesicht. Hi, Leo.«

Sie schob sich an uns vorbei und setzte sich auf den

Tisch, während Jenny sich neben Leo quetschte, auf die Kante seines Stuhls.

»Keinen Erfolg gehabt?«, fragte Helena.

»Kein bisschen. Er will nichts anderes spielen als diese Schlagerparade hier.«

»Irgendwann legt er mindestens ›Kling Klang‹ auf, das kann ich dir versprechen«, sagte Marty. »Kein Dorfbums ohne dieses Lied.«

Linh schüttelte frustriert den Kopf. »Okay, Leute, ich möchte, dass wir uns jetzt alle hochheilig etwas versprechen.« Sie pausierte für ein paar Sekunden. »Dass wir tanzen gehen, sobald etwas Gutes läuft!«

Jenny hob ihr Glas und wir stießen an.

»Ich dachte, da kommt jetzt etwas, das ein bisschen emotionaler ist«, sagte ich.

»Hey, ich liebe tanzen!«, erwiderte Linh. »Das ist eine Emotion!«

»Jaah, aber es ist unser Abiball. Ich dachte, du sagst so was wie – wir müssen versprechen, jede Woche E-Mails zu schreiben und uns nie zu vergessen.«

»E-Mails? In welchem Jahrzehnt lebst du?«, prustete Marty. »Ich kann dir höchstens versprechen, regelmäßig deine Instagram-Posts zu liken.«

»Ach komm«, sagte ich.

»Nein, Eli hat recht!« Linh hob auch ihr Glas. »Ich möchte, dass wir uns jetzt alle versprechen, dass wir in Kontakt bleiben werden, egal, wohin es uns verschlägt! Und dass wir einander endlos lange Liebesbriefe schreiben!« Sie trat gegen Martys Stuhl. »Auch du, Mister!«

»Sorry, aber sobald ich berühmt bin, vergesse ich euch

alle«, erwiderte Marty und erntete noch einen Tritt gegen seinen Stuhl.

»Versprochen!«, rief Linh.

»Alter, du und Helena zieht zusammen in eine Wohnung.«

»Ver-spro-chen!«

»Okay, okay, versprochen!«, erwiderte Marty schließlich und rollte wieder mit den Augen.

»Gut.« Linh trank ihr Glas aus und stellte es klirrend auf dem Tisch ab. »Und jetzt fehlt nur noch richtige Musik!«

Die nächste halbe Stunde warteten wir darauf, dass der DJ irgendetwas aus der Zeit nach 1990 spielte. Schließlich stand Linh entnervt auf, um noch mal das DJ-Pult zu belagern.

Ich tippte mit der Schuhspitze gegen Leos Bein.

Er wandte mir den Kopf zu.

»Du, kannst du tanzen?«, murmelte ich.

»Muss ich das können?«, fragte Leo genauso leise. »Das macht man doch einfach.«

»Siehst du, genau dort liegt mein Problem: beim Einfachmachen.«

Leo grinste. »Willst du denn tanzen?«

»Ja leider.«

»Dann komm.«

»Wie – komm?«

»Wir gehen tanzen.«

»Was? Jetzt – hier – sofort?«, erwiderte ich panisch. »Nein sorry. Nicht zu dieser Musik. Wir müssen warten, ich hab's Linh versprochen.«

»Ich weiß nicht, ob es wirklich noch besser wird.«

»Er hat gesagt, er hat nur richtig altes Zeug!«, rief Linh außer Atem und bremste vor unserem Tisch ab. Leo verstummte. »Aber er spielt was von Rihanna! In fünf Minuten oder so. Los, hopphopp, aufstehen, bereit machen, wir müssen uns warm dancen!«

Alle tranken ihre Gläser und Flaschen aus und standen auf, um Linh zu folgen, die bereits vorangerannt war.

Ich unterdrückte ein Stöhnen.

Konnte ich das wirklich?

Einfach machen und so?

Auf der Tanzfläche klebte der Boden und roch nach verschüttetem Bier. Linh hatte ihre Schuhe ausgezogen und hüpfte barfuß übers Parkett. Sie griff meine Handgelenke und zog mich in die Mitte. Helena, Marty, Jenny und Leo verschränkten die Arme und schunkelten als eine schiefe Menschenkette durch die Gegend. Sie sahen bescheuert dabei aus und glücklich.

Die Umgebung verschwamm in lichtdurchzogenen Schlieren.

Ich atmete tief aus und spürte die Anspannung in meinen Muskeln und meinem Kopf langsam nachlassen, und in diesem Moment merkte ich erst, wie fest ich mich an mich selbst gekrallt hatte.

EPILOG

Der warme Sommer ging langsam zu Ende. Ich saß am Fenster und starrte geistesabwesend auf einen trockenen Lindenbaum.

»Dann würde ich den 10. September vorschlagen. Wann hast du Schulschluss?«

Ich fragte mich, wie spät es gerade war. Der Zug fuhr nur alle zwei Stunden, und Helena würde endlos quengeln, wenn wir zu spät kamen. Sie hatte uns heute nach Berlin eingeladen, um ihre neue Wohnung anzuschauen.

»Elisa?«

»Was?«

Meine Therapeutin lächelte. Das machte sie ständig. Irgendwer musste Therapeuten so was beibringen.

»Unser neuer Termin? Wann hast du am 10. September Schulschluss? Ist ein Mittwoch.«

»Oh, sorry, äh, das weiß ich noch gar nicht. Ich kriege meinen neuen Stundenplan erst kommenden Montag.«

»Verstehe. Dann lass uns doch einfach siebzehn Uhr ausmachen, und du rufst mich an, falls du schieben musst.«

»Okay.«

Meine Therapeutin lächelte wieder verständnisvoll. Ernsthaft, irgendwo gab es Kurse dafür. Ich lächelte zurück und packte meinen Rucksack.

Als ich die Tagesklinik verließ, war die Sonne gerade hinter einer Wolke verschwunden. Ich sah mich um. Es war Nachmittag, der letzte Ferientag, und die Stadt döste vor sich hin.

»Sorry, sorry, sorry!«

Schnelle Schritte ertönten in meinem Rücken. Als ich mich umdrehte, bremste Leo schlitternd vor mir ab. Er stemmte beide Hände in die Seiten und keuchte: »Ich musste tanken – und – und – das blöde Fenster hat wieder geklemmt – und nirgendwo war ein Parkplatz – aber jetzt – jetzt bin ich da.« Er wischte sich die Haare aus der Stirn und drückte mir einen atemlosen Kuss auf den Mundwinkel. Dann fummelte er sein Handy aus der Hosentasche und checkte die Uhr. »Wir müssen zum Zug.«

»Ich weiß«, antwortete ich.

»Helena bringt uns um, wenn wir zu spät kommen.«

»Ich weiß, ich weiß.«

In der Ferne grollte Donner. Vielleicht kam ein letztes Spätsommergewitter. Wir machten uns auf den Weg zur kleinen Bahnhofstation in der Nähe der Klinik.

»Wie lief die Therapie?«, fragte Leo.

»Riesenenttäuschung.«

»Was? Echt jetzt?«

»Äh, ja? Ich hab immer noch keine Pille gekriegt, die mich auf magische Weise heilt.«

Leo seufzte erleichtert. »Erschreck mich nicht so. Ich dachte, du meinst das ernst.«

»Ich meine es ernst. Wo bleibt mein Wundermittel?«

Leo warf mir einen Blick zu und grinste.

Er hatte den Sommer über im Ferienlager gearbeitet und sah immer noch nach dreißig Grad und Kanutour aus: Sein Gesicht war sonnengebräunt und in den Haaren leuchteten helle Strähnen.

Ich musste an seinen letzten Arbeitstag denken: Er war danach bei mir vorbeigekommen und hatte gefragt, ob ich mir eine feste Beziehung mit ihm vorstellen könnte. No pressure natürlich. Ich hatte keine Sekunde überlegen müssen. Aber no pressure und so.

»Vielleicht musst du deine Therapeutin schmieren, damit sie das gute Zeug rausrückt«, sagte er. »Schieb ihr einen Fünfziger mit der Krankenkassenkarte zu und zwinker verschwörerisch.«

Ich prustete und griff nach seiner Hand. »Probier ich nächstes Mal.«

Während wir liefen, frischte der Wind auf. Es roch angenehm nach trockener Erde und feuchter Luft.

»Aber ernsthaft jetzt – wie war die Therapie?«, fragte Leo.

»Gut.«

»Oh – okay.«

»Du willst mehr hören, oder?«

»Wenn du mehr erzählen willst.«

»Hm. Meinetwegen. Also, es war anstrengend. Aber irgendwie auch gut. Macht das Sinn? Ich muss mich erst mal sammeln.«

»Es macht Sinn.«

»Okay. Ja, ich glaube, es bewegt sich etwas. Keine Ahnung. Ich fühl mich ein bisschen weniger … zu viel, weißt du? Ich hab zwar immer noch Angst vor dem nächsten Schuljahr, aber ich werd wohl klarkommen.«

»Das klingt fantastisch.«

»Meinst du? Ich finde, es klingt ein bisschen … zäh.«

»Überhaupt nicht.« Leo drückte meine Hand. »Ich hab gestern was über Neuroplastizität nachgelesen und das ist ein langer Prozess. Jeder kleine Schritt zählt.«

»Du hast nachgelesen?«

»Klar.«

Ich wusste nicht, was ich sagen sollte. Leo brachte solche Dinger. Er las Artikel über mein Matschgehirn, weil er mich besser verstehen wollte.

»Du bist bescheuert«, murmelte ich und wurde rot.

Als wir am Bahnhof ankamen, fuhr der Zug gerade ein. Dicke Tropfen liefen an den Fenstern herunter, obwohl es hier seit Wochen nicht geregnet hatte.

»Da kommt ganz schön was an«, sagte ich.

»Hoffentlich«, brummte Leo. »Nach dieser Campsaison kann ich ein paar verregnete Monate gebrauchen. Ich schwöre, wenn ich noch einmal ›Country Roads‹ singen muss, geh ich irgendwem an die Gurgel.«

Im Zug suchten wir einen Vierer und machten uns darauf breit. Außer uns war niemand im Abteil. Glücklicherweise waren alle Pendler schon längst in die Großstadt gefahren und saßen im Büro.

Leo bot mir einen seiner Kopfhörer an.

Während ich danach griff, musste ich unweigerlich zurückdenken. All die kleinen Gesten, die jetzt so selbstverständlich zwischen uns waren, existierten vor einem Jahr noch nicht. Ich war mir viel fremder gewesen. Irgendwie krass, was die letzten Monate hervorgeholt hatten.

Leo suchte auf seinem Handy nach einer Playlist.

»Du«, sagte ich und stupste ihn an. »Wenn uns irgendwann mal jemand fragt, wie wir uns kennengelernt haben, sollen wir dann antworten … auf dem Klo?«

Leo grinste. »Warum nicht?«

»Wir können nicht erzählen, dass wir uns auf dem Klo kennengelernt haben.«

»Hm. Biber-Camp?«

»Okay, nein, das geht erst recht nicht. Dann besser das Klo.«

»Du erzählst lieber, dass wir uns auf der Toilette kennengelernt haben, als zuzugeben, dass du im Biber-Camp warst?«

»Ja. Da muss ich keine Sekunde überlegen. Eine Panikattacke mit Wasserschaden ist immer noch nicht so peinlich wie dieses Camp.«

Leo verdrehte die Augen. Seufzend streckte er sich auf seinem Sitz aus. Obwohl wir nur herumgewitzelt hatten, wurde ich plötzlich doch unsicher.

»Meinst du nicht?«, hakte ich nach.

»Hä?«, entgegnete er.

»Na, findest du es peinlicher, dass ich das Klo geflutet habe? Weil – ich kann nicht versprechen, dass das nicht wieder passiert.«

Leo wollte lachen, dann merkte er, dass es mir ernst war. Ich kaute auf meiner Unterlippe herum. Er setzte sich auf und griff meine Hände. »Das musst du gar nicht«, sagte er. Seine Augen leuchteten dabei. »Ich mag dich genau so, wie du bist, Eli. Wenn es nach mir geht, setz ruhig das ganze Gebäude unter Wasser.«

Der Zug setzte sich ruckelnd in Bewegung.

Für einen Moment ließ ich Leos Worte in meinen Ohren nachklingen. Wir wussten beide, dass es nicht immer einfach werden würde, eine Beziehung zu führen und gleichzeitig meine Krankheit zu jonglieren. Trotzdem war er hier – und ich konnte ihm vom Gesicht ablesen, dass er hier sein wollte.

»Vielleicht werde ich das tun«, sagte ich erleichtert und lehnte mich zurück gegen den Sitz. »Komm, mach Musik an.«

Wir rollten an kleinen Plattenbausiedlungen vorbei. Dann an der Rehaklinik. Kurz darauf ließ der Zug unsere Stadt ganz hinter sich und raste über lang gestreckte Felder.

Leo wählte einen Song, den wir beide mochten, schob sein Handy in die Hosentasche und schaute aus dem Fenster.

Er sah entspannt aus.

Ich wusste nicht, ob ich das auch von mir behaupten konnte. Irgendwie nicht und irgendwie schon. Mein Gehirn fühlte sich schwer an – aber nicht mehr so merkwürdig voll und gleichzeitig leer wie in den letzten Monaten. Ich hatte ein bisschen Platz darin zurückgewonnen. Langsam, leise, trotz all der Anstrengung und Müdigkeit und der Angst, dass sich nie etwas ändern würde, war es besser geworden.

Das war irgendwie krass. Und tröstlich. Und schön.

Es wird besser werden.

Egal, wie lange es dauert.

Egal, wie viele Fehler ich dabei mache.

Ich schloss die Augen und lehnte meinen Kopf an Leos Schulter. Regen verschluckte schließlich unser Abteil.

HILFSANGEBOTE

Depressionen, Panik- oder Angststörungen sind ernste, aber gut behandelbare Krankheiten. Falls du dich in den Themen, die im Buch vorkommen, wiedererkennst, oder du selbst betroffen bist, sind hier einige Anlaufstellen, an die du dich wenden kannst:

Telefonseelsorge unter der Nummer 08 00-1 11 01 11 und 08 00-1 11 02 22, zusätzlich Beratungen per Mail, Chat und vor Ort

Kinder- und Jugendtelefon der NummergegenKummer unter der 11 61 11 (montags bis samstags von 14 bis 20 Uhr)

Hilfe per Mail: www.jugendnotmail.de

Fühl dich gedrückt. Du bist nicht allein!

DANK

Ich möchte gerne allen danken, die sich für Elisas Geschichte interessieren! Besonders meine Agentinnen Gesa, Kristina und Mathilda sowie meine Lektorin Hanna haben wertvolle Kritik und viel Arbeit investiert, um das Manuskript auf den Weg zu bringen. Kathrin, Felicitas, Micha, Trang, Anja, Celia und Jascha haben gelesen, bei Detailfragen geholfen und vor allem sehr viel Geduld mit meinen tausend Überarbeitungen gehabt. Helen wird möglicherweise ein paar ihrer Weisheiten in den Zeilen wiederfinden. Meinem Mann will ich außerdem für seinen unerschütterlichen Humor und seine tiefe Empathie danken, mit denen er mich immer wieder aus meinen Blockaden holen konnte. Seine Unterstützung bedeutet mir alles. Dasselbe gilt für meine Eltern. Sie haben mir nicht nur die Liebe zur Literatur beigebracht, sondern auch mein eigenes Schreiben interessiert verfolgt. Zum Schluss fehlt deshalb nur noch ein Dank an meine Katze. Ihr waren Bücher egal. Zum Glück.

Natürlich magellan©

FSC®
www.fsc.org
MIX
Papier aus verantwortungsvollen Quellen
FSC® C083411

Wir pflanzen Bäume
Für unsere Umwelt
www.magellanverlag.de

FAIR PRODUZIERT
www.magellanverlag.de

Hergestellt in Deutschland
Gedruckt auf FSC®-Papier
Lösungsmittelfreier Klebstoff
Drucklack auf Wasserbasis

1. Auflage 2021

Dieses Werk wurde vermittelt durch
die Langenbuch & Weiß Literaturagentur
Umschlaggestaltung: Christian Keller unter Verwendung
von Motiven von shutterstock / Bettyphoto / orangeberry
ISBN 978-3-7348-5055-4
Druck: CPI, Leck

www.magellanverlag.de